KB055863

하트가 파괴된
마법소녀는
패배한다……!

카와카미 미노루 지음
사토야스 (TENKY) 일러스트
츠루기 야스유키 협력
천선필 옮김

플뢰르·S

학년 : 특대과 3학년
술식 : 유럽 드루이드 계열을 기초로 삼는다
소속 : 시호인 학원
스타일 프레임 : 꽃무녀
사역체 : ???
디바이스 : 팽이창 제피르

특징 : 특대과 3학년이기는 하지만 몸집이 작고 가녀리기 때문에 2학년, 자칫하다는 1학년으로 착각되기도 하는 그녀. 하지만 그 실력은 각 방면에 있어서 학원 사상 최고를 자랑한다. 그야 부모가 그거고, 사용하는 술식도 그거니까, 그런 느낌──.
하지만 본인은 역시 특이하게 생활해 왔던 것 같다. 식물을 돌보는 것을 좋아하는데, 너무 지나친 나머지 학교 식당에서는 풀을 먹는 모습을 볼 수가 없다. 그렇다면 육식 공수도가인 엘시 헌터처럼 고기만 먹을 것 같지만 그렇지도 않다. 그럼 뭘 먹는가 하면 빵과 쌀이 주식이며 좋아하는 것은 안초비, 피자. 아니, 잠깐. 밀하고 쌀도 식물이잖아. 혹시 형태를 알아보지 못하기만 하면 된다면 특기과에서 날마다 철야를 버티기 위해 만든 건강 녹즙을 마실까? 어엉? ──죄송합니다. 좀 부조리한 내용이라서 화가 났네요. 그렇죠, 혹시나 주식이 안초비에 밀가루가 반찬일지도 모르니까. 그럴 리가 있겠냐고. 이야기가 다른 곳으로 빠지기 시작했기에 이쯤 마무리하려 합니다.

"어두운 이야기와
　배후공작에 꽤 익숙해졌군."

U.A.H.

리스베스 루에거

학년 : 예전에 졸업
술식 : 흑마술
소속 : U.A.H.
스타일 프레임 : 흑마녀
사역체 : 상급 광령
디바이스 : 쌍검 드라군
특징 : 마녀는 언제나 제철. 현재 문제는 유럽 U.A.H. 대표이자 삼현자 중 한 사람인 그녀를 어떻게 부르면 될까, 그것이다. 리스베스 각하라고 하면 그럴싸하긴 하지만 시호인 학원은 U.A.H.가 아니고 다른 조직에 소속되어 있는 마녀도 많기 때문에 그런 호칭은 전체적으로 사용할 수는 없습니다. 리스베스 님이라는 것도 왠지 위아래가 정해져버리는 것 같아서 좀 그렇고, 네, 왠지 직책을 지니고 있는 연상은 존재 자체가 골치 아프다니까요.
아니, 대체 뭔데요? 안대를 낀 흑마녀 이도류라니, 당신 몇 살인데 그런 차림이에요? 여담이지만 아줌마라고 부르면 지구상 어디에 있더라도 본인이 직접 태클을 건다고 합니다. 할멈이라고 부르면 갑자기 뒤에 선다고도 하고요. 어디, 삼현자, 그릇이 작네……. 그래도 10년 전에는 그런 사람들이 이 세계를 지켰다고 해야 하나, 절반 정도만 부서지게 막았으니 이 세계의 그릇도 그 정도라는 건지도 모르죠. 아, 참고로 '언니'라고 부르니 벌레를 보는 것처럼 기분 나쁜 표정을 지었습니다. 그럼 뭐라고 부르면 되는데……! '리스베스 씨'? 그런 흔해 빠진 접근방식으로 만족하는 마녀인가? 자네는! 좋아어, 그럼 반말로 '이봐, 리스베스!'로 가볼까~? 가버리라~?
(여기까지의 내용 출처 : 시호인 학원 홍보위원 대외반)

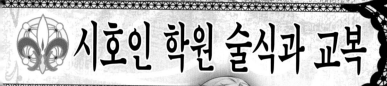

시호인 학원 술식과 교복

술식과에 대해

위 치	정문으로 들어와서 오른쪽
건 물	옥상으로만 들어올 수 있음
특 징	약학, 술식 개발 쪽으로 우수함

-rear-

술식과

● 유래

술식과의 교복도 기초부분에 있어서는 보통과와 다를 게 없습니다. 솔기 위를 지나가는 주름에 장식과 색이 들어가 있는 정도겠죠. 하지만 지금까지 보았던 보통과와 특기과의 의상에 추가로 들어가 있던 색이 단색이었던 것에 비해 술식과는 녹색과 오렌지, 두 가지 색입니다. 잘 살펴보면 다리의 타이즈 측면 문장도 오렌지색, 신체의 말단에 통하는 곳의 색이 변경되어 들어가 있는 것입니다. 이게 무슨 뜻일까. 녹색 단색이 보통과였다는 것을 생각해보면 알 수 있습니다. 다시 말해 녹색은 방어 가열, 오렌지는 힘을 바깥으로 내보내는 것, 다시 말해 술식과에 맞는 가닥이 되어 있는 것입니다. 네, 그런데 시호 제복으로 펑펑 날리는 학생회장이 얼마나 위대한지 역설적으로 증명해버렸네요.

자, 상심하지 말고 가보자면 바깥쪽의 큰 특징은 망토입니다. 이것은 고대의 마녀가 은자나 방랑자였다는 것에 유래된 것인데요. 민속 계열 술사은 망토를 신신용 도롱이나 넓은 천막, 날개로 바꾸거나 아예 스크린이나 창고로 만드는 경우도 있어서 의외로 자주 사용하거든요. 특기과 같은 케이프 정도로는 부족해서 디자인을 담당하신 리스베스 씨는 그렇게 판단하신 거죠. 하지만 이걸 길고 크게 만들어서 가뜩이나 뭐다 예산을 많이 잡아먹었기에 액세서리 같은 부속품이 없다는 건 아쉽네요.

※모델은 메리 수 양에게 부탁드렸습니다.

Εν αρχη−ην ο λογος,
και ο λογος ην προς τον θεον,
και θεος−ην ο λογος.

OBSTACLE 시리즈

격돌의 헥센나하트

III

목차

디자인 : 와타나베 코이치 (2725 Inc)

운명은 겁쟁이 편을 들지 않는다

아테나이의 소포클레스

서장

『기다리는 곳』

멀어도 멀어도.
긴 바늘과 짧은 바늘처럼.
좌표가 겹쳐진다.

＊

　시호인 학원에서 2학기 중간고사가 시작되려 하고 있었다.

　점심시간, 헌터가 식당 입구를 지나니 역시 안에 사람이 별로 없었다.

　다들 교실 안에서 시험을 대비하여 작전회의 같은 것을 하고 있는 것이다. 식당은 모든 과에서 먼 거리에 있기 때문에 일부러 이곳에서 회의를 할 필요는 없다. 이런 곳까지 오는 사람은 아예 포기를 했거나 여유로운 사람뿐이다.

　나는 여유로운 시기였다. 왜냐하면.

　"상위 랭크는 시험 면제니까~."

＊

　상위 랭커는 유리하구나, 헌터는 그렇게 생각했다.

　아무리 랭크가 떨어졌다 하더라도 나는 한 자릿수 상위 랭커다. 시험은 기본적으로 보지 않을 수 있고, 그럴 경우에는 내신점수를 중시하게 된다. 그런 다음에는 출석일수가 부족하지만 않으면 면접을 보게 된다.

　시호인 학원은 이런 부분에서 꽤 학생들을 우선시하고 있었다.

　어찌 됐든 마녀의 스케줄은 소속 체계에 따라 달라지곤 하기에 낮에 행동할 수 없는 사람도 있고, 길일에 맞춰서 움직여야만 하는 사람도 있다. 대항세력이 같은 반에 있으면 안에 들어가기는커녕 그쪽을 쳐다볼 수도 없는 마안계도 있어서 모두를 한곳에 모으는 것도 힘들다.

그런 녀석들이 교실 안에 모이는 시험기간. 하지만 나는 여유로운 분위기로 식당에 왔다.

"안 오면 굶으니까."

기숙사에 있는 매점이나 물, 이슬만 먹고 지내는 강자들도 있지만 금기를 피해 식사를 마련해주는 곳은 이곳뿐이고 전문 촉매나 수업용 문구 같은 것도 폭넓게 팔고 있는 것도 이곳의 매점뿐이다.

칸막이가 있어 옆에서 간섭받지 않는 식권 매장부터 해서 곳곳에는 '식당 안에서는 랭커전 금지'라고 적혀 있는 종이가 붙어 있다.

이곳은 마굴이다.

교무실에 있는 교사들보다 고참, 10년 전의 헥센나하트는 커녕 20, 30년 전의 강자들이 '젊은 마녀들의 힘이 되어주기 위해' 식사를 만들고 있는 것이다.

하지만 랭커전 금지는 내부에서만. 바깥은 별개다.

……그걸 알면서도 위쪽 테라스에서 식사를 하고 있으니 카가미도 그렇고 호리노우치도 다혈질이라고 해야 하나.

대결할 거라면 언제든지 와라. 하지만 밥은 먹겠다. 그런 뜻이다. 왠지 후반 쪽에서 신념이 느껴진다. 이런 부분에 대해 호리노우치 쪽 시녀의 말을 빌리자면.

"아가씨는 유혹공이시거든요!"

라고 하는데 잘 모르겠다. 저격 계열이라는 건 왠지 알 것 같다.

아무튼 이번에도 마찬가지다. 카가미와 호리노우치는 먼저 위쪽 테라스에서 식사를 하고 있었다. 나는 공과 쪽 정리가 늦어져서 나중에 참가. 원래는 끝난 다음 곧바로 특기과 건물 안에 있는 매점에서 빵이라도 사서 이번 수업의 복습을 하거나 다른 과목의 시험에 대해 친구들과 정보교환을 했을 것이다.

……그래도 뭐, 시험 면제니까.

편하다, 편해, 그렇게 생각하면서 돈가스 버거와 피시 버거가 있는 '육해 제패 세트'를 식권으로 주문. 카운터 너머에 있던 조리사 아주머니가.

"그런 거만 먹으면 영양이 치우치잖니. ──고기를 더 먹어!"

그런 말을 듣고 터무니없다는 생각을 하고 있자니 음식을 전부 담은 쟁반이 나왔다.

……잘 생각해보니 치킨 버거까지 포함하여 '육해공 제패 세트'를 주문하라는 말인 것 같기도 한데.

그래도 치킨은 날 수가 없잖아. 하늘이 아니지, 그렇게 생각하고 있자니.

"오."

낯익은 사람이 안경을 낀 채 테이블에 참고서를 펼쳐놓고 있었다.

메리였다.

●

……어? 이 녀석, 뭐하는 거지?

헌터가 처음 느낀 것은 위화감이었다.

상위 랭커는 시험이 면제니까.

그런데 아무리 봐도 메리는 식당에서 참고서를 펼쳐놓고 예습, 복습을 하고 있었다.

이상하다. 왜 그런 걸 할 필요가 있는 걸까.

왠지 다른 위화감도 들긴 했지만 당장 수수께끼는 그곳으로 집약되었다.

그러자 메리가 갑자기 말을 꺼냈다.

"랭크 4위."

한순간, 그녀가 무슨 말을 한 건지 이해하지 못했다.

하지만 잠시 후 나는 그 말의 뜻을 이해했다.

……나구나!

서열로 부르는 것은 이 녀석이 원래 저쪽 세계에서 군대 소속이었기 대문일까.

카가미도 '준장님'이라고 불렀을 정도니까. 그렇다면 나도.

"──뭐야? 랭크 3위."

그렇게 말하자 메리가 안경을 고쳐쓰고 한숨을 쉬었다. 그녀는 나를 보지도 않고.

"좀 전부터 공부하는데 방해가 되네요. 저리 가주세요."

……시비 거는 건가……?!

그렇게 생각한 순간. 카운터 너머에 있던 조리사들이 식칼과 접시를 빼드는 것이 보였다.

이런. 위험지대를 전개할 뻔했다. 하지만 나도 의문이 든다.

"……뭐하는 거야?"

"모르시겠나요?"

메리가 손을 멈추지 않으며 말했다.

"공부하기 위해 글을 쓰고 있죠. ——설마 글의 존재와 의의까지 이해하지 못할 줄이야."

아마 100명에게 물으면 100명 모두가 이 녀석을 때려눕혀도 된다고 말할 거라는 생각이 들었다.

하지만 이렇게 된 이상 나도 오기가 있다.

"저기 말이야. ——이 학교는 시험이나 수업이 꽤 느슨하잖아?"

말해주마.

"공부를 하지 않으면 이 학교에 있지 못할 정도로 바보야?"

●

……시비 거는 건가요……?!

메리에게 이 공부는 필요한 것이었다. 학생의 의무라고 해야 하나, 반드시 해야 하는 것이라는 기세로 임하고 있었다. 그렇기 때문에.

"미리 말해두지만 ──저번 기말 시험에서는 학년 3등이 었습니다."

"호오, ──꽤 위쪽이네."

"훗, ……당신은 몇 등이죠?"

"실기 쪽은 1등이었는데."

……큭……!

유도당했다는 것을 뒤늦게 깨달았다. 흐응, 제4위가 그렇게 말하며 고개를 끄덕였고.

"그런데 뭐해? ──학년 3등 군."

덤벼들었군요, 그렇게 생각하며 마음속이 부글거리는 것을 느낀 순간. 주방 쪽에서 조리사들이 튀김기와 풍로의 스위치를 끄는 소리가 들렸다. 전투준비다.

안 되죠. 이곳은 제 식량의 대부분을 공급해주는 시설. 술식과의 매점은 향초 향기가 스며든 느낌이 드니, 이곳에서 문제를 일으키게 되면 정말로 세 끼 모두를 캔음료로 때워야 할 수도 있습니다.

진정하세요, 메리 수. 저는 이 세계를 지키기 위해 생활하고 있는 겁니다. 토착민 원숭이와 식당을 파괴하기 위해서가 아니라요.

……애초에 모든 것은 결과로 보여주면 되는 겁니다.

그러니 도발에 넘어가지 않고 그녀의 질문에 대답하기로 했다.

"제가 하고 있는 것은 중간고사의 예습과 그것을 위한 수업의 복습입니다."

"상위 랭커는 시험 면제잖아?"

"면제라고 해서 응석을 부리면 안 되겠죠. 우리는 학생이니까요."

그렇게 말하자 식당이 조용해졌다.

잠시 후 제4위를 포함하여 주방과 곳곳에서 박수 소리가 들렸다.

갑자기 주목을 받게 되자 얼굴이 붉어지는 것을 느끼면서 일어나 사방에 인사를 했다.

박수 소리가 끊어질 것 같은 기척을 느껴 자리에 앉자 제4위가 무표정하게 말했다.

"그래도 상위 랭커가 시험을 면제받는 건 그만큼 힘을 다른 곳에 쏟거나 결과를 내기 때문이잖아. 학생 이야기는 그럴싸한 것 같긴 한데, 자기가 하고 있는 일을 제대로 못 보는 거 아닌가?"

"괜찮습니다. 랭크가 하나 떨어졌죠. ——제 실력이 부족했다는 겁니다. 그렇다면 자신의 단점을 메꾸어나간다. 그런 겁니다."

그럼, 제4위가 그렇게 말했다.

"위쪽에 카가미하고 호리노우치가 있는데, 그 녀석들은 공부를 안 해도 된다는 거야?"

그녀의 질문에는 고개를 끄덕일 뿐이다.

"저보다 강한 분들에게는 저와는 다른 이론이 있을 테고, 패배한 제가 뭐라고 할 것이 아닙니다."

●

헌터는 솔직히 질렸다.

……이 녀석, 위험한데……. 세계의 기준이 카가미하고 호리노우치야…….

하지만 메리는 기준의 곁에 있지 않고 이곳에 있다. 그 이유는 무엇일까, 일단 물어보았다.

"위에 가서 같이 밥을 먹고 그러진 않아?"

"그 두 분과 같은 테이블에 앉는다니, 무슨 그런 황공한 행동을……!"

……이봐……. 인간 언어로 이야기를 나누자고…….

절실하게 느껴지는데, 아마 이건 종교의 일종인 것 같다. 호리노우치는 무녀니까.

그래도 약간의 희망을 품고 말해보았다.

"그렇게 대단한 녀석들은 아니거든? 공격력하고 머리가 이상한 걸 빼면."

"자신을 쓰러뜨린 존재를 우롱하다니, ……수준이 뻔히 보이는데요?"

"응. 당신 수준이 뻔히 보이지 않아서 꽤 질리는데……."

홋, 메리가 그렇게 말하며 어깨를 늘어뜨렸다. 내 말과 행동을 착각해서 그런 건가? 자신에게 형편좋게 생각하는 거라면 폭언을 내뱉더라도 스스로 해결해줄 것 같아서 고마운 마음이 든다.

하지만 나는 자그마한 의문을 품게 되었다.

"저기 말이야, 당신이 있는 위치……."

보통 식당에 오면 가운데 쪽에 자리를 잡는다. 창가에 있으면 원격 계열 마녀에게 '찍히거나' '보이는' 경우가 있고 카운터 쪽에 자리를 잡으면 요리를 기다리고 있던 마녀와 문제를 벌이게 되는 경우가 있기 때문이다.

그렇기 때문에 가운데 쪽이 가장 안전하다고 할 수 있는데.

"왜 창가에 앉은 거야."

"훗, 모르시겠나요……. 이미 작전이 시작되었다는 것을."

왠지 예상이 되었기에 술식진을 통신설정으로 오픈. 등록번호를 두드리자 곧바로 상대방이 나왔다.

『나인데, 누구지? 아니, 맞춰볼까……. ──아, 사쿠라기쵸 3번지의 라멘 가게 '킨킨'의 점장인가? 마늘 무제한이라고 전부 다 먹어버려서 미안하다!』

"아니야, 바보야. 저기 말이야, 카가미. 지금 어디쯤 앉아 있어?"

『아. 남쪽 끄트머리, 계단 근처다만, 무슨 일 있나?』

그 말을 듣고 천장을 보니 근처에 바깥쪽 계단의 하부구조체가 있었다.

잠시 후 나는 무표정하게 천장을 올려다보고 말해보았다.

"아래쪽에 스토커가 있으니 장소를 살짝 옮겨볼래?"

●

헌터의 시야 안에서 15초 뒤에 메리가 말없이 옆옆 테이블로 자리를 옮겼다.

……어떻게 보는 건데……!

아, 잘 생각해보니 이 녀석은 마기노 상태로 자신을 유지하고 있었지. 대상의 유체상태 같은 것을 탐지하는 것 정도는 여유롭다는 건가? 그리고 다시 아무 일도 없었다는 듯이 공부하기 시작하는 메리를 보고 나도 참 잘 어울려주는구나, 라고 생각하며 물어보았다.

"……아래쪽에 있으면서 뭘 할 셈인데."

"하위 랭커들이 두 분께 함부로 시비를 걸면, 그걸 아래부터 부수는 거죠. ──모르시겠나요?"

"아~, 미안~, 모르겠네~."

그래도 뭐, 이쪽을 뛰어넘어서 시비를 거는 거나 마찬가지니 메리가 방파제 역할을 맡겠다는 말도 왠지 이해가 된다. 아니, 예전에 나도 그럴 생각이었고. 그런데.

"호리노우치를 꽤 인정하는구나."

●

호리노우치, 그 말을 듣고 메리는 마음 속으로 약간의 열기를 느꼈다.

준장님이자 선생님인 카가미가 파트너로 인정하고 있는 상대.

솔직히 랭커전을 벌이기 전까지는 안중에도 없었다. 아니, 상대하는 것을 상정하고 있긴 했지만 준장님으로 머리가 가득 차 있었기 때문에, 그리고 신도의 사격술을 과소평가하고 있었기 때문이다.

하지만 현실은 달랐다.

전투 기록을 보아하니 준장님은 탱커와 이쪽의 공격을 막기 위한 어태커로만 움직이는 흐름이었다. 전투에 있어서 각 상황의 기점과 결판은 굳이 말하자면 호리노우치가 만들어내고 있었다.

특히 무시무시한 것은 '사격'이라는 단어로부터 만들어내는 종합적인 능력이다.

"인정할 수밖에 없겠죠."

그야.

"……보통 남극에서 쏴둔 포격을 도쿄에서 맞출 수 있나요?"

제4위가 말없이 고개를 끄덕인 것은 전면적으로 동의하기 때문일 것이다.

●

그렇지⋯⋯, 메리는 제4위가 그렇게 말한 것을 들었다.

이 상대와 동의할 수 있다는 것은 드문 일이다. 물론 그로 인해 전혀 기쁨을 느끼지는 않았지만 인식한다는 의미까지 포함해서 말해두기로 했다.

"그것 말고도 있습니다."

"말해봐."

네, 나는 그렇게 맞장구를 치면서 예전에 벌였던 전투를 떠올리며 말을 꺼냈다.

"⋯⋯남극에서 날아온 포격은 세 발을 동시에 날린 것에 가까웠습니다. 하지만 고출력 탄체를 사용하면 보통 그렇게 접근시킬 경우 간섭이 일어나서 튕겨 나가겠죠."

"⋯⋯아마 그런 걸 상정한 술식처리를 해두었을 거야, 그 거. ⋯⋯내 헤지호그도 탄체 이중발사는 교차실험 때 간섭이 보여서 금지하고 있는데."

"잘 생각해보니 당신의 포격과 무승부였죠, 호리노우치 양의 일격."

아, 응, 제4위가 그렇게 말하며 고개를 끄덕였다.

"브라질 앞바다에서 날린 포격이 빗나갔다고 생각했었는데, 빗나갔다면 그런 물기둥이 솟구칠 리가 없지. ⋯⋯아무도 상상하지 못했지만 카운터 히트였어, 그거."

그런데 새삼 생각해보니 엉망진창이다.

"아무리 위성 감시급 데이터를 지니고 있다 해도 초고속 탄두에 카운터를 날리지 말라고."

"무시무시한 사람이에요."

그야, 나는 그렇게 말을 꺼냈다.

"공격력에 전부 때려 박고 방어 같은 것은 최저한으로 유지한다는 것은 제 이라와도 통하는 부분이 있죠."

"아, 그 말을 듣고 보니 그렇네. ──호리노우치 쪽은 사역체가 주작이라 기본적으로 이동력이 높지만."

그렇네요, 나는 그렇게 말하며 고개를 끄덕였다.

그리고 나는 공부하던 손을 멈추고 테이블에 팔꿈치를 대고 있던 두 손을 기도하는 듯이 깍지꼈다.

"그런데, ……아시겠나요?"

"응. 말해봐?"

나는 숨을 돌린 다음 말했다.

"방어력을 버리고 공격력에 전부 때려 박을 거라면 제 '소멸'처럼 강력한 공격술식을 써야죠. 아니, 보통 그러는 법 아닌가요? 아니면 당신처럼 백업 조직과 연계한 술식으로 강화시키든지. ……그런데 왜 원시적인 실체탄을 자력으로 포격하는 걸까요, 그분은."

그렇게 지적하자 제4위가 두 손으로 얼굴을 가리고 온몸으로 현실을 외면했다.

●

호리노우치는 통신용 술식이 얼굴 옆에 뜬 것을 보았다.

확인해보니 헌터였다. 받지 않을 이유가 없었기에 회선을 허가했다.

"……왜 그러시나요? 헌터. 돈이 부족해요?"

『아, 미안. 저번에 구워 먹은 고기값을 안 줬던가?』

"아뇨. 그건 저희 쪽 경비로 처리할 테니 신경 쓰지 않으셔도 돼요. 그다음에 술김에 파일 벙커로 학장님의 동상 치마를 미니스커트로 만든 건 책임질 수 없지만요."

『그거?! 그거 내가 한 거야?! 어설프게 깎아냈다 싶었는데.』

"하하하, 호리노우치 군. 헌터 군이 마무리까지 채갈 모양이군."

학장에게서 통신 술식진이 왔지만 수도로 부쉈다.

"아무튼 헌터, 대체 뭐죠? 중간고사 뒷풀이는 아직 안 정해졌는데요?"

『아니, 그게 아니라, 저기 말이지.』

"뭐죠?"

『호리노우치의 주포는 왜 실탄 계열이야?』

"헌터도 그렇잖아요."

호오. 정면에 있던 카가미가 그렇게 말하며 팔짱을 끼고 고개를 끄덕였다.

"설마 헌터 군이 자신의 공격술식에 의문을 품기 시작한 건가? 좋아, 말해주게나, 호리노우치 군. 때려 넣었을 때 실탄 쪽이 더 기분 좋기 때문이라고! 자……!"

바보는 내버려 두고, 일단 다시 물었다.

"헤지호그를 조정하는데 의견이 필요한 건가요?"

『아, 아니, 내 쪽은 그, 미군 쪽 백업하고 연동되어 있잖아?』

아, 나는 그렇게 납득했다.

하긴, 나도 호리노우치 가문의 백업을 받고 있긴 하지만 포격 자체는 개인의 능력이다.

어째서 그런 식이냐고 하면.

"──제 일은 스스로 하고 싶기 때문이죠. 그러니 '자신의 주제'를 파악하고 너무 복잡하지 않은 포격 형태로 만든 거예요."

그리고, 그렇게 말을 덧붙였다. 카가미의 반응을 살짝 신경 쓰면서.

"실탄 계열은 저희 어머니께서 그러셨기 때문이라는 이유도 있어요."

●

헌터는 말이 없어진 자신을 느꼈다.

잠시 후 펜과 노트를 내려다보려고 했지만 그러지 못하고 있던 메리가 이쪽을 보고 안경을 고쳐썼다.

"왜 그러시죠? 랭크 4위."

"아, 응, 호리노우치 말인데……."

"네, 실탄 계열로 잡은 이유는 뭐라고 하나요?"

곧바로 대답했다.

"자신의 주제를 파악하고 그렇게 되었대."

다시 말해.

"——일본인의 마음이지. 겸손해서 그렇게 되었다고 하니까."

그리고 덧붙여두었다.

"어머니도 그러셨다는데."

그렇게 말한 다음 다시 메리를 바라보니 두 손으로 머리를 감싸 쥐고 있었다.

……아, 응, 알아, 알아.

"미치광이는 자기가 그렇다는 것을 눈치채지 못하는 법이지, 언제나."

그리고 중간고사는 문제없이 시작되었다.

제1장

서빙할 때는.
마음의 위치를 높게 잡는다.
그것이 주인의 긍지가 될 수 있게끔.

●

　중간고사는 비교적 문제없이 시작되었다. 밤에 자기 방라운지에서 호리노우치는 그렇게 생각했다.

　정면, 테이블 건너편에는 술식진으로 인터넷의 정보와 손근처에 있는 노트를 맞춰보고 있는 카가미가 있고, 왼쪽에는 융단 위에서 헌터가 사전과 술식진을 번갈아가며 보고 있었다.

　나도 노트를 펼쳐 내일 있을 현대국어를 예습하는 중이다.

　이상하게 조용해서 가끔 노트를 넘기는 소리가 울리면 살짝 긴장이 되었다.

　최근 몇 달을 지내왔는데, 이제야 겨우 우리가 학생이라는 것을 인식하는 느낌이다.

　……뭐, 이러쿵저러쿵해도 시호인 학원은 기본적으로 학교니까요.

　시험 내용은 일반교양의 범주이긴 하지만 마술 쪽에 치우쳐 있다.

　국어는 그 내용의 '의미를 읽어내는 것'부터 시작하여 전통 시나 고문 등에서 언령을 접해나가는 흐름이 단골이다.

　수학은 사물의 진리를 풀어나가는 시험을 치르게 되고, 화학에서는 연금 관련 내용이 많고, 역사는 민족의 발생과 이동 등이 기본이다.

　물론 그쪽 점수가 낮더라도 상관없기는 하다.

마녀들에게는 소속 문화가 있다. 시험 내용이 금기에 저촉되는 경우도 있기에 반 모두가 답을 낼 수 있는 것 자체가 희귀한 경우다. 가정과에서 파트너와 함께 햄버그를 만들면 자기도 모르게 고깃덩어리를 촉매로 사용해 상대를 저주해버리는 것도 자주 있는 일이다. 올해는 체육 시간에 파트너와 함께 철봉 거꾸로 오르기를 하다가 대륙 계열 마녀가 자기도 모르게 상대의 혼을 발에서 빼내 큰 소동이 벌어졌다.

미안, 미안, 그렇게 끝낸 걸 보니 역시 대단하긴 하다. 되돌린 사람은 북유럽 계열 마녀였고, 그 사람은 혼을 발로 걷어차 넣은 걸 보니 세계는 순환하고 있는 것 같다.

일단 나도 시험은 치르는 파다. 어찌 됐든 학생회장이니까.

그런데 카가미도 나와 함께 시험을 치르겠다고 한 건 왠지 뜻밖이었다. 그리고.

"……당신은 어째서 제 방에 눌러앉은 거죠?"

메리전 이후로 입구 근처에 있는 방에 눌러앉은 것이다.

●

원인을 따지면 애초에 메리전 그 자체겠죠, 호리노우치는 그렇게 생각했다.

그녀가 헌터와 승강이를 벌이다 학원의 인공지각을 가른 것. 그로 인해 발생한 균열 선상에 교직원들의 숙소가 있던 것이다.

31

카가미는 출신 때문에 교사 숙소의 빈방이라고 해야 하나, 지붕 위에 살고 있었던 모양인데 지각을 보강하고 균열에 대비한 공사가 시작되는 것과 함께 이쪽으로 와버렸다.

허가도 없이 왔기에 처음에는.

"……아침 일찍부터 일부러 이쪽으로 왔다가 학교에 가시네요."

그렇게 생각했지만 아니었다. 이 최상층 거실이 너무 넓은 것도 이유 중 하나지만, 보통의 경우에는 있을 수 없는 일이었기에 그랬다. 눈치챈 것은 눌러앉은 다음 일주일 뒤였고, 이미 눈치채고 있던 시녀들과 코타로도 그럴 생각이었는지.

"아가씨, 지금 카가미 님을 바깥으로 내쫓아봤자 소동이 바깥에서 벌어질 뿐입니다!"

그 말은 매우 설득력이 있었던 것 같다. 어찌 됐든 요즘에 헌터와 메리가 하위 랭커들이 도전하려는 것을 물리치고 있는 것 같고, 그 이야기를 흥미롭게 듣고 있는 카가미를 보고 있자니.

……기회가 생기면 끼어들 생각에 가득 차 있네요…….

그런 부분을 카가미에게 물어보니.

"당연하지, 호리노우치 군. 여동생이 주체가 되어 만들긴 했지만 우리가 만든 세계가 어떤 가능성을 지니고 있는지 보고 싶지 않겠나."

그렇다는데, 헌터와 둘이서 신나하는 모습을 보고 있자니 오싹해진다.

　아무튼 잘 생각해보니 나도 그런 동거인들은 제쳐두고 라운지와 통로 말고는 시녀들과도 마주친 적이 없는데.

　……앗, 격리당한 아이 같네요……!

　새삼 깨달은 새로운 사실이다.

　그런데 카가미도 대놓고 공유감을 느낄 생각은 없는 모양이다. 정신을 차리고 보니 세면대에는 새로운 칫솔과 IZUMO의 '크리스탈 고추냉이' 같은 것이 놓여 있으니 흥미를 느껴 써보고 싶어질 만한데 가끔 내 '정화용 소오이 말차'가 줄어들고 있으니, 의외로 고추냉이를 싫어하시는 건가요?

　……아니, 이거 원래 소이 말차 아닌가요? 카가미의 여동생이 단어를 잘못 안 건지…….

　세계의 주민의 지식과 상품명이 들어맞지 않는 것도 설정인 걸까. 요즘 세계에 대한 의문을 검은 마녀 때문이라고 생각하기 시작한 걸 보니 감화라는 것이 꽤 골치 아픈 거라는 생각도 든다.

　그런데 중간고사 사흘째 되는 날 밤. 라운지 바닥에서 술식진에 과제 도면을 그리고 있던 헌터 옆에서 카가미가 갑자기 이렇게 말했다.

　"──중간고사 뒷풀이는 시기적으로 볼 때 할로윈 파티겠어, 호리노우치 군."

　왜 이미 결정된 것처럼 말하는 거죠……?!

●

헌터가 볼 때 할로윈이 베스트 선택이었다.

"왠지는 모르겠지만 메리하고 시험 순위를 경쟁하게 되어서~. 그 상이라고 해야 하나, 뒷풀이 때 할로윈으로 이것저것 흘려보낼 수 있다는 건 꽤 고마운데~."

정말 나도 잘 모르겠지만 그날 식당에서 같이 나올 때 선전포고를 받았다. 메리 말에 따르면.

"그럼 어느 쪽이 학년 순위에서 위인지 승부하시죠."

라는데, 나는 당신보다 위인데 괜찮은 건가 모르겠네.

그래도 뭐, 상으로 할로윈 파티라는 건 멋지다.

"미국에서는 가장이라고 해야 하나, 그, 헥센나하트로 인해 생긴 고아들 상대로 마녀들이 자주 찾아가서 Trick or Treat를 하니까. 정작 그런 날이 와도 축제라는 느낌이 안 들거든. 각지에서 마녀들이 상호 원조 조직을 만들어서. 집안일을 해주는 정령을 두고 가거나 2주일 동안 줄어들지 않는 빵, 잘라도 잘라도 하룻밤만에 원래 두께로 돌아가는 햄, 그런 걸 고아의 집에 가져다주곤 하거든."

"그것도 여동생이 상상에서 벗어난 것 같다만."

나는 카가미가 한 말을 듣고 고개를 들었다.

"다시 말해 이 세계의 오리지널이라는 거야?"

"작품에는 작가 이상의 지식이 담겨져 있지 않으니까.

──그곳에서 생겨난 자들이 움직여서 만든 것들은 여동생

의 '작품 바깥'이라 할 수 있겠지."

카가미의 말에 따르면.

"후지 화구 호수 온천 같은 것은 나도 그렇고 여동생도 잘 모르지만 존재하는 것을 보니 여동생이 기반인 우리의 세계는 역시 내 세계를 '설정'으로 끌어들인 것 같군. 거기에 헥센나하트의 정보가 겹쳐져서 여동생이 '이해하기 힘든 부분'을 박살 내는 것 같기도 하고. 반대로 '알기 힘든 부분'은 방치하는 곳도 있을 거야."

"살고 있는 주민에게는 엄청 민폐인데, 그거⋯⋯."

그래도 뭐, 나는 그렇게 말하며 바닥 위에 팔꿈치를 대고 볼을 괴었다.

"카가미의 여동생에게는 미국이 어땠던 거야?"

"아버지의 출장에 따라가는 흐름으로 어느 정도 규모의 도시는 봤는데?"

"아~, ⋯⋯하긴 그런 느낌이네."

"무슨 소리죠?"

"──주요 군사기지도 그렇지만 주요 공항이 어느 정도 동서 라인을 기반으로 헥센나하트의 피해를 입었어. 검은 마녀는 인구 밀집지역을 노렸다. 다들 그렇게 말하지만 실제로는 '그곳을 잘 알고 있기 때문'에 그랬던 거겠지."

"그런 걸 따지면 여동생이 저지른 소행을 변명할 수 없지만 말이야."

여동생에 대해서는 장난기 있는 말투로 말하는 경우도 많지만 역시 궁극적인 부분에서는 엄벌주의다.

호리노우치는 그런 말에서 느껴지는 카가미의 판단을 그녀의 감정으로 봐도 될지 약간 망설이고 있다. 하지만.

"뭐, 모든 것은 결과다. 헥센나하트에 나가봐야겠지."

그렇게 말하는 카가미의 표정이 살짝 어두워진 것을 눈치챌 수 있게 되기는 했다.

그런데, 나는 그렇게 말을 꺼냈다.

"──중간고사가 끝나면 분명 랭크 1위와 랭커전을 벌이게 될 거예요. 그러면 검은 마녀는 코앞이죠."

"랭크 1위에게 이길 수 있다면 말이지."

카가미가 살짝 웃었다. 그리고 그녀는 내 뒤, 카운터에 서 있던 코타로를 보았다.

"랭크 1위의 정보는 들어오지 않았던가?"

"10년 전, 저번 헥센나하트가 종료된 직후, 학장님과 다른 분들께서 랭커 제도를 제정하신 뒤로 부동의 1위라고 들었습니다."

"──흥미롭군. 호리노우치 가문의 시녀 중에서 랭크 1위와 맞붙은 경험이 있는 자는?"

그 물음에 대해 돌아올 대답은 알고 있다.

……없겠죠.

있다면 이미 정보가 이쪽으로 넘어왔을 것이다. 그런데 넘어오지 않았다. 다시 말해 랭크 1위는 불명이고 불가침이라는 것인가? 그리고 당연히 코타로의 대답도.

"――있습니다."

●

"있나요?"

처음 듣는 말이다. 코타로가 고개를 살짝 숙이고 이렇게 말했다.

"있었습니다, 라고 해야 할까요."

"그건――."

"랭크 1위에게 패한 뒤 여러 가지 사정 때문에 호리노우치 가문을 떠났습니다."

"몇 년 전?"

"――9년 전입니다."

헌터의 질문과 코타로의 대답을 듣고 나는 어떤 사실을 이해했다.

"그럼 정말로 10년 동안 부동의 1위인 거네요……."

"네. 저도 한 번 그것에 준하는 힘을 본 적이 있습니다. 큰 사모님을 모실 때, 아직 일개 집사였을 때입니다만."

"그건――."

코타로가 잠시 뜸을 들인 뒤 이렇게 말을 이어나갔다.

"절대적인 방어와 절대적인 공격으로 인해 그 누구에게도 무적이었다고요."

●

코타로는 숨을 돌리고 카운터 안쪽을 보았다.

그쪽. 호리노우치와 다른 사람들이 있는 곳에서는 볼 수 없는 통로로 이어지는 공간에는 시녀들이 앉아 있었다. 안경을 낀 시녀장이 이쪽으로 간략 노멀 디바이스인 창을 겨누고 있었고.

"──집사장님, 쓸데없는 말을 하면 푹 찌를 테니 주의하세요."

"안 합니다! 아니, 왜 다들 와 계신 건데요!"

"그야 큰사모님 이야기니까."

고참이지만 어린애로만 보이는 서유럽 출신 그림책 계열 마녀가 말했다.

"떠나간 그녀도 이건 내가 건드려서는 안 된다고 생각했기에 그 말만 남기고 떠난 거지. 졸업한 뒤에 여기로 와서 우리하고 시끌벅적하게 지냈지만 그렇다고 해서 자기도 모르게 정이나 분위기에 휩쓸려서 정보를 떠벌리면 안 되니까."

알겠어? 그녀가 그렇게 말하며 이쪽을 올려다보았다.

"8위로 끝난 나는 모르겠지만, 그 사람은 그렇게 생각한 거야. ──그 1위가 다음 헥센나하트에 나가야 한다고."

●

　호리노우치는 수수께끼가 들이닥친 듯한 기분이었다.

　"절대적인 방어와 공격?"

　"그런 걸 둘 다 가지고 있는 거야?"

　"헌터 군이 거기에 가깝지 않나?"

　"메리의 소멸술식도 사용하기에 따라서는 절대적인 방어와 공격이죠?"

　"하지만 그 사람들에게 포격을 때려 넣은 누군가가 있었지? 추격까지 가했던 것 같기도 한데."

　"그, 그건 일종의 기습이거든요?!"

　그렇죠? 그렇게 생각하며 헌터에게 동의를 요구하는 시선을 보냈다. 그러자.

　"──헌터도 왜 주저앉아서 얼굴을 손으로 가리는 거죠……?!"

　"호리노우치가 무리한 걸 요구하잖아……!"

　그런데 갑자기 카가미가 이렇게 말했다.

　"뭐, 그런 무리한 것이 현재 랭크 1위라는데, 어떤가? 호리노우치 군, 전 랭크 1위로서 자네의 어머님께서는 어떤 술식과 프레임을 사용해서 싸우셨지?"

●

어머니의 술식과 프레임.

카가미가 그것에 대해 묻자 호리노우치는 살짝 숨이 막혔다.

내 마음속에서는 어머니와의 이별이 기억으로 남아 있다. 하지만.

"……어려운 이야기네요."

그렇다. 10년 전 헥센나하트에 대해 알 수 없는 것이 한 가지 있는 것이다.

"몰라요."

10년 전 밤에 있었던 일.

세계의 대부분이 부서지고 소중한 사람을 잃은 하룻밤에 있었던 일.

그만큼 이별한 광경이 기억으로 남아 있는데도 모르는 것이 있다.

"안타깝지만 저는 어머니께서 어떻게 싸우셨는지 몰라요."

●

"모른다고? ……격전이었을 터인데. 모른다는 건가?"

"네."

나는 카가미의 질문에 대답했다.

……그래요.

어머니와 검은 마녀가 벌인 전투는 기억에 남아 있지 않다. 아니.

……사라졌어요.

어머니가 어떻게 싸웠는지. 어떻게 지켰는지. 그리고 어떻게 패했는지.

내 기억에 '있을 것'이라고 생각했지만 모르겠다.

몽롱한 이미지는 있다. 대량의 빛과 힘이 그곳에 있었다는 것. 하지만 그 이상은.

"모르겠어요……."

그 말을 듣고 카가미가 돌아보았다.

그리고 그녀는 뭐라고 말을 하려다가 손으로 얼굴을 가렸고, 돌아선 다음.

"바……."

"바보가 되었냐고 하려던 거죠?! 그런 거죠?!"

"아니, 호리노우치 군은 정말 총명한 아이로군."

그런데, 헌터가 그렇게 말하며 손을 들었다.

"검은 마녀가 궁지에 몰려서 저지른 그것들은 포착했지? 우리 쪽에서도 알고 있으니까."

"네. ……검은 마녀가 거대한 인간형, 용의 원군을 잔뜩 불렀죠."

그 사실은 알고 있다. 위성 궤도 위로 추측되는 위치에서 지구상으로 내려온 '원군'은 거리와 속도를 무시하는 것 같은 기세로, 하지만 자연스럽게 지표면으로 향한 것이다.

그것들은 지구의 회전에 맞춰 적도 평행선에 순차적으로

떨어졌기 때문에 사태를 파악하고 있었다면 낙하위치의 지연시간을 통해 오세아니아 서해안 쪽의 피해를 줄일 수 있었을 것이라는 이야기가 있다.

하지만 이미 육안과 혼란스럽게 들어오는 정보를 통해 상황을 이해하고 제때 대처할 수 있었던 것은 폴리네시아 방면뿐이었고, 그렇기에 헌터와 그녀에게 협력하는 제7함대는 그쪽에 남아 있는 전력과 연계하는 방법도 쓸 것이다. 우리와 헌터가 대결했을 때, 그녀가 처음 선택한 저격 위치는 하와이 앞바다. 다시 말해 그런 것이다.

"카가미, 일단 물어보는 건데요, 하와이는——."

"아, 여동생이 해변에서 해삼을 주워서 시끄럽게 떠들곤 했는데, 대체로 호평이었지."

……역시나 그렇군요——.

건너편에서 헌터가 바라보고 있는데, 점점 익숙해진다.

그런데, 카가미가 그렇게 말했다.

"검은 마녀의 전투와 호리노우치 군의 어머님이 벌인 전투에 대해서는 '모른다'고?"

"그렇습니다, 카가미 님."

카운터 쪽에서 그렇게 말한 사람은 코타로였다. 그는 정성껏 잔을 닦고 바라보면서.

"——검은 마녀와의 전투. 그때 양쪽에서 벌인 전투에 대해서는 자세한 기록이 없습니다."

"어째서지?"

나는 그 물음에 대답했다.

"검은 마녀에게 '말소'당했기 때문이에요. 이 세계에서, 역사에서, 모든 것을."

"그건──."

"검은 마녀가 지니고 있는 힘. 개념말소라고 불리는 술식이에요."

말했다.

"이 세계를 만든 것과는 정반대의 힘. 이 세계를 멸망시키고 모든 것을 없애는 힘을 패배한 상대에게 날리는 거죠. ──그리고 어머니는 대항할 힘도 잃고, 기록도 사라졌어요."

●

카가미라는 존재.

그리고 이 세계가 생겨난 경위를 알게 되었으니 헌터도 할 말이 있었다.

"지우개구나."

이제야 알게 된 것이 있다. 다시 말해 검은 마녀가 지니고 있는 멸망의 힘이란.

"이 세계를 쓰고 만든 것과는 다른 것, 지우는 힘. ──호리노우치네 엄마는 검은 마녀에게 사용했던 대항술식에 대한 표기가 지우개로 지워진 거야."

"일괄소거 되었다면 그 부분이 공백이라는 이야기도 이해가 되는군."

그렇다면, 카가미가 그렇게 말했다.

"……검은 마녀에게 대항할 수 있는 기술은 이어지지 않은 건가?"

"네. ……애초에 검은 마녀가 '말소'를 상대방의 기술에 쓴 케이스는 어머니가 처음이거든요."

"그래?"

무심코 물어보았는데, 호리노우치는 그저 고개를 끄덕이기만 했다. 하지만, 그녀는 그렇게 말하며 고개를 갸웃거렸고.

"검은 마녀도 꽤 초조한 상황이었던 것 같고, 혹시나 과거에 그런 경우가 있었을지도 모르지만 제가 조사한 바에 따르면 '말소'를 그 대항술식에까지 사용한 것은 어머니뿐이에요."

"아쉽군."

카가미가 다시 팔짱을 끼고 이렇게 말했다.

"그게 뭔지 알아낼 수 있다면 호리노우치 군을 쉽사리 강화시킬 수 있었을 텐데. 그래, 다시 말해 단순한 망코에서 슈퍼 망코로 승격하는 거지……!"

호리노우치가 일어선 것과 동시에 카가미가 재빨리 도망쳤기에 말했다.

"이봐, 중간고사가 있잖아."

●

    그래도 뭐, 그렇게 말한 카가미의 목소리를 호리노우치는 함께 자리에 다시 앉으며 들었다.

"실제로 호리노우치 군의 성장할 점에 대해 참고할 것이 없다는 것은 아깝군."

"아뇨, 조금은 있는데요?"

"사상 클래스의 '말소'에 대항할 수 있는 정보방호가 있던가?"

"아뇨, 단순히 어머니의 결전용 술식에 대한 것 말고 다른 정보는 사라지지 않았으니까요."

    그러니까, 나는 그렇게 말하며 주작을 불러냈다. 오른쪽 어깨 위, 보아하니 술식진 안에 있던 주작이 메밀국수를 먹고 있었다. 그리고 주작은 나와 눈이 마주치자 진지한 표정을 짓고.

『………….』

    말없이 그릇을 술식진 건너편 공간에 숨겼다. 곧바로 한쪽 발로 서서 모르는 척 울음소리를 내기 시작한 주작을 보고 카가미와 헌터가 눈을 반쯤 뜨고 바라보았다.

"호리노우치 군, 그거……."

"새, 새도 메밀국수 정도는 먹잖아요? 메밀 열매도 좋아할 테고요."

    그런데 이 주작이 중요하다.

"주작에게는 역대 호리노우치 가문 대표가 넣어둔 프레임 정보가 있어요. 그래서 제 주룡담은 지금 제 전용이라 할 수 있지만 강화 같은 걸 할 때는 선대 이전의 정보를 참고하곤 하거든요?"

호오. 헌터는 그렇게 감탄했고, 카가미는 눈을 반쯤 뜨고 속삭였다.

"다시 말해 호리노우치 군의 어머님께서도 공격력에 전부 때려 박았다는 거로군?"

"검은 마녀도 질릴 만하지……."

"으음. 지워두지 않으면 위험할 거라고 판단한 거겠지."

"이, 이봐요! 거기! 어머니의 캐릭터를 멋대로 만들지 마세요!"

애초에, 나는 그렇게 말하며 헌터를 보았다.

"헌터는 공격력과 프레임의 크기, 강도의 관계 같은 건 이해하고 있잖아요?"

"아, 응. 뭐 방식에 따라 적용하는 것도 꽤 크게 변하겠지만 말이야."

"무슨 뜻인가?"

카가미가 묻자, 헌터가 공중에 두 손으로 50센티미터 정도의 거리를 쟀다.

저기 말이야, 그녀는 그렇게 말을 꺼낸 다음.

"마기노 프레임 클래스의 마법 지팡이쯤 되면 운용하는 것도 꽤 골치 아프잖아? 대형화되면 세밀한 움직임도 힘들어지고, 출력 쪽 '회전'이 느려질 수밖에 없어. 군대 규모라면 모두 함께 관리 같은 걸 할 수 있겠지만, 헥센나하트는 기본적으로 단독 출장이니까."

"그럼 호리노우치 군의 주룡담은 성장 한계에 도달했다는 건가?"

"──아직 손을 쓸 만한 부분은 있지만 뭔가 근본적인 개량 같은 걸 한다면 어떻게 될까, 그런 생각을 할 시기가 되긴 했죠."

그러니까.

"어머니께서도 혹시나 마지막에 그런 개량을 하셨을지도 모르니까요."

●

그렇군, 카가미가 그렇게 말하며 의자에 다시 앉은 것을 코타로가 보았다.

이 세계를 만든 쪽. 검은 마녀에 가까운 그녀는 선대의 결정적인 지식을 잃었다는 사실의 의미에 대해 그 방법도, 결과도 잘 알고 있을 것이다.

"다시 말해."

카가미가 그렇게 말하며 오른쪽 집게손가락을 들고 말했다.

"다음 랭커전에서 자네가 어머님을 따라잡기 위해 참고할 것을 얻을 수 있을지도 모른다, 그렇게 생각해도 되는 건가? 호리노우치 군."

……역시 대단하십니다, 카가미 님!

자연스럽게 떠오른 그 말에 겹쳐진 목소리가 있었다.

"훌륭하십니다. 카가미 님."

오른쪽. 카운터 옆쪽 벽 그늘에서 어떤 사람이 나타났다.

시녀장이었다.

●

호리노우치는 카운터 너머, 통로 모퉁이에서 시녀장이 다가온 것을 보았다.

그녀는 우리에게 내줄 티 세트를 담은 쟁반을 들고.

"아가씨. 안심하십시오, 이렇게 말씀드려야 할까요."

"안심……?"

네, 시녀장은 그렇게 말하고 나서 컵을 소리 없이 내려놓은 뒤 거기에 홍차를 따랐다. 헌터가 손을 들고.

"아, 나는 레몬 듬뿍!"

그렇게 말하자 시녀장이 웃으며 공중에 레몬을 던졌다.

그 직후. 그녀가 든 컵 바로 위에서 레몬이 두 조각으로 갈라졌고, 그 안에 들어있던 것이.

"도려내는 건가?"

"아뇨, 비틀어 끊는 겁니다. ──원래는 장창형 디바이스이고, 고속으로 회전하는 라이플 탄이 됩니다."

그렇게 말하던 동안 레몬의 내부가 사라지고 약간 끈적거리는 액체가 되어 컵으로 떨어졌다.

시녀장은 빈 쟁반으로 공중에서 떨어지기 시작한 레몬 껍질을 받아낸 다음.

"변변찮은 기술을 보여드렸습니다."

"아니, 훌륭하군. ──그 손놀림으로는 어느 정도 크기까지 가능한 건가? 예를 들면 자몽 같은 건 힘든가?"

"출력에 달려 있기에 수박이나 드럼통 같은 것도 가능합니다. 학생 당시에는 머리카락 모양에도 영향을 받아 랭크 3위의 어번 네임은 '드릴 부인'이었습니다."

●

"아~, 시녀장님, 신났네."

코타로는 카운터 그늘에 앉아 있던 시녀들을 보고 고개를 끄덕였다. 술식진으로 라운지를 확인하는 그녀들을 곁눈질하면서.

"아니, 저 사람, 홍차를 가져가기 위해서 방금 거기서 앉아 있다가 저쪽으로 움직인 다음 태연하게 돌아왔죠? 그렇죠?"

"……집사장님, 서 있는 게 잘못이죠. 작전행동 중에는 리닝이 기본이라고요."

"아니, 저는 평범하게 학생부터 올라온 일반인이니까요."

"그러면 우리하고 맞서려 하지 말아주세요……!"

"일반인이든 마녀든 대항심은 별개입니다……!"

또 억지를 부리네. 시녀들이 그렇게 말했지만 무시하기로 했다. 그러자 시녀들이 술식진 영상에 독순술식을 걸면서.

"뭐, 시녀장님이 저쪽에서 다시 나온 건 이해가 되지만요."

"무슨 징크스 같은 게 있는 건가요?"

"아뇨, 갑자기 집사장 옆에서 일어서면 기분 나쁘잖아요."

"그 기분 나쁘다는 말은 대체 뭡니까……!"

"아, 집사장님이 기분 나쁘다는 건 아니거든요?"

"맞아요, 집사장님. 아무리 마녀들투성이인 직장이라 해도 피해망상은 삼가세요. 그런 피해망상 때문에 저희를 학대하다니, 아, 이런 말을 하면 또 피해망상 때문에 싫어하겠네……!"

"여기요! 여기요! 피해망상 환자가 여기 있습니다!"

그때, 이쪽으로 등을 돌린 채 홍차를 서빙하고 있던 시녀장의 치마 안쪽에서 바닥으로 술식진 한 장이 떨어졌다. 이쪽에서만 보이게 한 그 술식진의 내용은.

『떠들지 마.』

그 한 마디를 보고 내 얼굴이 굳었을 때였다. 시녀들이 오오, 그렇게 말하면서.

"역시 대단하십니다, 시녀장님……!"

"잠깐만요, 당신들! 역시 대단하십니다라는 말은 아가씨나 친구분들에게만 써야 하는 말입니다! 우리에게 써서는 안 돼요! 칭찬에서도 격이 다르다고요! 격이!"

"무슨 말인지는 알겠지만 기분 나쁘네요, 집사장님. 아, 이거 디스 중에서도 꽤 격이 떨어지는 건데요."

"그게 격이 떨어지는 거면, 최상위 디스 때는 제가 죽을지도 모르겠는데요……!"

마녀의 언령을 사용하면 정말 그럴지도 모르겠군요, 나는 그렇게 생각했다.

●

코타로가 갑자기 울면서 통로 너머로 물러가자 그 대신인 것처럼 시녀 네 명 정도가 그 모퉁이 너머에서 다가왔다. 가벼운 식사를 준비하려는 모양이었다.

호리노우치는 숨을 돌리는 의미도 느끼고 있었지만 카가미와 대화를 즐기고 있는 시녀장을 바라보는 것도 흥미로웠다.

시녀장은 독일 출신이다. 삼현자(트로이카) 중 한 사람, 독일 대표였던 리스베스 루에거의 후배다. 랭크 3위까지 올라간 뒤 졸업하게 되었지만 그것은 저번 헥센나하트를 마치고 피폐해진 본국을 위해 기술제공을 우선시했기 때문이라고 들었다.

졸업한 뒤에는 편하게 지내기 위해 여기로 왔다고 했지

만, 실력은 여전해서 다른 마녀들을 관리하는 역할을 맡고 있다.

그런 그녀가 카가미와 이야기를 나누며 미소를 짓고 있다. 좀처럼 웃지 않는 사람이라는 것을 알고 있기에 놀라운데.

……유체의 크래프트 계열 술식 같은 건 시녀장에게는 미지의 기술이니까요.

그렇다, 술식 이야기. 그렇기 때문에 예전 3위였을 때의 감각이 돌아왔을 것이다.

……그러니 카가미의 인격에 감화된 것은——.

그렇게 생각한 뒤 나는 창밖을 보았다.

껄끄러운 듯한 내 표정이 비쳐 보였다.

"——."

나는 왜 당황하고 있는 걸까.

……아니, 왜 시녀장을 질투하는 거죠……?!

내 감정을 모를 리가 없다. 이건 분명 놀이 상대가 다른 누군가를 보고 있는 상황과 마찬가지다.

하지만 시녀장이 저렇게 기분이 좋은 것을 '사전단계'로 치고 물어볼 게 있다.

"시녀장? 좀 전에 말씀하셨죠? 제게 안심하라고요."

네, 시녀장은 그렇게 말하며 돌아섰다. 잠깐 다른 곳으로 빠졌다가 그대로 잡담을 나누게 된 것을 눈치챈 모양이었다. 스카프 위치를 바로잡고 카가미에게 고개를 숙인 다음 그녀가 말했다.

"상대가 누구라 하더라도 아가씨께서는 큰사모님의 딸이십니다."

"어머니 이야기가, ……지금 왜 나오는 거죠?"

그렇게 묻자 시녀장은 안경 너머로 미소를 보여주었다.

웃으면서도 눈으로는 먼 곳을 바라보는 것 같은 시선. 예전 시절을 그리워하는 듯한 시선이었다.

그녀는 마녀의 눈으로 이쪽을 똑바로 바라보고 이렇게 말했다.

"──기록에 따르면 큰사모님의 구 주룡담도 헥센나하트의 대표를 결정짓는 전투까지의 데이터가 남아있습니다. 다시 말해 삼현자끼리 벌인 전투에서 승리하기 전까지 말이지요. 지금 아가씨께서 처하신 상황도 마찬가지입니다."

그러니까, 그녀는 그렇게 말했다.

"징크스입니다, 아가씨. 마녀의 징크스는 같은 상황이라면 같은 일이 벌어진다는 것. 예전에 큰사모님께서 그러셨듯이 이번에 아가씨가 그러신다면 징크스가 발동될 겁니다. 아무리 세계의 사상이 지워졌다 하더라도 마녀의 세계에서 징크스가 발동되면 막을 수 있는 자는 없습니다. 검은 마녀도 '마녀'이니까요."

"그렇다면──."

시녀장이 웃으며 눈을 감았다. 그리고 그녀가 고개를 살짝 숙이고.

"아가씨께서도 랭크 1위와의 전투에서 검은 마녀에게 대항할 힘을 얻을 것이다, 저희는 그렇게 생각합니다."

●

호리노우치는 시녀장이 한 말을 들었다.

시선 끝, 그녀는 고개를 숙여 인사를 한 다음 주전자로 홍차를 컵에 각각 따르고는.

"저번 헥센나하트에 출장한 것은 큰사모님이십니다, 아가씨."

웃으며 말한 내용은 잘 알고 있다. 10년 전에는 나도 그곳에 있었으니까.

하지만 그건 어머니 이야기다.

지금 우리는 이번 랭킹 1위에 대한 걱정을 하고 있고.

"저는 어머니와는 다른데요?"

"그렇고말고. ──이름이 다르지."

짧은 시간 동안이나마 째려보았다. 아니, 그건 애칭……, 이 아니라 조잡한 별명이라고 해야 할 호칭이거든요?

하지만 시녀장은 고개를 한 번 숙인 뒤 물러갔다. 발뒤꿈치를 맞대고 허리 뒤쪽으로 몸을 움직이면서.

"역사의 끝부터 존재하는 검은 마녀에게 역대 최강의 마녀가 맞선다. 저희도 똑바로 바라보면 눈이 타버릴 정도로 유체와 술식의 기세가 강렬했지만 검은 마녀의 규칙을 무시한 전술에 의해 패했습니다. 검은 마녀는 원군을 이용해 아무런 상관이 없는 대지를 파괴했으니까요. 다시 말해, ——
다른 말로 하자면 정면으로 맞붙었다면 이겼을 것이다, 그
런 생각이 듭니다."

하지만, 나는 그렇게 말을 이어나갔다.

"졌고, 결국 어머니의 결전에 대한 정보는 전부 다 지워
졌죠."

"네. 그렇습니다. 큰사모님의 패배가 있었기 때문에 저희
들도 그렇고 모든 흐름이 이곳에 있는 겁니다. 그리고 그렇
기 때문에 저는, 저희들은 이곳에 왔습니다. 조국, 조직, 가
족, 그것들을 지키기 위해서라는 대의명분은 헥센나하트의
승리라는 목적 하나로 전부 덮을 수 있기 때문입니다. 그리
고 아가씨께서는 큰사모님을 뛰어넘으실 수 있을 것이다,
저희는 그렇게 생각합니다."

"그건……."

내가 말을 꺼내려 하자 시녀장이 몸을 크게 숙임으로써
가로막았다.

더 이상 말할 필요는 없다, 그런 뜻이겠지.

그녀는 고개를 들었다.

평소에 보던 시녀장, 감정이 없는 것처럼 보이기도 한 표
정이 그곳에 있었다.

평소 때.

그래서 나는 눈치챘다. 현재 호리노우치 가문 당주로서
어떻게 행동해야 하는지.

"네."

나는 말했다. 눈썹을 살짝 추켜세우고 미소를 지으며 시녀장을 향해.

"저도 시녀장이 말한 대로 기대하고 있어요. 랭크 1위와 벌일 전투가 우리를 최강으로 만들어 줄 거라고요."

●

……역시 대단하십니다, 아가씨……!

뒤쪽, 카운터 안쪽과 건너편에서 휘하의 마녀들이 여러 가지 움직임과 목소리를 억누르며 신이 난 것을 들으며 시녀장은 내심 감탄했다.

그렇기 때문에 다시.

"역시 대단하십니다, 아가씨."

나는 고개를 진정한 의미로 숙였다.

나는 **그 말**을 할 수 있는 경지까지 가지 못했다. 가지 않았다고 할 수도 있겠지만, 염치 때문이라도 그런 말은 할 수 없었다.

하지만 **그 말**을 지금 한 사람이 있다.

우리는 그런 사람을 보좌해온 것이다. 그렇다면.

……당시에는 눈치채지 못했던 제 과거로 거슬러 올라가는 마음도 지금 이루어졌습니다.

숨을 돌린다.

"──공부하시는 중에 실례했습니다. 중간고사에 대해 도와드릴 것이 있다면 말씀해주십시오. 카가미 님과 헌터 님도 잘 부탁드립니다."

"그럼 시녀장 군. 중간고사가 끝난 뒤에 할로윈 파티를 부탁하고 싶다만."

"네. 알겠습니다. 규모, 장소, 요리, 이 세 요소면 될까요?"

"자네들도 올 수 있게끔 해야 하는데?"

"네. 그럼 ──아가씨?"

시선을 보내자 호리노우치가 고개를 끄덕였다. 그녀는 어깨를 으쓱이고.

"──계절도 계절이니 또 해안에서 바비큐를 할 수는 없겠네요."

●

그리고 중간고사가 끝나자 시험 휴일을 거쳐 답안지를 돌려받는 날이 왔다.

시험 휴일 기간 중 할로윈 파티 준비를 하고 있었던 호리노우치와 카가미는 답안지를 돌려받는 날 당일, 헌터와 메리가 식당 테라스에서 마주 보고 서 있는 것을 보았다.

……뭐하고 있는 거죠?

왠지 '아, 그거구나'라고 예측하며 본 시선 끝, 헌터와 메리가 품속에서 종이를 꺼내 테이블에 내리치며 이렇게 외쳤다.

"드로우——!"

진짜 뭐하고 있는 건가요?

제2장

『흥정할 필요도 없이』

목숨을 걸어라.
하는 김에 체면도, 수치심도, 체면도.
하지만 돈은 걸지 않는다.
반드시.

푸른 하늘 아래, 식당 테라스 위에 있던 호리노우치의 시선 끝, 선수를 친 것은 헌터였다.

그녀는 A4용지 크기의 종이를 테이블에 내리치며 행동을 선언했다.

"학년 2등인 현대 국어를 공격 표시! 그리고 비슷한 종류인 학년 3등 고문을 특수소환! 그다음에는 한 장을 엎어두고 방어 표시로 소환!"

잠깐만요, 그렇게 뭘 시작한 건지 물어보려고 한 순간, 헌터와 마주 보고 서 있었던 메리가 비슷한 종이를 테이블에 내리치며 소리쳤다.

"그럼 이쪽에서는 학년 1등인 술식을 공격 표시로 소환. ──그다음에는 한 장을 엎어두고 특수소환. 학년 2등과 3등이 1등을 이길 수 있을 것 같은가요? 공격……!"

"잠깐만요."

"잠깐만 기다리게나! 호리노우치 군!"

카가미가 말했다. 그녀는 들고 있던 점심식사 쟁반을 들어올리고.

"지금 두 전사가 자신의 자존심과 우리의 밥값을 걸고 싸우고 있는 거라네!"

메리는 카가미가 들고 있는 쟁반에 햄버거와 학식 선데이라 불리는 아이스크림, 팥빙수, 생햄, 샐러드가 산더미처럼 쌓여 있는 것을 보고 이렇게 생각했다.

……또 속은 건가요……?!

이런 분노로 인해 왠지 정겨운 느낌이 드는데, 일종의 권력남용 아닐까. 그런데 옆에 있던 호리노우치도 핫 샌드위치와 닭날개 튀김, 그리고 후르츠 펀치까지 들고 이렇게 말했다. 한숨 섞인 목소리로.

"어쩔 수 없네요……."

……그게 무슨 뜻이죠?!

이쪽에서 밥값을 지불한다는 이야기에 대해 말한 건가? 그럴 경우에는 이런 짓을 하면서까지 밥값을 내준다니 어쩔 수 없네요, 이런 뜻이 되는데.

……머릿속이 무슨 꽃밭인가요!

가능하다면 온 힘을 다해 승부를 내기 위한 판돈이라고 생각해줬으면 하는데, 그렇게 되더라도 '어쩔 수 없다'는 말은 어린애를 달래는 것 같은 느낌이다.

왠지 내가 생각하지 못했던 방향으로 왜소해지는 듯한 느낌이다. 그런데 정면에서는 어린애가.

"해볼 셈이구나! 랭크 3위!!"

그렇게 말하며 주먹을 쥐고 있는데, 나도 비슷한 수준인 건가?

그런데 카가미와 호리노우치 두 사람이 들고 있는 쟁반에 담긴 것이 신경 쓰인다. 양이 많다는 것도 그렇지만 햄버거와 샐러드, 그렇게 먹을 것은 많은데.

……둘 다 마실 것은 주문하지 않았네요……!

그렇게 생각한 순간이었다. 카가미가 아, 그렇게 소리쳤다.

"이런. 호리노우치 군, 알겠나? ──그럼 둘 다 진 사람이 아래로 가서 마실 것을 사온다는 것도 덧붙여두지."

……알겠나? 하고 그럼이라는 말이 전혀 연결되지 않는데요!!

필사적으로 항의하고 싶어지는 마음이 드는 와중에 호리노우치가 다시 한숨을 쉬고 이렇게 말했다.

"어쩔 수 없네요."

이 세계의 문법과 의사표현 중에 내가 모르는 것이 있었던가.

악마다……, 주위에서 그렇게 작은 목소리로 말하는 것이 들렸지만 카가미는 이렇게 말했다.

"뭐, 이기면 되잖나. 진 사람이 분해하는 것은 당연한 것 아닌가?"

"그러면 인터셉트!!"

헌터가 방어 표시로 해두었던 종이 한 장을 뒤집었다.

●

헌터는 반격에 나서기로 했다.

……비장의 수가 있다고!

보거라. 숨겨두었던 한 장. 그 내용은.

"학년 1등의 공작으로 그쪽의 학년 1등에게 카운터! 이쪽은 현대 국어와 고문, 2등과 3등으로 공격을 속행한다!"

그렇다면, 메리가 그렇게 말하면서 공격 표시로 엎어두었던 한 장을 뒤집었다.

"술식과 연동되는 술식 역사가 학년 1등이니 보조수업이라서 한발 양보한다 해도 그쪽의 현대 국어와 고문을 상쇄하죠!"

으음, 내가 그렇게 말하며 끙끙댔을 때였다.

어느새 다가온 집사에게 쟁반을 맡긴 호리노우치와 카가미가 이쪽 위에 종이를 내려놓았다. 각각 한 장, 그리고 두 장인 그 종이는.

"실전에서는 술식보다 우선시되는 술식 실기에서 1등이에요."

"나도 물리와 수학에서 1등이지."

큭, 목에서 그런 소리가 새어 나왔다.

"그, 그러면 1등 숫자로는 우리하고 동점이구나, 멋진 승부라고 할 수 있겠네!"

"어쩔 수 없네요."

휴, 호리노우치가 그렇게 세 번째 한숨을 쉬고 나서 어깨를 늘어뜨리며 다른 종이를 냈다. 그 위에 카가미도 종이 한 장을 더 내밀었다.

그 두 장의 종이의 서식은 같았다.

……같은 시험?

그 내용은.

"가정과 전반. 제가 1등이에요."

"내가 2등이군. 공통과목인데 그쪽은 어떤가? 화장이나 요리, 예절 등등."

이런 건 오랜만에 하는데, 앞에 있는 3위가 쓰러질 것 같아 보이니 내 승리라고 해도 되지 않을까.

●

"아니, 예절 같은 건 일본 기준인 부분이 많으니까 비겁하잖아~."

"술식과에서 화장이라니, 문장 취급이라 위험해서 좀처럼 손댈 수가 없는데요."

"──어라어라, 호리노우치 군. 마실 것을 주문하니 분해하면서 변명까지 추가로 나왔군. 2인분이야."

적당히 하세요, 나는 그렇게 말하고 손을 흔들면서 달래고 테이블 위에 있던 음식을 입에 넣었다.

요즘에는 시험 휴일 때 카가미와 요코하마, 카와사키 등을 돌아다니면서 할로윈 준비를 했기에 학교 식당에서 먹는 것은 오랜만이었다.

원래 이 학원의 토대가 된 학교가 제대로 된 호텔 레스토

랑과 제휴를 맺고 있었던 모양이다. 그 호텔 자체는 헥센나하트로 인해 영업을 할 수 없게 되었고.

……저하고 카가미가 전투를 벌였을 때 부서졌던 것 같네요…….

분명 부쉈을 것이다.

뭐, 공적으로도 폐허니까요. 출입금지구역이니까요. 새삼 그런 생각이 들긴 하지만, 그 맛은 꽤 바뀐 지금에도 점심식사로는 충분하고도 남을 만하게 느껴졌다.

이곳의 핫 샌드위치는 좋다. 구운 빵 사이에 재료를 끼우고 틀을 사용해 풍로로 살짝 두 번 구워내서 빵과 재료가 하나로 뭉쳐졌다. 빵도 그냥 구웠다기보다는 밀을 태운 듯한 맛이 나서 좋다. 그런 생각이 드는 것도.

……머릿속에 여유가 생겼네요.

시험기간 중에는 점수를 따려는 생각 중심이었다. 지식과 대처법을 확정시키는 것이 목적이었기에 범위가 명확해서 이해하기 쉬웠다.

이제부터는 다르다. 랭커전이다. 그것도 모든 것이 불확실한 1위와 전투를 벌이게 된다.

모르는 것 투성이다. 하지만 불안하냐고 묻는다면.

"──."

요즘에 준비했던 것과 숨을 돌렸던 시간은 휴식이라기 보다는 집중할 방향을 확정시키기 시작했던 기간인 것 같기도 했다.

그렇다면.

"오늘 밤부터는 다음 랭커전에 대비해서 정보를 정리하거나 우리의 술식을 확인하는 작업 등으로 바빠질 것 같네요."

"어? 그럼 할로윈 파티는 언제 해?"

헌터가 묻자, 네? 나는 그렇게 말하며 고개를 갸웃거렸다.

손가락을 튕기자 코타로가 다가왔다. 이미 두 손으로 의상 케이스 두 개를 들고 있었다.

나는 그것을 손가락으로 가리켰고.

"지금부터 밑에서 할 건데요? 헌터, 메리도 빈손으로 왔나요?"

"처음 듣는 소린데……!!"

"저도 방금 처음 들었어요……!"

항의가 스테레오로 날아오자 나는 옆에 있던 카가미를 보았다.

"저기, 카가미……?"

으음, 그렇게 말하며 팔짱을 끼고 있던 카가미가 어딘가 먼 곳을 보면서 진지한 표정으로 말했다.

"연락 실수로군. ──뭐, 누구 잘못인지는 추궁하지 말도록 하지."

……이, 이 여자가……!

눈을 흘기며 노려보았지만 통하지 않을 것이다. 앞날이 불안하긴 하지만 밤에는 끝날 일이다. 그런데 헌터가 계산 술식으로 무언가를 계산하기 시작한 메리 옆에서.

"——뭐, 나는 야생이라도 상관없는데, 밑에서 할 거야?"

"흐음. 보통과가 주체가 되어서 진행하는데. 뭐, 학교 행사 같은 형태로 가장 파티를 하는 거지. 본격적인 할로윈을 하면 의식술식이 발생할지도 모르니 말이야. ——자, 마음 편히 가보자고."

제3장

『그저 지켜보는 안심』

뭐야 이.
무녀와 성기사를 합쳐 놓은 듯한.
완전히 새로운 염장질은.

●

코타로는 놀림당한다는 말의 뜻을 그제야 이해하고 있었다.

……저, 이쪽에서는 U.A.H.J.의 과장 대우인데요.

"아, 움직이지 마, 집사장님~. 움직이면 문장화되어서 술식이 발동될지도 모르니까."

눈앞에 서 있던 시녀가 파운데이션 분첩을 내 볼에 들이대며 말했다.

이곳은 대기실이다. 그것도 학교 식당 안에 설치된 파티션. 남자용 공간이고, 시호인 학원은 마녀 학교이기 때문에 남자라 해도 사용하는 것은 나쁘다.

그리고 뭘 하고 있느냐 하면.

"왜 제가 시녀 가장을 하는 거죠?"

그렇게 말하자 붉은 머리카락 시녀가 자신의 안대 안쪽에 메달을 숨기며 말했다.

"그거야. 막 태어난 아이의 성별을 반대로 취급함으로써 사악한 기운을 속여서 의미 없게 만든다는 그거. 오늘은 많은 마녀들이 마음껏 노는 날이니까. 혼자 남자면 신경 써야지."

"저, 패시브 계열 가호술식으로는 국내 톱 클래스인데요."

빈정거리며 말해봐도 시녀들은 꿈쩍하지 않았다. 섀도나립, 평소에는 쓰지도 않는 말을 하면서 나를 '가장'시켜나갔다.

중간에 아가씨가 파티션을 이루고 있는 커튼 칸막이에서 고개를 내밀고.

"코타로. 준비는——."

나를 보고 뿜었다. 큭큭큭, 그렇게 목소리를 억누르는 듯이 눈을 돌리던 그녀 너머, 커튼 건너편에서는.

"호리노우치 군, 왜 그러나?! 설마 코타로 군이 지독한 꼴을!"

보이고 싶지 않은데요……! 그런 생각이 들었지만 언젠가 보이게 될 테니 각오를 다지자, 그렇게 생각했다. 그런데 우리는 항상 준비하는 쪽이고 오늘도 그렇지만.

……참가하는 쪽이라고 생각하니 분위기가 좀 다르네요.

파티션 바깥. 학생들이 모여드는 소리가 들렸다.

오늘은 이 학교 식당 안과 바깥, 꽤 넓은 범위에서 축제를 벌이게 된다. 가로등의 숫자도 늘어났고, 화톳불 같은 것도 많이 태우는 모양이다. 우리들이 할 일을 따지면 조리와 서빙, 평소와 마찬가지지만.

"당신들의 가장은?"

"네? 아, 그건 마지막에요. 집사장님도 그때 한 번 더 가장해주셔야 하니까 잘 부탁드릴게요?"

"그럼 지금 이런 꼴을 하지 않아도 되는 것 아닙니까?!"

그렇게 묻자, 말없이 내 입술에 립을 들이댔다. 입가를 담당하고 있던 마녀가 무표정하게.

"아~, 죄송해요, 집사장님~. 조용히 하지 않으면 얼굴에

즉사문장을 그리다가 엇나갈 수도 있으니까 좀 조용히 있어
주세요~."

●

　다들 의외로 평범하구나, 헌터는 그렇게 생각했다.
　바니 걸이나 거기에서 파생된 것들, 귀와 꼬리만 달린 강
아지 걸과 토끼 걸이 있는데, 염소 걸은 악마의 상징 아닌
가? 그리고 야구 선수와 축구 선수 말고도.
　"카가미, 저건 무슨 선수야?"
　"카바디로군. 가끔 좌우반복뛰기 같은 움직임을 보이는
것이 특징이야. 건너편에는 세팍타크로 선수가 있는데, 나
도 처음에는 핸드볼 선수로 착각했지……."
　실수했다는 표정을 지으며 끙끙대는 무녀복 차림의 카가
미 옆을 볼링핀이 걸어가는데 저건 사역마 같은 게 아닐 거
라고 믿고 싶다. 그리고 나는.
　"헌터 군은 그건가? 격투 게임에 나오는."
　"아, 응. 스트림 아포칼립스의 주인공. 공수도복에 검도
호구의 갑으로 차려입을 수 있으니까. 그리고 맨손에 묶는
골프 클럽도."
　"여동생은 그쪽 라이벌 캐릭터를 좋아했지."
　"강한 캐릭터로 날뛰는 플레이를 좋아했구나~."
　그렇게 말하고 있자니 건너편에서 죄수가 왔다. 널빤지

모양의 나무틀에 두 손이 묶여 있는 죄수가 발목에 달린 사슬 철구를 질질 끌면서.

"아, 준장님. 랭크 4위도, 여기 계셨나요?"

"항상 처형자라서 새로운 기분으로 죄수 행세하지 말라고."

"반 친구의 아이디어예요. 저는 처형자 모습으로 올 생각이었는데요."

상상에 너무 여유가 없잖아, 그런 생각이 들었지만 말하지는 않았다. 아니.

"그거, 손은 어쩔 거야?"

그렇게 묻자 메리는 평행으로 뚫린 구멍을 통해 나와 있는 손목을 움직였다. 그리고 그녀는 손목을 살짝 당기면서.

"훗, 가장이니까요. 필요하게 되면 바로 빼내서——."

나무 구멍에 손목이 부딪히는 소리가 들렸고, 그게 끝이었다.

"…………."

몇 번 시도해 보았지만 움직이지 않았다. 어쩔 수 없구나, 나는 그렇게 생각하면서 눈을 반쯤 뜨고.

"친구들이 꽤 단단하게 끼워줬구나?"

"……준장님, 이거 소멸 절단시켜도 되나요?"

"죄수가 탈옥수로 변할 셈인가."

"아니, 그걸 빼내면 그냥 낡은 파자마를 입은 사람 아니야?"

"자, 잘도 그런 말을……!"

아니, 그렇잖아, 그렇게 말하고 있자니 건너편에서 영국

73

근위병 차림을 하고 있던 여자들을 헤치며 호리노우치가 다가왔다.

"어?"

그렇게 소리를 낸 것은 메리였다.

그 이유는 나도 잘 알고 있다. 카가미도 그렇지만.

"의상 교환인가?"

나는 왠지 쓴웃음이 새어 나오는 것을 느끼며 마주보고 선 두 사람에 대한 평가를 내렸다.

"카가미가 무녀복이고 호리노우치가 성기사 차림. ─── 의상교환치고는 너무 알아보기 쉽잖아."

●

일부러 그런 건 아니라고 해도 믿지 않겠죠, 호리노우치는 그렇게 생각했다.

계기는 무심코 나온 말 때문이었다. 시험 휴일 때 이 파티를 준비하기 위해 쇼핑을 하면서 카가미가 말을 꺼냈던 것이다.

요코하마 번화가. 간장과 굴젓 향기가 풍기는 와중에.

"잘 생각해보니 헥센나하트에서 버디 제도가 인정된다고 해도 나는 호리노우치 군을 망코라 부를 수 있는 사이지만 무녀의 특성 같은 건 거의 모르는데."

"문장 안에서 단어가 전혀 연결되지 않는데요?!"

그래서 식당 앞에 있는 테이블 세트에서 고기만두와 스프, 자스민 티를 먹으며 카가미에게 손수건을 빌려주기도 하면서 무녀에 대해 이것저것 설명했던 것이다.

결과적으로 카가미가 한 말은.

"포격의 술식은 호리노우치 군의 기술이고, 무녀로 따지면 기초부분에 불과했던 건가……!"

찻주전자를 때려 박아줄까 하는 생각도 들었지만 제 물건이 아니니 참기로 했어요.

아무튼 그 사실이 카가미의 마음에 들었던 모양이었다.

"좋아, 대충 알겠어! 포격을 하지 않아도 된다면 가장은 무녀로 하지!"

"대체 무슨 기준이 그래요?"

"그럼 호리노우치 군은 성기사로군?"

……네?!

나는 최대한 표정을 통해 의문을 드러내려 했다. 하지만 눈앞에 있던 바보는 중화거리의 선물 가게에서 사온 수호전 그림책을 넘기며 미소를 짓고 이렇게 말했다.

"하지만 호리노우치 군! 내 성기사 패션은 나의 불타오르는 정의의 마음에 이 세계와 데카오 군이 반응한 것에 불과하기에 나는 성기사의 지식이 거의 없단 말이지. 그러니 성기사 부분에 대해서는 호리노우치 군이 독학해줘야겠어! 할 수 있겠지? 호리노우치 군!"

나중에 잘 생각해보니 그때 거세게 따지지 않은 것이 잘

못이었던 것 같다.

그리고 지금.

성기사.

아무리 그래도 카가미를 그대로 따라하기는 뭐하고, 파워암 같은 것을 바느질로 만드는 것은 힘들다.

그래서 어깨에 아머와 망토를 달고 다리 쪽도 허리 아래로 펼쳐지는 치마를 달았다. 직접 만든 거라 정보량이 너무 부족하지만.

"예쁘군, 호리노우치 군."

"당신의 무녀 차림, 그거 저희 쪽 기성품이죠?"

"아, 깜짝 놀랐던 것은 가슴 사이즈 중에 '아가씨'라는 특별 주문 항목이 있었던 거지."

"개, 개인 정보를 누설할 생각에 가득 차 있죠?!"

괜찮지 않은가, 카가미가 그렇게 말했다.

이쪽으로 손을 내밀고 그 자세를 유지했다.

……치사하네요.

내가 손을 잡지 않으면 창피를 사게 된다.

하지만 나는 카가미에게 그런 짓을 해도 소용이 없다는 것을 알고 있고, 카가미도 그 사실을 이해하고 있기에 '당당한 것'이다.

왠지 내가 시험받고 있는 것 같은 기분도 들었기에 대등하게 나가겠다는 마음을 확보하기 위해 말을 꺼냈다.

"뭔가 하실 말씀 있나요?"

"손이 쓸쓸한 거라네, 호리노우치 군. 이대로 가다간 손가락 끝부터 고독사하게 될 거야."

"어쩔 수 없는 사람이네요."

손을 잡았다.

주위, 헌터가 '오'라고 말하는데 굳이 소리 내어 말할 필요는 없거든요?

……정말……!

분개하는 마음이 어디로 향하는 건지 나도 잘 모르겠다. 하지만.

『자, 그럼 슬슬 정식으로 축제를 시작할 텐데요, 학장 선생님께서 오십니다!』

입구 쪽 무대에서 시녀 차림으로 서 있던 코타로가 마이크로 말한 뒤, 박수를 크게 치기 시작했다. 주위에 있던 시녀들도 따라했고, 학생들도 그것을 보았다. 골판지 상자를 입고 있던 사람들과 소방사 같은 사람들도 박수를 치기 시작했고, 다들 그렇게 따라하면서.

"……!"

학장을 맞이할 준비가 되었다. 그렇게 생각한 것과 동시에.

학교 식당 입구가 열리고 어떤 사람이 왔다.

학장이었다.

그것도 학생복을 꽤 무리하게 입고 머리카락을 양갈래 딴 그녀가 자기 전용 마이크를 들고 무대에 서서 포즈를 취한 뒤.

"안녕하세요——! 신입생인 시호인 스리지에입니다——!"

배 쪽 단추가 두 개 날아갔다.

●

건너편 해안, 시나가와 쪽에 살고 있던 사람들은 도쿄만 중앙, 시호인 학원 북서쪽에서 밤인데도 새하얀 빛이 뿜어져 나오는 현상이 발생한 것을 보았다. 저녁 식사 시간이었고 아직 늦더위가 남아서 창문을 열고 있었던 집이 많았던 탓에 많은 사람들에게 목격되었다.

사람들은 거의 대부분 그 빛의 정체가 무엇인지 몰랐지만, 시나가와 역 앞, 잡화점 주인인 고참 마녀, 지푸라기 인형을 몸의 어떤 위치로도 만들 수 있기에 '조형 할멈'이라 불리는 마녀는 그것을 알고 있었다. 그녀는 빈 담뱃갑으로 접은 인형을 들면서.

"저, 저건……!"

"왜, 그래! 할머니! 저게 뭔지 알아?"

"저건 마녀들이 한데 모였을 때 발동시킬 수 있는 태클 술식의 빛……!"

"할머니, 치매야?!"

마녀는 손자에게 오른쪽 훅을 때려 넣은 뒤 말했다.

"게다가 저건 최상급, 화이트 아웃이야……!"

●

　만화였다면 세 컷 정도에 걸쳐서 전부 새하얗게 칠해졌겠
지, 헌터는 그 광경에 대해 그런 감상을 늘어놓았다.

　학장은 곧바로 시녀들에 의해 뒤쪽으로 옮겨졌고, 그 대
신 의자 위에 곰인형이 놓이자 모두의 시선을 받고 있던 여
장남자가 포즈를 취하며 외쳤다.
　"그럼 축제를 시작합니다……!"

●

　호리노우치는 뜻밖이라고 생각한 것이 많은 축제였다.
　학과와 학년이 뒤섞여 있는 파티다. 학원제처럼 학교 건
물 별로 나뉘어 있는 것도 아니고, 체육제처럼 대항심을 품
는 것도 아니다.
　그저 뒤섞여서 흘러간다.
　이쪽에는 시녀들과 헌터, 메리가 있다는 것도 좋게 작용
한 것 같다. 많은 마녀들이 인사하러 왔고, 하급생들은 응
원해주거나 같이 사진을 찍어도 되는지 묻기도 했다.
　사진은 솔직히 주술에 쓰일 수도 있기에 거절했지만 서로
금기를 이해하고 악수하거나 이야기를 듣기도 했다. 충실
한 시간이었다, 그렇게 느끼면서.

"하."

왠지 분위기 때문에 몸이 달아오르는 것 같아 학교 식당 옥상에 있는 테라스로 갔다.

입구 쪽 난간에 팔꿈치를 기대보니 요리 냄새가 바람을 타고 풍겨왔다. 그 '축제 분위기'로 인해 좀 이상한 느낌을 받으며 앞을 보았다.

아래쪽에 조명과 사람들이 몰려 있었다.

가로등뿐만이 아니라 사람들이 등롱 같은 호박형 조명을 들고 있었던 것이다. 막대기에 매달려 있는 그것은 오렌지 색 빛을 길의 형태에 맞게 잔뜩 드리우고 있었다.

학교 식당에서 요리를 받아와 기숙사로 돌아가는 사람도 있었고, 정원에서 숨을 돌리는 사람도 있었다.

조명이 정원에서 숲속으로 움직이는 것이 마치 도깨비불 같았다.

……밤에 와보니 의외로 넓게 보이네요.

그런 위치에서 정원의 숲을 바라보고 있자니 옆에 카가미 가 왔다.

"……정원의 자판기 광장은 의외로 멀군."

"사당이 이 학원의 중심이니까요. 각 구역에서 비슷한 거 리예요."

카가미의 시선 끝, 숲이 만들어낸 나뭇가지와 나뭇잎 지 붕 너머에 빛을 뿜어내고 있는 공간이 있었다. 그 하얀 조 명 아래에 사당과 자판기 광장이 있는 것이다.

"……호리노우치 군, 저 사당 말인데."

"제 어머니는 저 안에 안 계시거든요? 어머니의 유해는 사상이 지워졌다는 이유 때문에 해부하게 되었으니까요. 돌아왔을 때는, ——배려한 거겠죠? 입었던 상처도 '치료되어' 있었고요. 그래서 어머니께서는 깨끗한 모습으로 호리노우치 가문의 땅에서 잠들어 계세요."

"고맙다."

그렇게 말한 그녀가 아래쪽에 펼쳐진 조명과 움직이는 가장 행렬을 보면서 고개를 숙인 것을 이해할 수 있었다.

본다거나 알게 된 것이 아니라 카가미가 **그렇게 할 것**이라는 사실을 이해할 수 있었다.

그래서 말했다.

"카가미. ——울어도 돌아오지 않아요."

그저.

"당신이 운 것이 고맙게 느껴지네요."

●

……저, 저도 꽤나 쉽게 넘어가네요……!

립 서비스가 너무 지나쳤다.

하지만 어두우니까. 조명이 아래 쪽에 있으니까. 그러니까 할 수 있는 말.

밤은 사람을 솔직하게 만든다. 정말 그렇네요, 그런 생각이 들었다. 그러니까.

……**그런 거**겠죠.

카가미는 예전에 내게 말했다. 부두 위에서 코타로에게 어머니 이야기를 듣고 멋대로 눈물을 흘리며 이렇게 말했던 것이다.

……자네가 슬퍼한 것이 슬픈 것이라고.

나는 지금 비슷한 생각을 하고 있는 걸까.

글쎄.

"만약에……."

"뭐지?"

"만약에 제가 카가미와 동등하거나 그 이상의 것들을 생각하게 된다면 ──검은 마녀에게 만들어진 세계 주제에 그것을 뛰어넘었다, 그렇게 되나요?"

"그건──."

카가미가 고개를 들었다. 그리고 그녀는 쓴웃음을 지었다.

큭, 그렇게 말한 소리를 듣고 나는 얼굴이 붉어졌다는 것을 느꼈다. 그것은 마치 여기에서 지금까지 느꼈던 것들을 전부 비웃은 것 같다는 생각이 들었기 때문이고.

"실례잖아요……?!"

"아니, 미안하다. 하지만 만약 그렇다면 자네는 이미 검은 마녀를 이겼어."

"……그런가요?"

"그야 그렇지."

팔꿈치를 기대고 있던 난간 바깥쪽에서 헌터가 그렇게 말하며 올라왔다. 턱걸이라기보다는 밧줄을 타는 것처럼 몸을 끌어올린 그녀는 난간 건너편에 서서.

"더 확실하게 태도를 보여주지 그래, 호리노우치."

"무, 무슨 말씀이시죠……?!"

자자, 죄수도 그렇게 말하며 재주도 좋게 올라왔다.

"호리노우치 양."

그렇게 부르나요? 그런 생각이 들긴 했지만 예의가 바른 것은 좋은 것이다. 그리고.

"남극에서 3연사를 날리거나, 게다가 그걸 몇 겹으로 날린 시점에서 검은 마녀의 상상을 뛰어넘었다. 그렇게 생각하면 되는 것 아닐까요?"

"그렇게 나왔군요——."

그런데 글쎄. 검은 마녀를 쓰러뜨리기 위해서는 화력이 필요하고 그것이 대체적인 마녀의 기초인 것 같긴 하지만 요즘 카가미와 이야기하다 보니 좀 더 중요한 게 있을 것 같기도 하다. 그것은.

"상상으로 검은 마녀를 뛰어넘지 못하면 화력이 아무리 강해도 소용이 없죠."

화력이라는 표현물은 검은 마녀에게 파악된 상태일 것이다. 그렇다면 검은 마녀는 그것을 자신의 소유물로 삼아 자유자재로, 상상이 허락하는 한 강화시킬 수 있다.

그 상태로는 이길 수 없다.

중요한 것은 발상이다. 검은 마녀가 상상도 못 할 만한 것. 또는 상상할 수 있어도 대처하는 것이 불가능한 것. 그런 것들을 생각할 수 있다면.

……이길 수 있다. 그런 건가요?

검은 마녀를 뛰어넘으면 된다.

단순하지만 그것은 어떤 사실과 연결된다. 시험 기간 때 시녀장이 했던 말이다.

"어머님께서 랭크 1위전 때 검은 마녀에게 대항할 수 있는 힘을 찾아냈다고……."

그 말을 듣고 옆에 있던 카가미가 고개를 끄덕였을 때였다.

"——아가씨."

시녀장의 목소리가 들렸다. 이 테라스 안쪽이었다.

그쪽에는 올라오는 계단이 없고 이곳에 왔을 때도 다른 사람이 없었을 텐데.

하지만 밤중에 축제와는 다른 공간이 된 이곳에서 선배 마녀가 우리를 불렀다.

그래서 카가미, 헌터, 메리와 함께 돌아본 내 시선 끝.

그곳에 모두가 있었다. 호리노우치 가문의 시녀들이었다.

●

저게 가장인가? 이것이 헌터의 감상이었다.

시녀장이 입고 있는 옷은 군복이었다. 그것도 독일 공군을 기반으로 한 U.A.H.G.의 제복이었다.

"처음 봤네. 제200사단이 되살아났다는 게 사실이었구나."

"소속은 저희 때도 이미 독일 연방이었지만요."

시녀장이 미소를 지으며 말했다.

보아하니 그녀의 뒤에 있던 시녀들도 마찬가지로 각자 의상을 걸치고 있었다.

내가 알기로 시녀장 뒤에 있는 사람의 복장은 독일 육군 공수부대인 KSK였다. 제200사단이 폭격 임무만 맡는 것에서 벗어났다는 것을 생각하면 두 의상의 조합은 마녀의 전술 쪽으로 독일이 온 힘을 다하기 시작했다는 것을 알 수 있었다.

그밖에도 영국 쪽 단골인 SAS, 그리고 SBS도 있었지만, 수도 경찰 특수부대인 D11의 푸른 베레모가 앞에 서 있는 걸 보니 헥센나하트의 실권은 여왕의 부하들이 우선적으로 쥐고 있다는 걸까.

또한 프랑스에서는 본토에서 훈련할 때 대서양에서 한 번 쓰러뜨린 적이 있는 GIGN이 와있고, 메리전 때 신세를 진 오스트레일리아에서는 마찬가지로 SASR이 와 있다. 캐나다의 JTF-U.A.H.는 본토의 영토 분쟁 때문에 폐를 끼치고 있다고 들었고, 폴란드의 GROM은 긴급 대응 부대라는 이름인데 이제 긴급사태가 일상이 된 지금, 괜찮은 걸까.

그밖에도 자위대의 닌자 부대와 다른 지역의 군복, 경찰 관련 제복 등을 보아하니.

　……용케도 충돌하지 않고 지내는구나.

　그래도 제일 많은 건 미국이었고.

　"……이거 우리 쪽 사람들한테 보여주면 동창회나 마찬가지겠네."

　MARSOC 쪽 마녀 중에 전 랭커 급이 있었다는 말은 들었는데, 직접 보는 건 이번이 처음이다. 그밖에 한 소대를 짤 수 있을 정도로 많은 SWAT 제복과 낯익은 SEALS, 베레모도 있고, 정장 차림도 몇 명.

　가끔 민속 계열인지 집시 계열 옷차림도 보이는데 종류가 여러 가지인 걸 보니 로마뿐만이 아니라 예니셰 쪽으로도 나뉘어 있다는 건가? 정확히는 모르겠다. 그리고 저쪽에 있는 사람은 분명 아프리카의 토착계 중에서 머드맨 계열인데, 너무 눈에 띄잖아.

　"그런데 참, 이렇게 많구나."

　"그렇습니다. ──큰사모님께서 패배한 뒤 10년. 그 기간만에 이렇게 많이 모였습니다."

　시녀장이 말하자 그녀들 사이에서 어떤 사람이 나왔다. 시녀장과 나란히 선 것은 일본의 U.A.H.J. 전투부대의 장갑복이었다.

　헬멧을 벗으니 화장을 지우지 않은 집사 얼굴이 보였다.

　……무서워……!

　나중에 고기를 먹어서 중화시키자. 그렇게 생각하고 있자니 집사가 말했다.

"아가씨, 그리고 카가미 님."

모두가 고개를 숙이고 말했다.

"대 랭크 1위전. 모두 함께 백업해드릴 터이니 잘 부탁드립니다."

●

호리노우치는 부하들이 고개 숙여 인사하는 것을 받아들였다.

지금까지 몇 번 보았던 광경이다. 이런 옷을 입고 있지는 않았지만, 모두가 기대를 품고 있다는 뜻을 보여준 적은 몇 번 있었다.

하지만 이번에는 왠지 다르다.

중요한 랭커전을 앞두고 있기도 하지만.

……알겠어요.

모두가 각자 의상을 입고 왔다는 의미가 있다.

신분을 숨겨왔던 마녀들이 출신을 드러낸 것이다.

그녀들은 대부분 전에 있었던 조직과의 연결고리를 없애지 않았다. 하지만 잘 쳐줘야 예비역. 상황에 따라서는 연줄이 될 수 있는 정도일 뿐, 뒤를 봐주지는 않는다.

그렇기 때문에 이것은 과거의 영광을 내보이는 것이다.

이런 힘을 지녔던 자들이 받쳐주고 있다. 그런 뜻이다. 하지만.

"네."

내게는 이것이 압박으로 느껴지지 않는다. 기대하더라
도, 마음을 얹더라도.

"함께 승리하죠."

알겠다. 몇 달 전까지만 해도 고집에 불과했을 것이다. 하
지만 지금은 말할 수 있다.

"──저도 그럴 생각이에요. 지금까지도 혼자서 이긴 게
아니었으니까요."

그렇다. 실제로 이상한 방문자가 온 뒤로는 버디 제도를
도입하게 되었기에 혼자가 아닌 것이다.

그렇기 때문에 모두의 기대는 그야말로 나를 도와주는 힘
이라는 것을 이해할 수 있다.

그녀들은 내게 기대한다. 자신들의 힘을 맡길 수 있는 상
대라고.

그저 헛된 집념 같은 것을 들이대는 것이 아니다.

힘은 받아들일 수 있는 존재다. 그래서 고개를 숙이고 있
던 시녀장이 미소를 지으며 말했다.

"고마우신 말씀입니다."

집사장인 코타로가 먼저 고개를 드나 싶었는데 건너편,
왠지 경찰 분위기인 사람이 먼저 고개를 들었고, 허둥대며
다시 고개를 숙였다. 주위에 있던 마녀들이 그녀의 제복을
잡아당기며 몸을 낮추게 하는 걸 보니 연계는 충분히 되고

있는 것 같다.

그리고 모두가 몸을 일으키자 코타로가 말했다.

"랭크 1위전. 상대방의 정체는 알 수 없지만 이쪽에도 특이한 팩터가 있습니다."

"카가미 말이죠?"

그렇군, 옆에 있던 무녀복 차림을 한 사람이 그렇게 말하며 팔짱을 꼈다. 그녀는 입가를 끌어 올리고.

"우리가 상대방에 대해 모르는 것처럼 상대방도 우리를 모른다. 그런 뜻인가?"

"아가씨 혼자 싸우셔도 승리할 수 있을 것이다, 저희는 그렇게 생각합니다."

코타로가 한 말을 듣고 시녀들은 아무도 움직이지 않았다.

지탱하는 쪽으로서 자신들의 오기가 있다. 그렇다면.

"카가미……."

딱히 당신이 필요 없다, 그런 뜻이 아니라고 변명하려던 때였다.

카가미가 모두에게 말했다.

"호리노우치 군이 현장에서 가장 의존할 수 있는 게 나다, 그런 뜻이군."

다시 말해.

"현장에서는 모두의 소중한 망코를 맡기겠다, 그런 뜻이군."

●

　역시 대단하세요, 준장님……!

　메리는 그렇게 생각했다.

　……이런 상황에서 호리노우치 양의 진명을 부르며 모두의 신뢰를 한데 모으시다니!

　그렇게 생각한 직후, 호리노우치가 꽤 날카로운 옆차기를 카가미에게 때려 넣었다.

●

　축제라는 분위기를 즐기며 요리와 대화, 시험에서 해방된 느낌에 젖어 있던 사람들, 하지만 무언가가 빠진 것 같다는 느낌이 들었다.

　그런데 그것이 갑자기 채워졌다. 목소리가 들린 것이다.

　그것도 사람들이 있는 곳에서 위쪽, 학교 식당의 테라스 쪽. 난간이 마치 무대라도 되는 것처럼 그 두 사람이 있었다.

　"이것저것 이야기를 정리하려고 다들 신경 쓰고 있는데 망코라니, 대체 뭐예요?! 갑자기 이런 상황에서 망코라고 부르다니!"

　"아니, 그렇게 연달아 말하지 말고 진정하게나, 호리노우치 군. 견딜 수 없는 분위기라는 게 있는 법이라서."

　"좀 견디세요! ……코타로도 그렇고 시녀장도 웃지 말고!"

아, 그 모습을 올려다보던 누군가가 그렇게 중얼거렸다. 그녀들 옆, 죄수가 칼까지 통째로 고개를 갸웃거렸고, 갑을 착용한 공수도가가 어깨를 으쓱이자.

"──역시 대단하네, 랭크 2위."

응, 주위에 있던 모두가 그렇게 말하며 고개를 끄덕인 다음 호박 조명을 위로 들어 올렸다. 그 건너편, 무대 위에서는 성기사가 무녀의 멱살을 잡은 채 따지고 있었다.

뭐, 그렇겠지, 그런 분위기를 느끼고 모두가 웃었다.

멋진 축제다. 웃으면서 끝나고, 그다음으로 이어진다.

"랭커전이다."

그렇고말고.

"최후의 랭커전이 이제부터 시작될 거야……!"

●

휴우, 학장은 그렇게 말하며 학장실에서 살짝 돌아섰다.

전신거울에 비춰진 자신의 모습은 여전히 교복 차림이지만.

"제 학창시절에는 교복도 다른 스타일이었는데, 요즘 애들은 몸매가 좋나 보네요……."

절실히 느끼며 단추가 날아간 배 쪽을 쓰다듬어 보았다. 꼴사나운 모습이지만, 얼굴에는 미소가 드리워져 있다는 것을 자각하고 있었다.

……즐겁네요.

예전에도 이랬다. 그런 기억은 금방 떠올릴 수 있다.

"굳이 말하자면 제가 마구 날뛰고, 미츠요가 휘말리고, 리스베스가 받쳐주고."

하지만요, 나는 그렇게 말을 이어나갔다.

"이제부터? 아뇨, 지금 이미, 그렇지 않죠."

학장의 책상 위에 술식진 여러 개가 떠 있었다. 그중 몇 개는 누군가가 찍은 축제 풍경이었다. 마녀들의 얼굴은 각자 준비한 정보은폐술식으로 인해 확실하게 알아볼 수 없게끔 찍혀 있었지만, 가끔 가스마스크를 착용한 소녀가 셀카를 찍은 사진이 보였다.

나는 그 사진을 보며 살짝 웃었다.

"……슬슬 호리노우치 양 일행들도 모든 것을 알게 되겠네요. 그리고——."

겹쳐진 술식진. 마지막 통신용 술식진에는 U.A.H.의 각인이 있었다. 보낸 사람은.

"리스베스 루에거. ——현재 U.A.H. 창시자 중 한 명이자 현재 아시아 방면 총괄원수. 당신의 진심이 통하긴 했지만요, 어떻게 될지 알고 있나요?"

나는 확인하는 듯이 지금 내 모습을 술식진으로 촬영. 그것을 답장에 첨부하고.

"——전쟁. 해도 상관없거든요? 그것도 마녀의 축제니까요. 리스베스."

제4장

『작별인사할 수 있는 나날』

타다닥 달려가서.
등신대 중 한 명이 된다.

●

　"할로윈 파티라고는 했지만 원래 시기인 10월 말보다 꽤 일찍 해버렸으니 월말이 좀 쓸쓸하게 느껴지네."

　카가미가 술식진으로 달력을 보며 그렇게 말하자 헌터는 주위를 둘러보았다.

　"그리고 어젯밤에는 꽤 신나게 놀았으니까──."

　둘러본 곳, 방과후 정원 이곳저곳에는 교복을 입은 사람들이 몸을 숙이고 있다. 각자 반투명한 비닐봉투 같은 것을 들고 있는 이유는.

　"쓰레기를 치우는 것이 축제의 끝일 줄은 생각하지도 못했네요. ……저희는 테라스 위에서 거의 움직이지도 않았는데."

　"연대책임이라는 거야, 호리노우치 군. 학생회장은 참 힘들겠어?"

　그렇긴 하네요. 그런 말을 하지 않는 것이 호리노우치의 자존심일 것이다.

　그러니 나도 마찬가지로 불평하지 않기로 했다.

　일이다.

　우리가 지금 있는 곳은 특대과 건물을 북쪽으로 올려다볼 수 있는 화단. 가을에 피어난 꽃이 좌우로 여러 가지 색의 단차를 만들어내는 길 위였다.

　쓰레기를 버렸다고 하기보다는 '떠들썩하게 놀았다'는 느껌의 물건들이 화단과 길 사이에 종종 떨어져 있다. 그것을 집게로 주워서 봉투에 넣는데.

"아~, 그리고 보니 오늘은 다른 이벤트도 있다고 해야 하나, 온 거 알아?"

"알아요."

그렇게 말한 것은 호리노우치였고, 카가미와 제3위는 고개를 갸웃거렸다.

그런 후자 두 사람을 보고 나는 어깨를 으쓱이며 술식진을 한 장 뛰었다.

"——유럽 U.A.H.가 관장식(觀杖式)을 한대."

"관장식? 그게 뭔가?"

대충 짐작은 간다, 카가미가 그런 말투로 묻긴 했지만 나는 대답했다.

"대 헥센나하트용 양산형 마기노 프레임이 롤 아웃 되었거든."

"? 대 헥센나하트 전력은 우리들이 있잖나?"

"검은 마녀가 저번 헥센나하트 때 자신의 수하를 달에서 내려보냈잖아? 그것에 대항하기 위한 전력, 그리고 만에 하나 랭크 1위가 졌을 때를 대비한 대책이라는데."

그렇죠, 호리노우치가 그렇게 대답했다.

"다시 말해 저희들의 백업, 그렇게 말하고 싶기는 하지만 저쪽도 큰일이에요."

"……유럽 쪽의 정치인가요?"

제3위가 스스로도 의아하다는 말투로 말했다.

"저희 과에는 유럽 쪽 사람이 많아서 가끔 듣곤 합니다. 유럽에서는 이번 헥센나하트에서의 피해상황 등을 이미 몇 가지 패턴으로 추측하고 전후의 파워게임이 시작되었다고요."

그 말에는 분노가 아닌 포기가 담겨 있는 것 같았다. 그런 걸 보니.

……변한 건가?

예전의 그녀였다면 세계를 지키지 않는 존재가 있다는 것에 대해 화를 냈을 것 같다.

하지만 방금 그 한숨 같은 분위기는 뭘까.

……아, 그거다.

자신이 지켜야 할 존재가 세계의 위기를 정치로밖에 보지 않는 것에 대한 실망.

그녀는 '지키는' 쪽이 된 것이다. 세계 전체가 자신과 똑같을 것이라고 생각하지 않고, 자신에게 지켜야 할 것이 있다고 생각하게 된 것이다.

"그렇구나."

나도 '바보 같은 것'이라는 말을 들었다. 그것도 최근, 몇 달 전에.

메리에게 선배 행세를 할 수 있을 리도 없고, 왠지 동질감이 들었다. 물론 그런 말을 하면 저 제3위는 달려들겠지만.

……고기를 먹고 진정하라고~.

그런 생각이 절실하게 들었지만, 식생활은 사람마다 다른 법이다. 그런 생각을 하고 있자니 카가미가 오른손을 살짝 들었다. 그녀는 이쪽을 보고.

"유럽 쪽이 그렇게 움직이고 있는 한편, 미국 쪽은?"

"아~, 그렇게 생각하겠지. ……그래도 까놓고 말하자면 미국 U.A.H.하고 다른 U.A.H.는 전혀 다르니까."

그렇죠. 호리노우치가 그렇게 대답했다.

"미국과 군사동맹을 맺고 있는 일본의 U.A.H.도 꽤 독자적이라서요. 그래서 이 시호인 학원이나 랭커 제도를 마련할 수 있었던 건데요?"

●

호리노우치는 일본 U.A.H.의 독자성을 어머니와 다른 사람들의 은혜라고 생각했다.

어찌됐든 저번 헥센나하트의 대표격인 마녀가 전장으로 선택한 곳이 이곳이다. 그리고 어머니를 잃게 되었지만 삼현자 중 한 사람은 학장으로 남았고, 이 시호인 학원을 만들었다.

"어떤 의미로는 저번 헥센나하트가 각 나라의 U.A.H.의 상황을 가르게 되었죠."

저번 헥센나하트 때 큰 타격을 입은 유럽 각 나라에 비해, 피해를 입었음에도 불구하고 대국으로서 비축해둔 것들과 전력을 지니고 있었던 미국은 U.A.H.로서 반쯤 이탈하여 독자적인 움직임을 취하고 있다. 유럽의 U.A.H.는 미국 U.A.H.를 막을 만한 전력이나 기술력이 부족했고, 그런 것에 얽매이고 있다가는 위험에 처하기 때문이다.

그런 상황에서 남녀평등 감각이 있고 세계 전체에 전력을 분산시켜두고 있었던 미국은 각 함대를 복귀시키기 전에 구원물자를 수송하거나 해로, 항공로를 확보하고 안정시키는 데 힘썼다. 그리고 그 존재감을 강하게 만들었다.

"당시에 유럽 쪽에서는 동쪽의 소국이 전장으로 선택된다면 유럽 쪽에 피해가 생기지 않을 거라는 생각으로 헥센나하트를 이곳에서 진행하는 것을 허가했다고 하죠. 하지만 결과적으로는 유럽에도 막대한 피해가 발생했고, 오히려 마녀 전력이 유출되어버린 거예요."

유럽의 마녀들이 유럽에서 나온 이유는 간단하다.

"유럽이 저버리고 전장으로 만든 동쪽 토지. 그곳에서 복수와 부흥을 하기 위해 유럽을 시작으로 각 나라의 마녀들이 모이기 시작했어요. 학장님께서 이곳에 마녀의 양성기관을 만들겠다고 결정하신 것은 어떤 의미로는 자연스러운 흐름이었던 거죠."

"——하지만 그렇게 되면 유럽에 마녀의 공백지대가 생길 텐데."

……알면서도 물으시네요——.

그래서 나도 뻔히 보인다고 생각하면서 설명했다.

"그래서 유럽 각 나라는 부흥과 EU를 강화시키기 위해 U.A.H.를 공동화시켰죠. 토착 마녀들이 일본에 가버렸기 때문에 토박이 부대를 창설하게 된 거예요."

그리고.

"대방의 대 헥센나하트용 양산형 마기노 프레임이 롤 아웃. 유럽 쪽에서는 이제 다시 자신들이 국제정치의 무대에 올라설 수 있다. 그렇게 생각하는 거겠죠. 일본 등의 나라에서는 이 시호인 학원이 있으니 유럽 U.A.H.의 움직임은 '유럽의 방어를 위해서 바람직하다'라고 하면서 만에 하나 개입할 경우를 대비해 견제하는 거고요."

실제로 호리노우치 가문에도 이것저것 정보가 들어오고 있겠지만, 코타로와 호리노우치 가문 자체가 궁내청 등과 함께 차단하고 있을 것이다.

"──어머님께서 전장으로 삼으신 땅. 그리고 후손들의 장소. 이곳은 어떤 의미로는 불가침이자 바깥에서 개입을 할 수 없는 토지예요."

"뭐, 나부터 시작해서 각 나라 사람들은 연줄로서 따라붙지만 말이야."

"그런 부분은 미묘하게 느슨하네요……. 뭐, 저희도 신도 관련 쪽이 따라붙지만요."

어떤 나라나 조직도 자신들이 예전에 놓친 마녀들의 지식과 기술을 욕심내는 법이다. 그것은 물론 공적인 원조로서 고맙기도 하지만.

"헥센나하트는 마녀 역사의 최첨단인 이곳, 시호인 학원의 랭크 제1위의 권리. 이것에 대해서는 어떤 나라나 조직도 아무런 부정을 할 수 없어요."

그것만은 확실했다.

●

그렇겠지. 헌터는 그렇게 생각했다.

"그러니까 겉으로는 응원하면서 미국이나 일본의 U.A.H.나 정치 쪽에서는 유럽 쪽에 '쓸데없는 짓 하지 마라'라고 하는 느낌이려나. 개인적으로는 최근에 간혹 유럽 U.A.H.의 마기노 프레임 같은 거 영상이 뜨곤 하는데, 그게 정식으로 배치된 모습을 보고 싶긴 해."

"숫자는?"

"──약 2천."

오오? 제3위가 그렇게 소리를 내는 모습을 보니 유럽 U.A.H. 이야기긴 하지만, 좀 우쭐해졌다.

저쪽 세계에서는 마녀급 전력이 그렇게 많지 않았을 거라고 생각하면서.

"일부는 러시아, 중동하고 아프리카, 남미 쪽으로도 좀 가겠지."

"호오. 하긴, 그러니 전후의 파워게임에 연관되는 재료가 될 법도 하겠군."

"그러니까 이번 관장식은 우리 위쪽 사람들이 보기에는 골치 아프겠지만."

그렇게 이야기하고 나서 눈치챘다.

"아."

주위에 있던 학생들이 이쪽을 신경 쓰고 있었다.

●

그렇군, 이곳은 어떤 의미로는 세계의 축소판인가? 카가미는 새삼 그렇게 생각했다.

마녀라는 것은 토착 문화와 문명의 오의다. 최첨단이라 할 수도 있다.

그런 것들이 모였다는 의미로도 이 시호인 학원은 세계의 축소판이지만.

"배후에 있는 것들이나 그곳을 생각하는 사람들을 고려하면 역시 이곳은 세계의 축소판이겠지."

유럽 출신 마녀들 중 대다수는 이번 관장식을 자랑스럽게 생각하고 있을 것이다.

랭커전이나 미국 U.A.H.와는 별개로 제3의 전력이 헥센나하트를 지탱하는 것이다.

그것은 어떤 의미로는 내게도 고마운 일이다.

……각 나라가 어떻게 나오더라도 이곳은 불가침인가.

호리노우치가 한 말이 맞다면 이 학원에 있는 마녀들도

마찬가지다.

새삼 이런 생각이 들었다.

……그건 분명 호리노우치 군과 함께 지내는 마녀들도 마찬가지겠지.

소속을 끊고 시녀가 됨으로써 불가침을 연장시킨다.

그렇군, 나는 그렇게 생각하고 다시 쓰레기를 주우면서 이렇게 중얼거렸다.

"그런 호리노우치 가문에 왜 코타로 군이 있는 건지 약간 수수께끼로군."

●

"수수께끼라네요, 집사장님……!"

"필요 없는 아이라네요, 집사장님!"

"없어도 되지 않냐는데요, 집사장님!"

"당신들! 남의 평가를 점점 떨어뜨리지 말아주시겠어요? 제가 여기 있는 것은 큰사모님을 모시던 시절부터 자연스럽게 이루어진 흐름입니다!"

"집사장님, 저희는 다들 알고 있으니 카가미 님께 말씀드리시죠."

"아, 아뇨, 예전에 말씀드렸던 것 같거든요?! 어라?! 어라──?! 아니, 당신들, 설비를 사용해서 도청할 거라면 바깥으로 나가서 대기하지 그래요!"

●

 헌터는 대충 이야기가 끝난 뒤 쓰레기를 줍고 있었다.

 할 일은 간단하다. 한결 같은 느낌으로 좀 전부터 집게로 통로와 화단 사이의 쓰레기를 주워서 비닐봉투에 넣고 있었다.

 중간에 여러 사람이 지나갔다. 대부분 쓰레기봉투를 어느 정도 채워서 정문 쪽에 있는 회수장소로 가는 사람들이었다.

 화단 안에 들어가 있는 사람들은 특대과의 후드를 걸친 사람이었다. 항상 이 화단을 돌보는 사람이기에 왠지 그 풍경을 기억하고 있었다. 그런 학생도 꽃 안에서 쓰레기를 줍고 있었기에 오늘은 전체적으로 어젯밤에 일어난 소동을 수습하는 날이구나, 그런 생각이 들었다. 그런데.

 "호리노우치 양, ──꺾여 버린 꽃은 어떻게 할까요."

 그때 건너편에서 메리가 걸어오며 물었다. 지나오는 화단에 척 봐도 사람이 쓰러진 흔적이 있었다.

 ……어젯밤에 소동을 벌이다 넘어졌구나……?

 술을 마시고 떠들던 사람도 있었던 것 같으니 어쩔 수 없지.

 그러자 호리노우치는 고개를 저으면서.

 "이쪽 화단은 학장의 관리하에 있어서 가호가 걸려 있어요. 꺾인 정도면 치료가호를 통해 원래대로 돌아갈 거예요. 쓰레기를 줍는 건 가호의 흐름이 악화되지 않게끔 하기 위한 거고요."

"……학장 각하께서는 꽤나 조경이라고 해야 하나, 꽃 같
은 것을 좋아하시는 모양이군."

"그랬나?"

내가 묻자 카가미가 좀 전부터 어깨 위에 띄워두었던 술
식진을 손으로 가리켰다. 사역체의 일광욕을 위해 전개하
고 있는 것 같은데, 그녀가 하고 싶은 말은 그것이 아니라.

"학장 각하의 술식진 모티프는 꽃이었지."

"제가 학장실에 갔을 때도 화분에 심은 꽃을 보여주신 적
이 있습니다."

메리가 한 말에 맞장구를 치는 듯이 호리노우치가 말했
다. 그녀는 봉투 끄트머리를 묶어서 막으면서.

"학장님께서는 칸토 평야의 녹지화도 진행하고 계세요."

개인적인 사업이긴 하지만 꽤 대규모로 진행하고 있다고
들었다.

"10년 전 헥센나하트 때 칸토 대부분이 도려져 나갔으니
까요. 최종적으로는 북 칸토 평야를 뒤덮을 수 있을 정도로
술식을 통한 토양 회복, 강화를 진행하고 계신다던데……."

아츠기 방면에서 전투기를 타고 올 때 사이타마, 이바라
기 쪽에서 거대한 크레이터가 보이기도 했다.

"하늘에서 보기에는 효과가 별로 없었던 것 같은데~."

"아뇨, 효과가 조금이라도 있다면 멋진 일이겠죠. 사람들
의 희망이 될 거예요. 제4위, 그 정도도 모르시겠나요?"

내가 괜히 나섰다는 느낌도 드는데, 메리가 끼어들었다.

……고, 골치 아픈 녀석이네……!

●

호리노우치는 메리가 거리를 두는 방식을 어느 정도 이해할 수 있었다.

다른 사람의 관계에 자신이 끼어들어도 되는지에 대한 의문. 함부로 발을 내디뎠다가 미움을 사면 '끝나버릴 것이다'라는 느낌 때문에 거리를 둔 채 관계를 맺으려 한다.

착각이나 잘못 생각한 것이 아니라면 그런 것은 내게도 있다.

카가미 같은 사람을 보고 있자면 그런 것이 전혀 없더라도 어떻게든 될 거라 생각하는 것 같지만.

……헌터를 보더라도 그렇죠…….

그 점만 따지자면 메리는 '이쪽' 파다.

인간관계의 '단절'을 경험한 뒤, 그 이후로 어떤 재활치료를 받았는지에 따라 '파'가 갈린다는 느낌이 든다고 생각한 것은 딱히 최근이 아니다.

어찌 됐든 예전부터 단절 이후로 재활치료를 하지 않은 채 어머니를 떠올리며 그 원한을 헥센나하트의 원동력으로 삼아왔기 때문이다.

그러다 보니 운 바보가 있었기에 약간 곤란했다.

랭커전에서는 인정사정없이, 그런 의미에서도 다른 사람을 신경 쓸 여유가 없다. 그리고 강해지고 좋은 성적을 내게 되면 자연스럽게 주위 사람들이 나와 거리를 두게 된다.

예전의 나는 헥센나하트에 '단절'의 원한을 품고 임하려 했던 것이다.

하지만 상대가 울었다.

나를 이긴 상대가 운다니, 자존심은 이루 말할 수 없게 되었다.

하지만 운 사람이 이기는 법이다.

어찌해볼 수도 없다.

그리고 그때, 나는 '단절' 직후로 되돌아갔다. 지금 생각하니 그런 착각이 들었다. 사실 정말 그런 건지는 모르겠지만 지금은 그렇게 생각하는 것이 낫기에 그런걸로 해두기로 했다.

확실하지 않은 사실을 믿는 것은 마녀가 할 일이다.

하지만 그것이 사실이면 좋겠다고 생각한다.

그리고 나는 이렇게 생각한다.

……메리도 지금 비슷한 느낌이겠죠.

그녀의 경우 단절이 나보다 가까운 시기에 일어났다. 이야기가 나오면 마음이 움직이기 마련이다. 갑자기 매듭을 지으라 해도 힘들 테니 저렇게 거리를 두는 거겠지.

이렇게 생각해보니 제가 재활치료를 할 때 카가미가 버디로 곁에 있어준 것은 크게 작용했네요. 그렇게 생각했고.

“──.”

……왜 카가미의 존재를 그렇게 크게 잡는 거죠……?!

그거다. 커뮤니케이션을 잘하지 못하는 아이가 친절하게 대해준 사람이 유일하다고 생각하며 꼬리를 흔드는 그거. 메리도 꽤 그런 느낌이 있고요.

하지만 메리에게는 헌터도 있다. 그런 생각이 든다. 방금 메리와 이야기를 나누는 걸 보더라도 서로 나름대로 어울려 준다는 느낌도 있을 테고.

그렇다면 괜찮겠네요, 그렇게 생각하고 있자니 보통과 건물과 체육관 사이를 지나 정문 옆에 도착했다.

쓰레기봉투 회수는 본토 쪽 업자를 불러서 맡기는 모양이다. 카나가와 마크가 달려 있는 청소차가 세 대 정도 있었고, 학생 몇 명이 봉투를 건네고 있는 모습이 보였다.

그녀들이 이쪽으로 돌아섰고.

“……!”

꺄악, 흐악, 우하──! 그렇게 마지막은 특히 잘 알 수 없는 교성을 지른 다음 흩어졌다.

떠나간 사람들은 하급생들이다. 중간에 공중 대시를 하거나 앞구르기에서 이어지는 큰 도약을 하며 사라지는 그녀들을 그저 바라보면서.

“뭔가요, 저거.”

쓰레기봉투와 집게를 들고 있을 뿐인데 저렇게 신이 나다니. 그런데 옆에 있던 카가미가 고개를 끄덕인 다음 이렇게 말했다.

"어젯밤에 호리노우치 군과 내가 가장한 효과가 생긴 거겠지."

다시 말해.

"서로 의상을 교환하는 것은 커플룩보다 더 강한 부부 감각이니까."

●

메리는 카가미가 한 말을 듣고 고개를 끄덕였다.

……그렇긴 하죠……!

자신의 소유물을 교환하는 것은 원래 있던 세계에서는 결혼할 때 필요한 행동이었다. 대부분 약혼할 때 신랑이 신부의 집에 이것저것 가져다주는 것부터 시작된다.

그런 부분에 있어서 부하 사관의 결혼식에 참석했던 준장님의 말에 따르면.

"그렇군! 나고야식인 거야?! 여동생 녀석, 또 주워들은 지식을 끌어다 썼군, 이 세계에는 다시마가 있는 건가……!"

그렇게 말하고 있는데 이해가 잘 안 되니 보류.

아무튼 어젯밤에 본 두 사람은 인상적이었다.

성기사와 무녀, 양쪽 다 신을 섬기는 직업이다.

우리와는 다르다. 그 복장을 우리에게 대입해보면 알 수 있다. 만약 밤에 공수도가와 죄수가 '옷을 바꿔입자'라고 하면 아무리 생각해도 범죄잖아요. 주변 초등학교에서 내일부터 집단하교를 하게 될지도 모른다.

하지만 정작 호리노우치는.

"갑자기 무슨 소릴 하시는 거죠……?!"

"어라어라, 호리노우치 군. 이미 결과가 나왔는데도 부정하다니, 자네답지 않군. 이미 인터넷에는 자네와 내 사진이 돌아다니고 있다만."

그렇게 말하며 술식진에 띄운 사진을 보여주었다. 그러자 잠시 후 제4위가.

"……이거, 카가미가 찍은 셀카잖아. 왜 대 저주 가호가 걸려있는지는 모르겠지만."

"제, 제가 건 가호를 흘렸군요?!"

뭐 원래 그런 사람이니, 그런 느낌만으로 끝나는 건 일종의 의존일까.

내가 그렇게 생각하고 있자니 옆에 있던 제4위가 청소차를 손가락으로 가리켰다.

"뭐, 이제 와서 무슨 소리냐 싶긴 한데."

호오, 두 사람에 대해 잘 알고 있는 모양이군요.

"그건 그렇고, 쓰레기를 버린 다음에 호리노우치네에서 좀 쉬면 안 돼? 제3위도 같이."

……신인가……!

한순간 그렇게 생각했지만 자제심이 발동되었다. 무심결에 입에서 나온 말은.

"왜 멋대로 정하는 거죠? 제4위……!"

●

……진짜 골치 아픈 사람이 있네——…….

뭐, 이제와서 무슨, 그런 말을 다시 떠올린 헌터는 눈을 반쯤 뜨고 호리노우치와 메리를 보았다.

들고 있던 쓰레기봉투와 청소차를 손가락으로 가리킨 다음.

"아니, 툭하면 덤비는 건 제3위의 버릇이라고 치더라도 말이야. 일단 쓰레기부터 버리면 안 돼?"

"호오, 그런 다음에 상대해주겠다는 건가요?"

메리가 눈을 반쯤 뜨고 이쪽을 보았다. 키가 크네, 젠장, 그런 생각이 들었지만 속도만 따지면 내가 더 빠르다는 것도 저번 대결을 통해 왠지 알게 되었다.

그때, 호리노우치가 이쪽을 향해 손을 뻗었다.

"잠깐만요."

그렇게 말하며 손을 뻗었지만 카가미가 옆에서 그 손을 잡고 말렸다.

"잠깐만, 애기 엄마."

"누가 애기 엄마인데요?!"

건너편에서 쓰레기를 버리고 돌아가던 하급생들이 이쪽을 한순간 돌아본 다음 고개를 끄덕이고 갔는데, 그냥 내버려 두기로 했다.

하지만 그런 주위의 흐름도 아랑곳하지 않고 메리가 나를 내려다보며 말했다.

"서로 승부를 내지 못했었죠."

"어? 또 붙게? 아니, 이제 와서 붙게?"

메리가 대답하지도 않고 들고 있던 쓰레기봉투를 들어올렸다.

그리고 그녀는 내가 들고 있던 봉투를 보고 눈을 가늘게 뜨고는.

"──그럼, 쓰레기 회수량으로 승부를 낼까요."

오, 카가미가 그렇게 말하며 팔짱을 꼈다.

"쓰레기를 모으는 동작을 생각하면 키가 큰 메리가 멀리 있는 쓰레기를 한번에 회수할 수 있겠군……! 헌터 군, 이거 불리하겠는데……!"

그 목소리에 다른 목소리가 겹쳐졌다. 음색으로 보아 집사장의 목소리였고.

"역……!"

왠지 모르겠지만 목소리가 사라졌다.

저쪽인가, 그렇게 생각하며 교문 쪽을 보았지만 그는 보이지 않았다.

환청인가.

●

코타로는 정문 그늘에서 시녀들에게 제압된 상태였다.

모두가 이미 나를 지면에 제압하고 있는 와중에 시녀장이 정문 구석에서 호리노우치 일행을 확인하고.

"……주의를 끈 상태입니다. 큰 소리를 내지 않게끔 확보한 뒤 이동."

"저기 말이죠, 당신들, 대체 갑자기 무슨."

"모르시겠나요?"

시녀장이 진지한 표정을 지으며 돌아서자 옆에서 지면에 귀를 대고 있던 시녀가 말했다.

"'역시 대단하십니다, 메리 님!'이라니, 메리 님은 아직 우리 집 애가 아닌데요. 집사장님."

그래요. 그렇게 대답한 사람은 도주경로로 사용할 교문 옆 보도의 안전 확인을 하고 있었던 시녀였다. 그녀는 SWAT식 손가락 신호로 모두에게 전진하라고 명령한 다음.

"집사장님은 전선에 나가거나 일상적으로 함께 지내다 보니 아가씨가 마음을 허락하면 동료다, 그런 감각에 빠져 있는 거겠죠."

"하지만 원래 마녀는 '집에 눌러앉은 존재'입니다. ──저희들이 보기에는 우리 집에 들어오지 않은 마녀에게 '역시 대단하십니다'라고 말할 수는 없는 거죠."

그 말을 듣고 코타로는 반사적으로 도게자를 하고 있었다.

"그야말로…… 역시도(道)……, 그야말로……!"

"알면 됐습니다, 집사장님. ──자, 대피하시죠. 지금 헌터 님과 메리 님께서 싸우게 되면 자연스럽게 집으로 들어오게 될 확률도 커질 테니까요."

시녀장이 그렇게 말한 다음 교문 구석에서 물러났을 때였다.

"……?"

시녀장의 얼굴 옆에 술식진이 떴다. 그것은.

"……예전 둥지."

독일 공군, 제200사단. U.A.H.G.L-200의 비행선 마크가 달려 있는 술식진은 통신용이었다. 그녀가 원래 소속되어 있던 조직에서 들어온 소식은.

……대체 뭐죠?

그러게 생각하고 있자니 눈앞에서 시녀장의 안색이 바뀌었다. 그녀는 곧바로 교문 너머를 투시하는 듯이 돌아보고는.

"집사장님. ──모든 시녀에게 지시를. 전원 자신의 연줄을 최대한 써서 연락을 취하세요. 그리고 호리노우치 가문과 보통과 기숙사 거실에 분대집합."

"대체 무슨──."

돌아본 시녀장이 안경을 고쳐쓰며 입을 열었다.

"……Schlacht(전투). 마녀에게는 약방의 감초 같은 거죠."

●

헌터는 메리에게서 눈을 떼지 않았다.

얼굴 옆, 갑자기 제7함대에서 통신이 들어왔다는 것을 알리는 술식진이 떴지만, 긴급한 광역경보형은 아니었다. 언제 봐도 상관없는 내용이라면 지금은 지금 나름대로 위험하기에 보류하기로 했다.

……또 무슨 촬영인가?

기억해두기로 하고 옆에 따라붙는 형태로 좌표 고정.

봐야 할 상대는 눈앞에 있다. 교문, 그리고 남쪽에 보이는 부두의 광장과 도쿄만을 등진 채 메리가 쓰레기봉투를 들고서 있다.

그리고 나는 어깨를 으쓱였고.

"그런데 말이야."

뭐, 제3위의 저런 태도도 이해가 안 되는 것은 아니다. 이쪽에 걸칠 갈고리가 있다 해도 벽을 뛰어넘어야만 할 테니까, 그리고 그 벽은 저번 랭커전의 입구 역할이었던 **나**겠지.

굳이 때려눕혀서 위아래를 정하는 것은 본인, 카가미, 그리고 호리노우치도 원하지 않는다는 것은 이해하고 있겠지만.

……애매한 걸 두고 볼 수 없는 타입도 있긴 하지.

공수도를 한참 했기에 지거나 이기지 않으면 친구가 될 수 없다, 그런 녀석이 있다는 것은 알고 있다. 그리고 제3위의 캐릭터를 보아하니.

……이기지 않으면 안된다는 것도 아니고.

만약 그렇다면 카가미에게 진 시점에서 마녀의 랭크를 버렸겠지.

그렇다면 나도 메리를 배려할 필요가 없다. 이겨도 씁쓸하지 않게 된다면 괜찮은 상대다 싶으니까. 그렇게 생각해 보니 나도 제3위의 캐릭터가 마음에 든다.

저 사람은 지더라도 앞을 볼 수 있는 사람이다.

하지만, 나는 그런 말을 먼저 해야만 한다.

우리가 싸우는 것에 의미는 없다. 아니, 자칫하다가는 싸우는 것으로 인해 손해가 발생한다. 우리의 힘이 얼마나 도움이 될지는 모르겠지만, 다음 헥센나하트를 원호한다고 생각할 경우, 우리는 카가미와 호리노우치에 버금가는 전력이기 때문이다.

……그래도 뭐…….

나는 더더욱 그렇게 느꼈다. 제3위도 그 정도는 알고 있겠지.

지더라도 앞을 보는 사람이 불운한 패배로 인해 답답해하며 내게 덤벼든다. 하지만 현실도 보고 있다면.

"──."

그렇다면, 나는 그렇게 생각하고 쓴웃음을 지으며 말했다.

"──이세계에서 온 패배자가. 왜 점심때도 덤빈 거야~?"

●

척 보기에도 도발이다.

……무, 무슨 생각을 하는 거죠?!

헌터치고는 세게 나왔다고 생각한 그 말투로 인해 호리노우치는 의아해졌다. 모처럼 요즘 메리와 거리가 가까워졌다 싶었는데.

뭔가 담아두고 있던 것이 새어 나와서 터진 걸까. 국영방송의 '호기심 핫텐'이라는 프로그램에서 고기만 먹으면 화를 잘 낸다는 내용을 봤는데, 그때 있던 헌터가 중얼거린 말은.

"──고기를 먹지도 않았는데 갑자기 화를 내면서 대출력을 날리는 사람은 어떻게 하지?"

아니, 생각해보니 왜 진지한 표정으로 저한테 물어본 거죠? 저기요?

하지만 현재 상황은 움직이고 있다. 헌터의 도발을 듣고 메리가 고개를 끄덕인 것이다.

"그렇군요."

하지만 나는 눈치챘다. 고개를 끄덕인 그녀의 표정이.

……어머?

웃고 있다. 눈썹을 살짝 치켜뜨고 있지만 인상을 쓰지는 않았다. 그리고.

"──미국에서 온 들러리인데다 저보다 랭크도 낮은 사람이 뭐라고 한 것 같은데요."

●

……그래요.

호리노우치는 메리와 헌터가 다시 쓰레기봉투를 서로 던지는 것을 보았다.

헌터는 손을 앞으로 뻗어서 잡았고, 메리는 손을 바깥쪽으로 휘두르며 낚아챘다. 그런 다음 메리가 쓰레기봉투를 살짝 회전시키는 것을 보고 헌터가 말했다.

"오? 오? 한 번 붙어볼래?"

"아뇨, 3위는 양보해드리죠."

"어? 양보해주려고?!"

"네, 준장님과 호리노우치 양이 1위가 되면 제가 2위, 당신이 3위예요."

"자세 똑바로 취해야 쓰것는디——!"

왜 사투리인가요? 그런 생각이 드는데, 공수도가의 스킬 같은 건가? 아무튼 나는 두 사람이 그렇게 말다툼을 벌이면서도 손을 쓰지 않는 이유를 이해했다.

아니, **그렇게 한다**하더라도 시험이나 쓰레기를 서로 던지는 것뿐이다. 그렇다면.

……메리도 이해하고 있군요.

자신의 답답한 마음도 이해하고 있지만, 자신들이 있는 의미를 이해하고 쓸데없는 싸움을 벌이지 않는다. 한다 해도 일상적으로 자주 벌어질 법한 다툼뿐이다.

마녀의 다툼, 그런 거라고 해야 할까.

그리고 메리는 우리 근처에 있겠다는 선택을 했다.

고향을 잃었기에 이것저것 생각하고 있을 것이다. 하지만 그런 것들을 억누르고 지금 무엇이 가장 중요한지 생각하며 이곳에 있다.

그렇기 때문에 헌터는 응해준다.

함부로 어른 행세를 하지 않고 메리에게 언제든지 응해주겠다는 태도로 대한다.

메리를 '이해'하는 것이 그녀와의 거리를 벌리는 것이다. 왜냐하면 모든 것을 받아들인 채 헥센나하트로 향하고 있는 우리와 답답해하는 그녀는 입장이 다르기 때문이다.

동등하게 있고 싶어도 그러지 못하는 입장. 하지만 그것을 무시하는 배려는 그녀에게 부담을 주게 된다.

지금 헌터는 그 답답한 마음을 무시하지 않는다.

"언제든지 붙자고——."

그런 태도를 취하면서도 상대방이 받아들일 수 있는 것은 헌터 뿐일 것이다. 메리는 우리들에 대한 위치를 정해버렸으니까.

······그런 사이로군요.

메리도 그것을 이해했다. 두 사람은 서로 마주 본 다음 동시에 이쪽을 보았다.

"카가미."

"호리노우치 양."

카가미가 헌터에게 쓰레기봉투를 던졌다. 나는 메리에게 직접 건네려 갔다.

그때였다.

"──."

나, 그리고 카가미가 던진 쓰레기 봉투 사이와 아래를 뚫고 간 바람이 있었다.

●

어라, 카가미는 그렇게 생각했다.

대체 언제 여기까지 접근했을까.

시호인 학원의 교복차림. 겉옷에 달린 후드로 얼굴을 가리고 있고 몸집이 작은 소녀는 굳이 따지자면 가녀린 발걸음으로 우리 사이를 뚫고 갔다.

최단거리로 나아가는 움직임이었다.

우리가 쓰레기를 회수하러 온 청소차 앞에 눌러앉아 있었기 때문이기도 할 것이다.

주위를 돌아가기보다는 그 사이를 뚫고 가는 쪽이 회수원에게 가는 '일직선'이었다.

그런데 신경 쓰이는 것이 있었다.

……걸리적거리지 않았는데?

자연스러웠던 것이다.

마치 흘러가는 강에 떨어진 나뭇잎처럼 달려가는 발걸음이 우리 사이를 지나갔다.

스쳐 지나가는 것도 아니었다. 그냥 뚫고 갔다.

움직임도 그렇고 착지에서도 아무런 반동과 장애물이 없는 것 같은 움직임.

그녀가 밑으로 지나간 쓰레기봉투를 헌터가 잡아낸 뒤 이쪽을 돌아보았다. 시선으로 이렇게 말하고 있었다.

"돈까스 덮밥을 먹고 싶은 거지? 헌터 군."

"가벼운 정도가 아닌데, 그렇게 생각했다고……!"

말이 이쪽에 닿았을 무렵에는 후드 차림 학생이 회수원에게 쓰레기를 맡기고 있었다. 그리고.

"저 애……."

호리노우치가 메리에게 쓰레기봉투를 건네며 작은 목소리로 말했다.

"좀 전에 화단을 돌보고 있던 애예요. 특대과."

●

소녀가 청소차에 쓰레기봉투를 건네고 나중에 온 마녀 네 사람 쪽으로 돌아섰다.

후드 때문에 얼굴은 보이지 않았다.

마녀 네 사람은 각자 비켜섰다.

그 의도를 이해한 모양이었다. 소녀는 '뚫고 가는' 발걸음으로 몸을 가볍게 흔들면서, 하지만 발은 똑바로 내디디며 갔다.

느리지도 않게, 급하지도 않게, 그저 몸을 앞뒤로 움직이며 앞으로 갔고.

　"──."

　그저 똑바로 정원 북쪽에 있는 화단으로 나아갔다.

●

　"뭔가 가벼운 정도가 아니었어. 공중에 떠 있는 것도 아니지만."

　헌터는 회수원에게 봉투를 두 개 건네며 말했다.

　……나하고도 다른데.

　나는 파고드는 것이 기본이기 때문에 굳이 말하자면 발소리를 내는 편이다. 소리를 죽일 수도 있지만, 그렇게 하면 평소 때 움직임과는 달라진다.

　한 번 본 것뿐이지만, 좀 전에 후드 차림 학생의 움직임은.

　"속성 계열인가."

　바람 같은 것. 자연적인 요소에 속해 있는 술식 사용자겠지. 단.

　"……우리 네 명이 접근할 때까지 눈치채지 못하다니, 방심할 수가 없네."

　"그렇네요."

　호리노우치가 쓴웃음을 지으며 말했을 때였다. 마찬가지로 살짝 웃는 목소리가 들렸다.

쓰레기봉투를 받은 회수원이었다. 청소차 위에 앉아 있던 그 사람은 마녀인 모양이었다. 청소국 작업복 차림인데도 옆구리에 끼고 있던 빗자루를 마치 고양이처럼 쓰다듬고 있었다.

　그녀는 멀리 보통과 건물과 체육관 사이를 보았다. 시선을 따라가 보니 그곳에서 북쪽으로 나아가는 뒷모습이 보였다.

　멀리서 보고 있으니 별것 아닌 것 같은 움직임이었다. 하지만.

　"저 애는 항상 저렇거든. 날마다."

　청소의 마녀가 말했다. 아래쪽. 운전수 역할을 맡은 남자가 쓰레기봉투를 압축하는 테일 게이트 뚜껑을 닫으면서.

　"화단의 마른 꽃이나 썩은 말뚝 같은 걸 가져오거든. ──정신을 차리고 보면 바로 앞에 서 있지."

　"역시나."

　그렇게 말한 사람은 호리노우치였다.

　"항상 화단을 돌보고 있죠. 분명 특대과 3학년이었을 텐데."

　"조용한 애야. ──말하는 것을 들어본 적이 없지."

　청소차 위에서 마녀가 말했다.

　"글쎄다. 사역체를 데리고 다니는 모습도 본 적이 없어. 뭐라고 해야 하나. ……있다는 반응 자체가 잘 느껴지지 않아."

●

　사역체를 보이지 않는다고? 헌터는 그렇게 오히려 흥미가 생겼다.

　사역체는 프레임을 전개할 때 필수다. 예외가 근처에 한 명 있긴 하지만, 또 있을 리가 있나.

　……그렇다면 사역체를 숨기고 있거나 겉으로 드러낼 의미가 없는 거겠지.

　그때, 카가미가 오른손을 살짝 들었다.

　"사역체는 계속 넣어둘 수도 있는 건가?"

　그 질문을 듣고 나는 메리와 함께 호리노우치의 어깨 위를 보았다.

　멋대로 나와 있던 주작이 경마신문을 보고 있었다. 그런데 우리를 보고.

　『………….』

　주작이 곧바로 말없이 술식진 안으로 들어갔다.

　문이 닫히는 소리가 들리며 술식진이 사라지자 주인이 허둥대며 손을 흔들었고.

　"그, 그게, 대대로 전해져 내려오는 거라 성인이거든요?! 도박도 OK예요!"

　"무슨 변명이 그래."

　"뭐, 데카오 군도 부르지 않아도 스스로 나오곤 한다만?"

　"제 마카브르도 저 자신이 상시 마기노 프레임 전개 상태라서 기본적으로는 나와 있죠. 출력을 잡아먹어 몸을 숨기고는 있지만요."

내 헤지호그도 비슷하다.

물론 사역체가 겉으로 드러나지 않는 타이밍도 있기는 하지만.

……매일 그렇다니, 좀.

그리고.

"반응이 없다고?"

청소차 위에 있는 사람에게 물었다.

그러자 오후 햇빛 역광을 등지고 고개를 끄덕인 마녀가 딱 잘라 말했다.

"그래, 내가 하는 일은 그런 탐지가 중요하거든."

그렇지, 운전수가 그렇게 말하며 조수석 쪽 슬라이드 도어를 통해 차에 올라탔다. 위에 앉아 있던 마녀는 이쪽을 향해 손을 들고 뒤쪽에 결계술식으로 보이는 술식진을 띄웠다.

마녀가 있는 곳에서 생겨나는 쓰레기는 어느새 술식의 영향을 받기도 한다. 그것을 막기 위한 술식진이다. 처리장이 학교 바깥에 있기 때문에 그런 조치를 취한 거겠지.

……고향에서는 화요일이 술식 관련 쓰레기를 버리는 날이었는데.

가끔 쓰레기통이 불타오르거나 다리가 돋아나서 달려가는 경우도 있었다.

그런데 쓰레기 안에 있는 유체를 탐지할 수 있는 마녀의 말에 따르면.

　"정말 사역체가 없는 건가?"

　"뭐, 유파에 따라서는 그럴 수도 있고, 원래 특대과는 그런 사람들 아닌가?"

　"……그래도 프레임을 전개하지 않는 마녀라니, 전투를 벌일 때는 불리하겠는데."

　"그런 의미에서 특대과 소속인 건지도 모르죠."

　그 말을 듣고 보니 그렇긴 하다.

　"특대과란 우수하거나 그런 분류가 아니라 '특수'하다는 분류가 더 잘 들어맞는 원오프 술식 사용자의 모임이니까요."

　그럼, 나는 그렇게 말했다. 방금 흐름을 통해 생각한 것은.

　"위험했나? 그렇게 접근했는데."

　"만약 그녀가 랭커였다면 말이지?"

　"기습을 하더라도 유사 패시브 반사 계열 방호는 기본이잖아요? 오른손은 비워두고 있었어요."

　질린다.

●

　"아니, 저기……."

　헌터가 고개를 돌리고 한 말에 카가미는 맞장구를 쳤다.

　"왼쪽에 나, 오른쪽에 호리노우치 군이 서 있었고, 호리노우치 군이 이렇게 왼손으로 메리에게 봉투를 건네려고 했으니. 다시 말해 호리노우치 군은 상대방에게 오른손을 보이지 않게끔 하면서 쏠 셈이었군"

"무슨 일이 생긴다면, 그런 조심은 무의식적으로도 해야 하는 법이죠."

역시 대단하군. 그렇게 생각하는 내게 호리노우치가 곁눈질을 하며 말했다.

"먼저 눈치챈 건 카가미잖아요."

"동선의 흐름에 흘러들어 왔으니까."

"흐름…… 말인가요?"

메리가 묻자 나는 고개를 끄덕였다.

"우리가 만든 동선에는 우리의 기척이 남아 있지. 머리카락이 바람에 나부끼는 것과 마찬가지야. 그것을 따라 '맞춰 왔으니' 눈치챌 수밖에 없지 않은가."

"맞춰 왔다고요?"

"바람 같은 거겠지만."

우리가 걷는 움직임에 끌려온다. 평소 때 움직임은 가벼운 스텝일 것이다. 그런데 다른 '움직임'에 다가가면 끌려가고 거스르지 않는다.

저항하지 않음으로써 흐름을 타고 앞으로 간다.

우리 사이를 뚫고 간 것은 그것이다.

우리에게 간섭하는 것이 아니다.

"어떤 의미로는 비간섭을 관철하기 위한 움직임이지. 우리의 동작을 이용하는 거라 방해하는 것처럼 느껴지지만."

"회피 계열인가요?"

메리가 한 말을 듣고 그것이 사실이라는 의미로 고개를 끄덕였다.

"물론 피할 수 있다면 돌아서 들어오거나 기습도 가능하지. 회피로부터 공격에 나선다. 보법 기술이라면 헌터 군의 영역일 텐데."

"그 움직임에서는 파고든 다음 타격력으로 이어지지 않아."

그렇긴 하지, 그렇게 대답했을 때였다. 청소차 위에서 청소의 마녀가 말했다.

"상위 랭커는 뭘 보더라도 떠들만한 시기겠지."

아하하, 그렇게 웃음소리가 들린 뒤 청소차가 움직였다. 앞으로 나간다. 한 번 회전. 그대로 도쿄 쪽으로 이어지는 길을 달려간다.

그리고 다음 청소차가 온 것을 보고 호리노우치가 뒤쪽을 보았다.

"뒤쪽 사람들이 오네요. ──일단 손을 씻고 제 방으로 가죠."

●

"아가씨의 귀가 선언이 나왔습니다!"

"메리 님도 동반! 이제 메리 님께도 '역시'라는 말을 쓸 수 있겠네요!"

"잠깐만요! 여러분!"

그때, 교문 옆에서 학교를 둘러싸고 있는 벽을 급하게 뛰어넘으며 코타로가 말했다.

"그보다 급한 용건이 있습니다……! 아가씨께 알려야!"

"아니, 저기, 집사장님."

"뭔데요! 아가씨께 긴급 안건을 전하는데 무슨 문제가 있나요?!"

"이 학교의 벽에는 진입금지 결계가 있고, 경고 시간이 3초 남았어요."

그 말을 듣고 위쪽을 올려다보니 술식진에 숫자가 떠 있었다.

0이었다.

●

메리는 멀리 남동쪽에서 번개가 친 것 같은 소리가 들린 것을 느꼈다.

……무슨 일일까요.

뭐, 이 학원에서는 자주 있는 일이다. 술식과에서는 1주일에 두세 번 정도 실험실의 벽이 날아가곤 한다.

하지만 그런 것과는 별개로 호리노우치의 방에 초대받은 사실이 더 의미가 있다.

……다시 말해 동료로 인정받았다는 건가요……!

호리노우치의 초대를 좋게 해석하자면 원래 그럴 생각이었다는 느낌도 든다.

"감사합니다."

고개를 숙이자 호리노우치가 어깨를 떨면서 돌아보았다.

"가, 갑자기 뭐죠?"

"메리는 이런 부분에서 예의가 바르거든. 호리노우치 군은 관대하니 내가 방을 하나 빌려써도 방치할 정도지만."

"다른 사람을 집에 초대하는 것뿐만이 아니라 자유롭게 살게 하다니……!"

한순간 '너무 헐렁한 것 아닌가요'라는 말이 나올 뻔했지만, 호리노우치의 진명 쪽과도 관계가 있을 것 같기에 그만두었다. 반격을 가하는 금기 워드일 가능성도 있기 때문이다.

……이분은 정말 무시무시하네요……!

무시무시한 신도.

아무튼 호의를 받아들이자고 생각하며 돌아선 호리노우치를 따라가려 했다.

그때 갑자기 제4위가 오른손을 들었다.

"아, 이봐. ──재미있는 게 시작되었어."

네? 그렇게 말하며 돌아보자 제4위가 영상용 술식진을 띄우고 있었다.

돌아본 호리노우치도 곧바로 똑같은 술식진을 띄웠고.

"이건──."

"뭔가?"

네, 호리노우치가 그렇게 말했다.

"좀 전에 이야기가 나왔던 관장식이에요. 유럽 U.A.H.에서 진행하는."

제5장

『그것은 착각』

세계의 연결고리는.
어디에서나.
어떤 형태로나.

코타로는 그 영상을 하늘과 겹쳐보고 있었다.

누워 있는 곳은 풀밭 위. 시호인 학원의 남동쪽에 있는 외벽 옆이다.

좀 전에 무심코 벽을 넘어가려다가 보안장치에 걸려 번개를 맞았기에 움직이지 못하고 있었다.

주위에는 시녀들이 있지만.

"아, 움직일 수 있게 되면 말씀해주세요. 다과회를 하고 있으니까요."

그렇다고 하니 나는 손가락 끝만 움직여서 교내의 보안부서에 보고했다.

"좀 전에 울린 경보와 번개는 특별한 사태가 벌어진 것이 아닙니다. 제 쪽에서 시험을 해봤을 뿐이라서요."

어떤 시험인지는 말하지 않았다.

그저 몸의 조정가호가 발동될 때까지 다과회가 진행되고 있는 곳 옆에서 술식진을 보고 있었다.

몇 가지 의문과 함께 시선이 간 곳은 유럽 U.A.H.의 관장식이다.

······이건──.

그곳은 색이 없는 하늘 아래. 숲과 산악으로 둘러싸인 곳이었다.

넓다.

비행장 정도가 아니라 한 도시에 필적할 정도로 넓은 광장이 평평하게 다져져 있었다.

바위다.

일조량으로 미루어볼 때 고도가 높은 지역. 남쪽과 동서쪽이 큰 나무로 둘러싸여 있고, 북쪽에는 광장을 수평으로 만들기 위해 수직 각도로 거대하게 도려낸 산맥이 있었다.

산을 깎아낸 모양이 이상했다.

일직선으로, 마치 두부를 잘라낸 것처럼 산의 기간인 바위 지층까지 파낸 상태였다.

파낸 깎아낸 흔적의 폭은 30킬로미터가 넘을 것이다. 높이도 최대 2킬로미터가 넘는 곳이 있었다.

하지만 영상으로 볼 때 그 단면은 일직선이다. 중간에 지층 틈새로 폭포가 흘러나오고 있었고 단면 아래로 마련되어 있는 인공 하천으로 흘러가는데 스케일이 너무 커서 한눈에 다 볼 수가 없었다.

"……루에거 각하께서 혼자 만드신 거예요, 저기. 다른 U.A.H.의 윗사람이나 정치가들에게 잔소리를 듣지 않아도 되는 장소가 필요하다고 하시면서 하룻밤만에요."

풀밭 위로 펼쳐져 있는 돗자리 위에서 홍차를 따르며 유럽 출신 마녀가 말했다.

"리스베스 루에거. 삼현자 중 한 사람이자 독일 대표. 그리고 저번 헥센나하트 이후로 유럽 쪽으로 돌아가셔서 마녀들이 빠져나가 공백이 된 토지를 지탱한 현존 최강의 마녀죠."

아, 그녀가 그렇게 말했다.

"나이에 대해 말하면 미소를 지으면서 화를 내세요."

『그 말대로다.』

갑자기 영상에서 목소리가 들렸다.

『기억하고 있다면 됐다, '녹색 달'. 네놈은 덜떨어지긴 했지만 혼난 건 잊지 않은 모양이군.』

……어?

영상은 쌍방향 통신이 아니다. 그리고 이 영상은 위성을 통해 세계 규모로 보도되고 있는 내용일 것이다. 하지만 시녀장이 샌드위치 바케트를 공중에 있던 술식진에서 끄집어 내면서.

"여자는 자신의 소문을 잘 듣는 법입니다, 집사장님. 카가미 님이나 아가씨 일행분들이 위성 궤도의 감시를 눈치채시는 것과 마찬가지죠."

"각하께서는 시녀장에 대해 캐묻지 않으시나요?"

"저는 소문을 내지 않으니까요."

여자는 무섭다……, 그런 생각이 들었지만 금방 날아가 버렸다.

영상 안에서 움직임이 생겨난 것이다.

●

코타로가 본 것은 정렬한 마녀들이었다.

예전부터 전해져 내려온 말처럼 검은 노멀 프레임을 걸친 마녀들이 광장에 있었다.

하지만 그 줄은 매우 멀리 떨어져 있었다. 서로 약 300미터 단위로 거리를 두고 가로세로로 줄을 섰다. 하지만 그 광장은 가로로 길기 때문에 그만큼 간격을 두고 서더라도.

『이곳에 주력 2천 명이 있다.』

영상에서 울린 소리에 바람이 겹쳤다. 차가운 바람이라는 느낌이 든 이유는 메마른 산악에서 내려온 북풍이기 때문일 것이다. 그리고 U.A.H.의 2천이라는 숫자는.

……마기노 프레임을 소환하려는 건가요?

양산형 마기노 프레임이 그 정도 숫자였을 것이다.

그리고 영상에 목소리가 하나 생겨났다.

『──Start.』

그 직후, 빛바랜 광장에 빛의 등불이 생겨났다. 마녀들의 손 근처에 뜬 것은.

"노멀 디바이스."

"그렇지."

"──검포형. 카가미 님의 무기와 비슷한데?"

"외날? 좀 식칼 같이 생겼는데."

시녀들이 그렇게 떠들고 있는 건너편. 간격을 두고 선 2천 명이 검은 칼날을 들고 있었다.

외날 직검. 포와 일체화된 그것은 비변형 타입이었다. 하지만.

"출력일체형이고 주 구동계만 마구 강화시켰네."

"쏘는 동안에는 움직이지 못할 것 같은데?"

"스스로 움직여. 그것보다——."

그렇게 이어진 대화는 이해가 되었다.

2천 명이 그것을 눈앞에, 기도하는 듯이 세워 든 것이다.

그 직후. 좀 전과는 비교도 되지 않을 정도로 막대한 유체광이 하늘에서 터졌다.

"빠른데……?!"

"어? 중간에 기분을 고조시키는 과정도 없이?!"

시녀들이 소리를 지를 만도 했다.

……헌터님처럼 노멀 프레임에서 고속으로 마기노를 전개하는 것이 가능한 건가요!

그 말대로 메마른 하늘에 소환되었다.

2천 자루의 외날 직검이 색이 없는 하늘을 향해 뽑힌 것이다.

●

헌터는 살짝 숨이 막혔다.

……자랑하고 있네.

노멀 프레임에서 고속 마기노 프레임 전개. 원래 노멀 프레임 때 플로기스톤 하트를 과열시켜서 단계적으로 상승시키는 법이다.

일단 우리는 그때 마음가짐을 상승시키기 위한 키워드 같은 것을 준비하고 항상 플로기스톤 하트를 안정된 과열상태를 유지함으로써 그 고속 마기노 전개를 가능하게 만든다.

하지만 방금 본 것은 그게 아니었다.

"구동계를 나누는 방식이구나."

"알고 있는 건가! 헌터 군!"

무슨 이야기를 그렇게 끌고 가나요? 호리노우치가 그렇게 말하며 눈을 흘겼지만 아랑곳하지 않았다. 나는 직검 모양을 그리기 위해 두 손을 살짝 좌우로 벌린 다음 그 가운데쯤에.

"이곳에 아마 포격과 추진계를 겸하는 대형 구동계가 있을 거야."

"포격과 추진계를 겸한다고요?"

고개를 갸웃거린 사람은 메리였다. 제3위인 그녀의 마기노 프레임은 소멸 술식을 다루는 강력한 프레임이지만, 기동성을 따지면 그리 뛰어나지 않고, 장갑도 얇다. 메리 말에 따르면.

"기본적으로 디바이스 안에 넣어야 하는 구동계는 출력을 '공격·이동·방어', 이 세 가지로 나누고 중점을 어디에 두는지에 따라 디바이스의 개성 중 대부분이 정해지죠."

그래. 나는 그렇게 대답했다.

"폼과 디바이스. 그걸 합친 프레임이 복잡, 대형화될 경우에는 필요한 출력도 대형화되지. 다시 말해 '공격·이동·방어', 이 세 종류의 출력이 필요하게 되는 거야. 그리고 플로기스톤 하트를 과열시킬 때도 세 종류인 거고. 하지만——."

나는 영상에 보이는 마기노 프레임의 포신 안쪽 부분을 손가락으로 가리키면서.

"만드는 것이 두 종류라면 어떻게 될까?"

그렇게 묻자 카가미가 팔짱을 꼈다.

"——'공격·이동·방어', 이 세 가지를 '(공격·이동)·방어', 이 두 가지로 만들었다는 건가?"

"그래. 공격과 이동 시스템을 직결시킨 거겠지. 그럴 경우에는 플로기스톤 하트에 의한 과열은 두 종류면 돼. 하지만 두 종류의 용량을 지닌 대형 구동계를 넣을 수가 있으니까 플로기스톤 하트의 엄청난 과열 보조가 가능해지는 것야. ——아마 방금 본 건 그런 거겠지."

"왜 다들 지금까지 그렇게 하지 않았던 건가?"

"공격과 이동의 출력을 겸용으로 쓰면 공격 중에 이동할 수가 없고, 이동 중에 공격할 수가 없잖아요? 뭐, 어느 정도 잉여 출력을 돌릴 수는 있겠지만 전투 중에 그러면 위험하죠."

"그렇군, 다시 말해——."

카가미가 입가를 끌어 올리고 말했다.

"달에서 내려오는 마녀와 부하들을 저격. 그리고 접근해 오면 포격하지 않고 돌격. 그것에만 특화된 마기노 프레임이라는 말이로군?"

●

터무니없는 발상이네요. 호리노우치는 그렇게 생각했다.

"양산형이라고는 해도 저래선 마녀의 봉인 안에서 전투를 벌여봤자 맞서 싸울 수 있을 것 같지는 않아요. 전술이 지나치게 고정되니까요."

"그렇다면 왜 저런 마기노 프레임을 대량으로 만든 거죠?"

"모르겠나? 메리."

카가미의 목소리를 듣고 나는 그녀와 함께 헌터를 보았다.

시선 끝, 헌터가 어깨를 으쓱였다.

"유럽 U.A.H.의 생각은 이런 거야. ——검은 마녀와 전투를 벌이는 것은 일본에 있는 마녀들이 마음대로 해라. 우리는 2천 대의 마기노 프레임을 사용해서 유럽을 지키겠다."

다시 말해, 나는 그렇게 말을 이어나갔다.

"헥센나하트 이후. 검은 마녀와 전투를 벌였다는 영예는 일본에게 주겠다. ——하지만 멀쩡하게 남아 다음 세대에서 세계의 패권을 쥐는 것은 유럽이다. 그런 뜻이군요······?"

그렇다면 저 관장식을 보고 드는 생각이 있다.

"······유럽 U.A.H.가 헥센나하트와 결별하겠다는 뜻인가요?"

"그런 건 아니겠지."

나는 카가미가 한 말을 듣고 돌아보았다.

"무슨 소리죠? 저 마기노 프레임으로는 검은 마녀에게 대항하기 힘들 것 같은데요?"

"에이스 마녀라도 있는 건가……? 아, 좀 전부터 목소리만 들리는 아줌마?"

『방금 뭐라고 했나.』

헌터가 눈을 흘겼고, 나는 코앞에 집게손가락을 세웠다.

……저런 사람이죠…….

하지만 카가미가 한 말이 신경 쓰였다.

"설마 삼현자 중 한 사람이 랭커전에 뛰어들겠다, 그런 뜻인가요?"

"아니, 그런 짓을 하지 않아도 괜찮겠지. 유럽 U.A.H.는 더 단순한 방법으로 헥센나하트에 관여할 수 있으니까."

카가미가 그렇게 말하고 있던 동안.

우리가 보고 있던 영상 안에서 움직임이 있었다.

늘어선 2천 자루의 까만 검. 공중에, 하늘 가운데를 향해 솟구친 칼날 끝에서 빛이 생겨난 것이다.

술식진이다.

●

"그래. 그게 정답이다."

호리노우치는 카가미가 그렇게 말한 것을 들었다. 그리고 시야 중앙에서 빛이 보였다.

2천 자루의 검 끄트머리, 그곳에 뜬 술식진이 겹쳐져 거대한 한 장의 술식진이 된 것이다.

……출력통합?!

2천 자루 모두가 합쳐진 것은 아니었다. 가운데 줄의 천 자루 정도만. 하지만 한 변이 15킬로미터가 넘는 그 술식진은 가운데에 글자가 적혀 있었다.

《JUMP》

이동술식이었다. 그것도 일정한 거리를 나아가는 것이 아니었다. 큰 출력을 이용한.

"전이도약?!"

나는 몇 가지 '있을 수 없는 것'이라는 생각을 했다.

전이계열 술식은 마녀의 술식 중에서는 잘 알려져 있는 것이다. 물체의 이동을 운동이나 위치의 변화가 아니라 변경으로 이루어내는 술식. 공간도약이나 왜곡에 속하는 그것은 강력한 이동술식인 것과 동시에 다른 한 가지 의미로도 잘 알려져 있다.

제한과 조건이 까다롭다.

어찌됐든 공간의 두 점을 잇는다는 것이기에 '이쪽' 말고 '저쪽'에도 술식을 작용하게 만들 필요가 있다.

그것은 자신이 없는 곳에서도 술식을 발생시킨다는 뜻이다.

자신이 없는 곳에서 무언가를 한다. 그 말은.

"——이 세계의 마녀들에게도 힘든 건가?"

"자신이 없는 곳에서 자신에게 식사나 공부를 하게 만들 수 있나요? ——그것을 가능하게 만드는 것이 마술이긴 하지만요. 물체의 위치를 변경한다는 건 지극히 어렵거든요?"

정확도와 출력은 거리에 따라 막대하게 늘어나고, 그 결과.

"전이술식 중 대부분은 사용자가 볼 수 있는 범위에 한정되거나 보낸 쪽에서 '받는 자'가 필요해요."

전자는 단거리 순간이동. 후자는 '문'이라 불리는 타입의 술식이 대표적이다. 물리적인 초점이 되는 장소나 상대를 준비하여 그곳을 전이술식으로 잇는 것이다.

'문' 쪽은 얼마 전 비슷한 것을 한 적이 있다.

"제 소멸술식을 이용한 고속이동. 그것을 호리노우치 양이 얼마 전에 이용한 '이와토 열기'가 비슷하다고 할 수 있겠죠. 그때는 제가 자동적으로 '받는 자'가 되었던 거고요."

하지만 지금 눈앞에서 이루어지고 있는 것은 그렇지 않았다.

유럽 U.A.H.는 천 자루의 칼날을 어디론가 날릴 생각인 것이다.

"다시 말해 그런 건가? 단일 규격의 마기노 프레임을 집합시키고 동기시킴으로써 막대한 출력을 필요로 하는 술식을 가능하게 만들었다고?"

"그것도 '공격 · 이동'을 단순화시키는 희생을 치르면서요."

하지만요, 나는 그렇게 말하며 그 뒤로 이어진 '있을 수 없는 것'을 생각했다.

"그렇게 해서 ……그 칼날을 어디로 날리려는 거죠?!"

●

『간단하다.』

마녀의 목소리가 울렸다.

통신의 영상, 그것뿐만이 아니었다.

시호인 학원의 하늘. 사방, 전역에 걸쳐서 그 목소리가 떨어져 내린 것이다.

『이곳이다. ──새로운 마녀의 배움터.』

그 직후. 전장 500미터의 칼날이 천여 개의 숫자로 시호인 학원을 일제히 포위했다.

●

영상을 보고 있던 마녀는 뒤늦게 눈치챘다.

영상 안에서는 전이술식이 터져 흩어진 아래에서 천 자루의 칼날이 사라진 상태였다.

하지만 그것들이 전부 우리 주위의 하늘에 올 줄은 생각하지 못했던 것이다.

그래서 모두가 우선 먼저 바람을 느꼈다.

사방에서 불어온다기보다는 밀어닥치는 것 같은 두꺼운 대기가 다가온 것이다. 그리고 자신들을 둘러싸고 있던 공기의 흐름을 거스르며 사방을 본 마녀들은 그것들을 확인했다.

하늘에 세로로 늘어선 칼날.

마치 이쪽을 내려치려는 듯이 천 자루의 직검이 학원을 둘러싸고 있었다.

●

『아가씨.』

호리노우치는 마치 개방형 돔처럼 늘어선 천 자루의 포위를 확인했다.

코타로의 목소리가 통신술식으로 들렸다.

『아가씨, 지금 일본에 헥센나하트에 대비하여 각 나라의 군대가 주둔하고 있다는 것은 알고 계시죠?』

"네~, 나 알아~."

헌터가 질린 표정으로 술식진을 띄웠지만, 외부와 통신을 하려던 술식진이 일그러졌다.

……간섭이네요.

주위를 둘러싸고 있는 마기노 프레임이 각자 펼친 결계를 연결하여 그 출력으로 통신마의 '벽'을 만들고 있는 것이다.

보아하니 정문 너머, 항상 보였던 본토 쪽이 일렁이고 있었다.

광학 쪽으로도 일그러뜨리는 것을 보니 마기노 디바이스의 방호로도 충분하다. '포격·이동'은 일괄적으로 다룬다 해도 방어 쪽은 독립적인 출력인 모양이었다.

……정말.

주위에서 학생들이 움직였고, 긴장하는 기색과 소리가 느껴졌다. 유럽 쪽 출신 마녀들도 있을 것이다.

하지만 지금은.

"다들…… 방어를 굳히기 시작했습니다!"

메리가 교내 인터넷에 접속하여 전체적인 움직임을 파악했다.

그녀가 소속된 술식과는 유럽 출신이 많은 곳이다. 그쪽에서 대전상황을 만든 걸 보니.

"유럽 U.A.H.의 독단이라는 건가?"

『네. 카가미 님.』

그럼, 그렇게 대답하며 물었다.

"각 나라는 기본적으로 우리의 경호와 헥센나하트 당일의 방어 등을 담당해주시는 거죠? ──그런데 지금 왜 이런 짓을?"

말 잘하네, 헌터가 그렇게 말하는 것도 아랑곳하지 않고 코타로가 대답했다.

『네, 매우 말씀드리기 껄끄러운 내용입니다만──.』

147

섭외 등을 담당하고 있는 집사장이 이렇게 말했다.

『아가씨, 유럽 각 나라에서 시호인 학원의 운영권한을 요구하고 있습니다. ──헥센나하트의 실행과 대항할 마녀의 선출을 관리하기 위해서라고 합니다.』

●

"호오."

카가미가 그렇게 말하며 고개를 끄덕이는 모습에서 허둥대는 느낌이 느껴지지 않았기에 아마 내 짐작도 정답.

다시 말해, 호리노우치는 그렇게 말을 꺼낸 다음, 이어나갔다.

"좀 전에 했던 말은 이런 거죠?"

"──헥센나하트도 각 나라에게 있어 정치의 카드에 불과하다는 거겠지."

말투 자체는 매우 따분한 것 같다는 느낌이었다.

……재미있어해도 곤란하지만요──…….

예측한 범위에서 벗어나지 않았다. 그런 걸까.

그런데 카가미가 등지고 있던 정문 쪽을 엄지손가락으로 가리켰다.

무슨 뜻인지는 알고 있다. 이렇게 화려하게 '포위'한 것을 보니 상대방은 올바른 위치에서 올 것이다.

"마녀가 좋아하는 뒷문에서 오는 거 아닌가?"

"이건 '정치'예요."

뭐, 됐죠, 그렇게 생각할 정도로 여유는 있으니 빠르게 걸어갔다.

그런데 정문으로, 이번에는 빈손으로 걸어가면서 카가미가 말했다. 등을 보이며 말했다.

"만약 검은 마녀를 쓰러뜨릴 수 있다면 그 마녀가 소속된 나라는 다른 나라에게 충분한 어드밴티지를 얻게 되지."

여전히 따분한 것 같은 말투였다.

하지만 나도 나란히 서면서 그 말에 대답해 주었다.

"──발언력과 군사력이죠."

"군사력?"

메리가 한발 늦게 질문하자 대답이 바깥쪽에서 들렸다. 코타로였다.

『네, 그렇습니다. 왜냐하면 검은 마녀를 쓰러뜨릴 수 있다는 것은 검은 마녀 이상의 위협이 발생했다는 뜻이기도 하니까요.』

"애초에 이 세계의 마녀는 중세 이후로 전투력을 군사적으로 인정받고 복권되었어요."

덧붙여 말했다.

이세계에서 온 메리는 지식으로 알고 있다 해도 실감하며 이해하기는 힘들 것이다.

"그래서 마녀들이 국경을 넘어 모여 있는 일본, 특히 이시호인 학원에서는 별로 느끼지 못하지만, 아직 국경을 의

식할 수밖에 없는 유럽 등에서는 어느 정도 전력이 되는 마녀를 병기로 보는 경향도 있죠."

『그렇습니다, 아가씨. ──그리고 이번 사건은 그야말로 그러한 견해로 인해 발생한 것으로 보입니다.』

그렇다면, 나는 그렇게 말을 꺼냈다.

"──각 나라에서 아직 결판이 나지 않은 상태부터 우리를 관리하겠다는 건가?"

『그런 겁니다, 카가미 님.』

코타로가 그렇게 말한 것과 동시에 헌터가 손을 들었다.

그녀는 하늘을 올려다보고 있다가 잠시 후 다른 사람들을 따라잡았고.

"아, 우리는 학원 쪽인 것 같아."

"좀 전부터 남서쪽 하늘에 보이던 별 같은 게 그건가?"

"달 감시용 F-18을 수직으로 세워서 이쪽을 향해 광학통신을 보낸 거야."

『모르스인가요? 유럽 U.A.H. 쪽에게 들키지 않을까요?』

"아니, 제7함대에서만 쓰는 부호. 해독하는 건 불가능할 거야. 주마다 바뀌는 함내의 행동규범서에 맞춘 글자수 지니니까. 규범서도 부함장이 손수 쓰는 거라 관계자 말고 다른 사람이 읽으면 지독한 꼴을 당할 테고. 지금은 하와이에 정박하고 있는 상태라 준비가 되는 대로 다른 나라를 견제하러 나오려는 모양인데."

헌터가 띄운 술식진에는 송수신 불가능 상태가 된 통신망이 보였다. 그것은 좀 전에 그녀를 지탱하고 있는 제7함대에서 보낸 것이었고.

"제목은 '유럽 U.A.H. 봐줘'고, 첨부된 건 이거야. 여기 떠 있는 녀석들의 마기노 디바이스의 공표 스펙."

잘도 이런 짓을, 헌터가 그렇게 말했다.

"주 구동계가 세 개라고 하네. 그것뿐만이 아니라 시험 지팡이는 진짜로 그 형태로 날렸어. 이러면 평범한 설계라고 생각할 수밖에 없지."

●

다시 말해 함정인가? 카가미는 그렇게 생각하자 쓴웃음이 새어 나오는 것을 자각했다.

이런 상황에서 내부분열을 일으키는 세계라니, 솔직히 여동생도 성격이 참 나빠졌다는 느낌이 든다. 하지만.

"……다음 세대에서 세계의 패권을 조금이라도 자기들 쪽으로 기울게 만들고 싶어서 일부러 그런 함정까지 파둔 것은 풍요로운 세계라는 증거일지도 모르지."

"자학하는 건지, 칭찬하는 건지 잘 모르겠는데요?"

"감탄하는 거라네. 어떤 의미로는 감동적이기도 하고. 또한 그런 움직임에 대해 헌터 군의 동료들이 견제하려는 것도."

"하지만 오히려 사태가 혼란스러워지지 않았나요?"

그렇지, 헌터가 그렇게 말하며 팔짱을 꼈다.

"불씨만 잔뜩 늘어서 어떻게 해야 하나 싶은 느낌인데."

그렇게 말하고 있던 동안 다시 정문에 도착했다. 정면에 있는 문 건너편에는 여러 사람이 있었다.

……마녀인가.

검은 마기노 폼을 두르고 있던 그 사람은 우리보다 연상인 마녀였다.

잘 생각해보니 시호인 학원 관계자가 아닌 마녀를 본 것은 처음이었다.

헌터와 공중전을 벌였을 때 미국의 하늘을 지나가기는 했지만, 그 지역 마녀와 마주치지는 않았다. 그런 부분은 여동생이 창작한 세계의 '빈틈'이라고 생각했었는데.

"이렇게 많이 있었나."

그렇게 중얼거렸을 대였다. 앞으로 나아가려고 하던 우리를 호리노우치가 손으로 막았다.

살짝 오른팔을 들어 올린 뒤 이어진 것은.

"학생회장으로서 제시할 의견이 있는 건가?"

"아뇨, 그 전에 먼저 나서야 할 분이 계세요."

호리노우치가 그렇게 말하던 동안 학원의 하늘 전체에 술식진이 전개되었다.

사방은커녕 팔방을 뛰어넘어 모든 방향에 걸쳐 학원 내부의 요소에 피어난 마녀의 통신수단. 그것은 꽃 모양이었다.

"학장 각하인가?"

그 말에 맞는 사람이 떴다. 학장이었다. 학장실에서 창밖인 남쪽을 보고 있을 것이다. 약간 올려다보는 각도로 실내를 등지고 뜬 그녀가 모든 위치에서 말을 내뱉었다.

『경고합니다.』

들린 목소리는 단순한 거절이었다.

『발을 내디디면 적으로 간주합니다. 아시겠나요? 유럽 U.A.H.』

●

……상대를 정의했군요.

사상을 정의함으로써 파악과 장악하는 것이 마녀의 힘을 사용하는 방식이다, 호리노우치는 그렇게 생각했다. 그리고 그 말대로 학장이 상대의 이름을 부르며 포위에 대한 경고를 날렸다.

『나의 학원은 불가침. 10년 전에 그렇게 약속했을 텐데요? ──리스베스.』

날린 경고에는 이름이 들어가 있었다.

그렇다, 보인다. 우리 정면, 경고가 날아간 정문 너머에 있는 마녀들을 가르고 어떤 사람이 나온 것이다.

키가 큰 여자였다.

검은 케이프와 모자를 눌러쓰고 부츠를 신은 그녀는 오른쪽 눈을 안대로 가리고 있었다. 머리카락에 흰색이 섞여 있긴 하지만 늙은 것은 아니었다.

어머니가 살아 있었다면 같은 나이 또래일 것이다. 나는 그 사실을 자연스럽게 받아들이면서 말을 걸었다.

"그 이상 발을 내딛으시면 적으로 간주하겠습니다. ── 리스베스 아주머님."

"──미츠루."

그녀가 그제야 눈치챘다는 듯이 멈춰 섰다.

정문 바로 앞이었다. 그리고 그녀가 이렇게 말했다.

"오랜만이구나. 그리고 아주머님이라고 부르지 말거라."

뒤에서 헌터가 숨을 크게 들이마신 다음 작은 목소리로 옆사람에게 물었다.

"……카가미, 저 할멈은 누구야?"

"나도 잘 모르겠지만 저 30대를 훨씬 뛰어넘은 여성은 아마 중요인물이겠지."

"저기, 두 분. '연상의 여성, 하지만 우리 나이 두 배 정도'라고 해두죠……."

……세 분 모두 다 들리거든요……?!

그렇게 생각하고 있자니 정면에서 목소리가 들렸다. 하, 그렇게 살짝 웃고.

"다 들린다, 거기 랭커들."

그렇게 말하고 내민 것은 술식진 한 장이었다. 문서를 띄운 그 내용은.

"U.A.H. 대표, 리스베스 루에거. U.A.H.의 결정에 따라

시호인 학원을 보호하러 왔다."

……역시 그렇게 나오는군요?

좀 전에 카가미, 그리고 다른 사람들과 이야기한 대로였다.

"세계의 마녀들은 이 시호인 학원을 결전의 요소로, 그리고 요원의 양성소로 생각하고 있지. 그렇기에 랭크 1위를 완전히 결정하려는 현재, 보호가 필요하다고 판단했다."

다시 말해 이런 뜻이다. 이것도 마찬가지로 좀 전에 카가미가 했던 말이지만.

"……유럽 U.A.H.는 그런 방식으로 헥센나하트를 장악하려는 거군요."

●

호리노우치가 한 말을 이해하고 고개를 끄덕이며 메리는 생각했다.

……다시 말해 검은 마녀와는 별개로 세계의 패권 문제가 있는 거군요.

반 발짝 앞에 서 있던 카가미가 호리노우치에게 작은 목소리로 물었다.

"얼마나 강한가?"

정면. 정문 너머에 서 있는 리스베스라는 마녀.

……달인이군요.

보기만 해도 알 수 있었다. 그것도 보는 눈이 없더라도 이해할 수 있을 정도로.

몸에 두르고 있는 제복은 아마도 노멀 폼. 하지만 그것이 진짜로 옷이었다.

천처럼 부드러운 판이나 그런 '형태'를 지닌 것이 아니다. 마치 제복처럼 유체로 실을 자아내 짠 것이다.

우리도 상위 랭커라면 그 정도는 할 수 있다. 하지만 그녀의 옷은 셔츠와 겉옷, 각각 제조법이 달랐고, 사용한 실도 두께와 색까지 제각각 달랐다.

"준장님."

"으음, ……제복성애자로군. 꽤 강할 거야……."

호리노우치가 살짝 뒤로 돌리고 있던 오른쪽 주먹을 푸른 핏줄이 보일 정도로 세게 쥐었지만 일단 내게 보여줄 의도는 없었다고 이해하기로 했다.

그런데 호리노우치가 어깨 너머로 돌아보며 말했다. 카가미에게 눈을 흘기면서.

"저번 헥센나하트에서 어머니, 학장 선생님들과 '트로이카'를 구성하시던 분이에요. 어머니께서는 헥센나하트 때 돌아가셨지만 학장 선생님은 이 시호인 학원을 만드셨고, 리스베스 아주──. 리스베스 씨는 현재의 U.A.H.를 구축하는데 협력하셨죠. 일단은 독일의 대표라 할 수 있고요."

"다시 말해 10년 전의 랭크 2위나 3위라는 건가? ──지금은 어떨지 모르겠는데."

카가미가 묻자 정면 건너편에서 목소리가 들렸다.

"혈기왕성하게 날뛰어봤자 좋을 건 없을 거다. ——현재 랭크 2위."

그 말에 보충설명을 하려는 듯이 리스베스가 하늘을 보았다. 미소를 지은 이유는 이쪽의 태도가 마음에 들었기 때문일까.

그녀는 표정을 그대로 유지하며 학장에게 말했다.

"시간이 없다, 스리지에. 학원의 제어를 우리에게."

『필요 없습니다, 리스베스.』

학장의 말을 듣고 나는 어떤 반응을 보았다.

리스베스였다. 그녀의 표정이 바뀐 것이다.

그것은 학장의 거절이라 할 수 있는 말을 듣고 나타낸 반응이었는데.

……화를 낸 건, 아니네요…….

그녀는 한순간이나마 확실하게 힘없는 표정을 지었던 것이다.

●

메리의 시야 안에서 리스베스의 표정이 바뀌었다.

거절당하는 것을 싫어하는 것 같기도 하고 망설이는 것 같기도 한 그 표정은 순식간에 사라졌다.

다음 순간. 그녀가 눈썹을 치켜뜨며 입을 열었다. 시선은 강하게 하늘에 뜬 술식진을 노려보았고.

"하지만, 스리지에——."

그 뒤에 이어질 말은 항의일까 회유일까. 알지 못하게 된 이유는 갑자기 그림자가 날아들었기 때문이었다.

『리스베스.』

학장의 목소리에 올라탄 듯이 뒤쪽 하늘에서 떨어져 내린 것은 자그마한 사람.

분홍색 노멀 폼에 괭이 모양의 디바이스를 든 소녀는 우리와 리스베스 중간에 착지했다.

이쪽에서 보이는 뒷모습은 여리고 가늘었다. 하지만 그러면서도 이상하게 느껴진 것은 얼굴이었다.

……마스크?

얼굴을 가리기 위해서인지 가스마스크를 쓰고 있었던 것이다.

그리고 착지한 다음 몸을 일으킨 그녀의 움직임을 제대로 보기가 힘들었다.

움직임이 너무 자연스러워서 위화감이 들지 않았기 때문이다. 그래서 나는.

"——호리노우치 양."

그와 동시에 학장이 말했다.

『발을 내디뎠군요.』

좀 전에 표정이 바뀌었을 때였을 것이다. 리스베스가 정문에 발을 반 발짝 내디디고 있었다.

그렇게 캐묻는 말을 신호로 삼은 듯이 분홍색 소녀가 움
직였다.

"___."

갔다.

제6장

『거부는 갑작스럽게』

체면을 갈긴다.
좋은 소리가 울리면 좋겠다.

●

코타로는 한순간의 공방을 보고 있었다.

……시작되었나요!

다과회를 하고 있던 시녀들은 지금 학원 내부의 곳곳으로 흩어져 있다. 몇 명은 여전히 다과회 상태였지만 그것은 주위를 둘러싸고 있는 마기노 디바이스의 감시로 인한 양동이다. 나도 시녀 중 한 사람, 스텔스 계열이 특기인 남미출신 라틴 계열 마녀와 함께 정문으로 급하게 가고 있었다.

스텔스 술식을 해제하지 않고 망토처럼 위로 들어올린 시녀가 말했다.

"재규어 계열이라 발소리도 죽이고 있긴 하지만 솔직히 저 정도 수준이면 통하지 않을 거예요."

"괜찮습니다. 상황을 확인할 수 있다면——."

그렇게 말했을 때, 40미터 거리, 그곳에서 공방이 교차한 것이다.

가스마스크를 쓴 소녀. 분홍색, 아마도 꽃에서 모티브를 따온 것 같은 노멀 프레임을 장착한 소녀가 리스베스에게 돌진했다.

리스베스에게는 기습이라고 할 수 있는 타이밍이었고, 나도 그녀가 착지자세에서 일어서는 것으로 넘어갔을 때야 겨우 눈치챘을 정도였다.

그녀는 앞으로 일어서면서 두 팔로 괭이 모양 디바이스를 앞으로 휘둘렀다. 하지만.

……안 맞을 텐데요?!

괭이는 휘두른 궤도 위에만 힘을 발휘할 수 있다. 메리가 들고 있는 낫이라면 그 안쪽을 할퀼 수도 있겠지만, 괭이는 그야말로 칼날을 궤도 끄트머리에만 날릴 수 있는 무기다.

그런 걸 휘두르는 걸 보니.

……목숨이 아까운 줄 모르는 정의의 사도인가요……?!

역시나 공격은 맞지 않았다.

하지만 괭이의 궤도 위에 어떤 것이 줄줄이 생겨났다.

꽃이다.

"저건…….."

"엎드리세요! 집사장님!"

머리가 더욱 눌린 순간. 유체로 인해 호를 그리는 궤도로 피어난 꽃들이 바람을 타고 흩어졌다.

그 직후. 정면에서 빛과 힘이 생겨났다.

"폭쇄술식이에요……!"

리스베스와 소녀의 사이에서 직경 3미터 정도의 폭발광이 연쇄적으로 발생한 것이다.

●

카가미는 리스베스의 반응을 보았다.

흥미롭다, 그렇게 생각한 이유는 그녀가 물러나지 않았기 때문이다.

유럽 U.A.H.의 마녀는 그저 오른팔을 휘두르기만 했다. 아래에서 위로, 가볍게 스냅을 주는 궤도로 만들어낸 것은.

……직검형 디바이스인가!

한순간이었다.

하지만 칼날은 그녀에게 호를 그리며 날아들면서 확대된 폭발광에 닿지 않았다.

칼날 끝에서 생겨난 것은 검푸른 빛의 궤도였다.

"저건——."

"리스베스 아주머님의 공간절단이에요!"

"알고 있었군그래! 호리노우치 군!"

그녀가 말한 기술이 그곳에 생겨났다. 격돌할 거라 예측했던 폭쇄의 빛과 힘이 좌우로 갈라졌고, 약간 검푸른 그림자를 드리우고 있던 리스베스의 등 뒤에서 그것이 다시 한데 뭉쳐 폭발한 것이다.

……오오.

소리가 들렸다. 힘이 터지고 지면이 갈라졌다. 하지만 마치 보이지 않는 칼집에 갇혀 막아내고 있는 것처럼 리스베스의 주위만은 아무렇지도 않았다.

주위에 흩어진 것은 폭발한 꽃에서 흩어진 유체의 꽃잎밖에 없었다. 바람은 나중에 휘몰아쳤다.

그리고 리스베스가 앞으로 나섰다. 칼날을 치켜세우고 겨누며 앞으로 나섰다.

그 직후. 가스마스크를 쓴 소녀가 손을 흔들었다.

공중에 부드럽게 퍼진 것은 재였다. 그것도 유체광을 두른 채 확산되며 생겨난 것은.

"또 꽃인가……!"

리스베스가 칼날을 깎아내는 듯이 위로 휘두른 직후. 다시 폭발이 잔뜩 생겨났다.

좀 전보다 밀도가 올라갔다. 그 사실이 나타내는 것은.

……저 가스마스크를 쓴 소녀의 플로기스톤 하트가 과열되고 있다는 거겠지……!

꽃을 흩날리게 만들었지만, 이번에는 그 바람을 뒤집어쓴 리스베스가 소리쳤다.

"꽃의 술식인가……!"

상대방이 쓴 것은 꽃에서 모티브를 따온 술식. 그 사실을 확인한 뒤 리스베스가 말했다.

"그 술식, 스리지에의──."

질문한 목소리는 끝까지 들리지 않았다.

한 발짝 살짝 물러난 소녀가 이렇게 말했기 때문이다.

"랭킹 1위."

작고 억누른 듯한 목소리였다. 그 목소리는 약간 뜸을 들인 뒤 말을 이어나갔다.

"──그게 나."

●

호리노우치는 가스마스크를 쓴 소녀의 말을 듣고 몸을 떨었다.

……역시, 그렇게 나왔군요……?!

학장의 선고와 동시에 뛰어든 그녀, 다시 말해 학장이 보낸 사람이다.

랭크 1위는 정체가 알려지지 않았다. 하지만 학장은 알고 있다.

그 사실이 의아했다.

랭크 1위와 학장이 밀접한 관계가 아닐까 하는 의문이었다.

학장의 지시 등에 따라 학장 대신 무언가를 하는 강력한 존재. 랭크 1위가 그런 것이라면 정체 등이 밝혀지지 않은 이유도 이해가 된다.

……하지만——.

지금 눈앞에 생겨난 일련의 흐름과 학장의 지시로 인해 알게 되었다.

랭크 1위 마녀는 학장의 휘하에 있었던 것이다.

"——호리노우치 군."

카가미도 이해했을 것이다. 내 이름을 부른 이유는 충분히 알 수 있다.

나는 학생회장이다.

학생의 대표로서 의견을 한데 모아 학장 쪽, 교사와 경영진에게 전하고 결정된 사항을 다시 학생들 쪽에게 환원시키는 자다.

학장은 적이라고도 할 수 있다. 지금, 학장의 태도가 명확해졌다. 하지만 학생으로서 어떻게 할까. 그 결단을 내리려한 순간.

"호리노우치 군."

이제 옆에, 그렇게 나란히 선 카가미가 내 오른손을 잡았다.

"학생들의 끝판왕인 호리노우치 군이 제일 먼저 나서면안 되지 않겠나?"

●

리스베스 루에거는 전 헥센나하트 후보 중 한 사람이었다.

지금은 U.A.H. 대표로서 이 자리에 와 있다.

전이 계열 술식은 공간절단을 다루는 내게도 친숙하다.마기노 프레임 2천 자루의 대출력을 이용해 그 절반을 이곳으로 전이시켰는데.

……그런데 유럽에서 여기까지 오는 것만으로도 한계일줄이야.

실용 단계에 접어들기는 했지만 거리를 따지면 지구 반바퀴도 되지 않는다. 그리고 날리는 것이 작아지면 거리가늘어나는 것도 아니다. 오히려 날리는 것의 '범위'가 약해져서 거리가 짧아진다.

가장 적합한 형태가 '그것'인 것이다.

그리고 여기로 와보니 호리노우치의 딸이 다른 랭커를 데리고 있질 않나.

"랭크 1위가 마중을 나왔나……!"

"아니야."

정면. 가스마스크를 쓴 소녀가 분홍색 노멀 폼을 두른 채 한 발짝 물러선 뒤 두 팔을 이쪽으로 날렸다.

"마중 안 해. 배제한다."

재다.

유체를 담은 채 피어나는 꽃을 투척.

폭쇄술식 자체는 내게 맞지 않는다. 내 디바이스로 사용하는 공간절단은 피어오르는 재라 해도 완전히 가르며 좌우로 밀쳐내고 있다. 하지만.

……체공 시간이 길어졌나?

좀 전까지는 갈라서 밀쳐내면 폭발했다. 하지만 지금은 다르다. 좌우로 가른 다음 바람에 휘말린 듯이 뒤쪽으로 다시 다가오고 있었다.

다시 말해.

"공간절단조차 대처하는 '바람'을 날리는 건가?!"

"안 가르쳐줘."

됐다, 어차피 알게 될 것이다. 아니. 이미 대충은 알고 있다. 그리고.

"——."

앞으로 발을 내디딘 순간. 분홍색 노멀 폼이 뒤쪽으로 한 바퀴 회전했다.

나는 그곳에 디바이스 칼날을 때려 넣었다. 아래에서 위로, 하지만.

"오오."

상대방이 디바이스인 괭이를 뒤쪽으로 한 바퀴 회전하며 휘두르고 있었다.

양쪽 다 하단에서 위쪽으로 일격을 날렸다.

칼날과 칼날 끝이 격돌했다.

불꽃과 유체광이 동시에 흩어졌고, 내 공간절단 중 일부가 무효화되었다.

그 직후. 꽃이 피어났다.

뒤쪽으로 흘러가 천천히 피어오르고 있던 재가 꽃으로 변해 폭발했다.

뒤쪽이 시끄럽다.

하지만 조심해야 할 것은 앞쪽이다.

……방금 내 공간절단이 간섭받았다.

다음이 위험하다.

공간절단에는 일부 구멍이 생긴 상태다. 분명 상대방은 그곳에 꽃을 날리는 것을 노리고 있을 것이다.

꽤 대단하다. 대처법이 몇 가지 생각나기는 했지만, 가장 화려한 것은 하나다.

그렇기 때문에 나는 지시했다. 앞으로 한 발짝 내디디고 상대방을 추격하는 형태로.

“포격해라.”

그 순간. 하늘에서 분홍색 노멀 프레임을 향해 여덟 개의 빛기둥이 내리꽂혔다.

하늘에서 대기하고 있던 마기노 디바이스 여덟 자루가 주포를 때려 넣은 것이다.

●

헌터는 유럽 U.A.H.의 판단을 보았다.

……랭크 1위를 지금 배제하겠다고……?!

하늘에 있던 마기노 디바이스 여덟 자루가 곧바로 회두한 것은 알고 있었다. 그 바로 아래에 있던 랭크 1위도 거대한 그림자의 움직임을 보고 있었을 것이다.

하지만 상대방이 물러나지 않게끔 리스베스가 거리를 좁혔다.

그 직후에 포격을 날렸다.

맞으면 무사하지는 못할 것이다.

그 사실은 두 가지 의미를 품고 있다.

하나는 리스베스라는 유럽 U.A.H. 대표가 학장을 적대시하겠다는 것.

다른 하나는 그녀가 랭크 1위를 원하지 않는다는 것이다.

학장이 키운 자는 필요 없다, 그런 뜻을 내세운 배제행위는.

……헥센나하트의 승리보다 이곳을 지배하는 것을 우선 시하겠다는 거냐……!

순위만 따지면 우리보다 위인 랭크 1위다. 헥센나하트에 출장한다면 우리보다 그녀의 승률이 높을 거라고 할 수도 있는데.

"생각대로 되지 않으니 배제하는 거냐……!"

대화할 여지가 있었을까.

아니. 싸움을 건 것은 학장 쪽이다. 그렇다면 어쩔 수 없지. 그런 생각이 드는 걸 보니 역시 나도 대국인 미국의 방식이 몸에 배어 있는 것 같다.

악수를 청한다면 동료. 적이라면 온 힘을 다해 박살 낸다. 그것이 대국의 방식이다.

지금 이곳의 흐름을 미국 U.A.H.가 알게 되면 어떻게 판단할까. 그리고.

"랭크 1위가 여기서 끝날 리도 없을 테고."

그 말이 맞다는 듯이 한 발짝 앞에 서 있는 호리노우치가 움직이지 않고 있었다.

그 말은 방금 여덟 발의 포격이 날아왔다 해도.

"우리도 저 정도는 견딜 수 있잖아요."

옆에 있던 제3위가 그렇게 말한 순간. 그것이 생겨났다.

하늘에서 내려온 여덟 개의 공격이 지면에서 솟구치는 듯이 튕겨 나간 것이다. 그것도 폭발광으로 변한 채 하늘로 날아가면서. 그리고 여덟 발의 타격을 튕겨낸 것은 지면에서 솟아난.

"유체의 숲……?!"

●

리스베스가 본 것은 숲이 생겨난 경치였다.

하지만 그것은 내 고향에서 볼 수 있는 검은 숲이 아니었다. 발을 내디디기조차 쉽지 않을 정도로 농밀한 숲이 아니라 돌아다닐 수 있는 인공 숲. 그것도.

……벗나무 숲……!

넓이를 따지면 사방 30미터 정도.

벗꽃이 흩날리고 있는 숲이 지면에서 하늘로 세차게 솟아올랐다.

색이 연해서 구름처럼 보이기도 하는 가지에 여덟 발의 힘이 격돌했다.

그 직후. 피어나는 위쪽 꽃들이 일제히 유폭되었다. 마치 꽃에 도화선을 연결하여 불을 붙인 것처럼 폭쇄술식이 연달아 피어났고, 매우 빠른 속도로 빛과 소리가 충격을 확산시켰다.

거센 진동이 대기와 지면을 짓눌렀고, 벗나무 숲이 흔들렸다.

그리고 그 반동으로 벗꽃이 흩날렸다.

지금까지 그랬던 것처럼 흩어지기만 한 것이 아니었다.

우선 힘에 가격당한 다음 그것에 저항하려는 것처럼 숲이 확대되었다. 그리고 커지는 움직임을 통해 하늘을 향해 전체적으로 솟구친 것이다.

여덟 발의 폭격이 아래에서 거세게 솟구친 꽃으로 인해 카운터를 맞았고.

"……윽."

처음 폭발을 기점으로 삼은 듯이 하늘을 뒤흔드는 연쇄폭발이 생겨났다.

●

하늘이 파열되었다.

그런 생각이 들 정도로 거센 바람이 휘몰아치고 학교 건물과 학생 기숙사에 격돌한 것을 코타로는 엎드린 자세로 확인했다.

한순간에 생겨난 충격파가 마치 철판처럼 학교 건물과 학생 기숙사의 벽에 격돌. 발톱자국 같은 상처를 여러 개 냈고, 큰 소리를 내며 대 포격 셔터를 울리게 했다. 그 힘은 이쪽에도 닿았고.

"……큭!"

아, 제가 지금 좀 견뎌내는 히어로 같네요, 그렇게 생각한 직후. 떨어져 나와 굴러온 바닥의 돌이 얼굴 옆에 맞았다.

"고개를 들면 맞을 거예요! 집사장님! 아, 벌써 맞았네! 아

173

하하!"

라틴 계열은 이런 식이라니까! 그렇게 생각하고 있자니 폭압의 가장 강력한 부분이 우리 위를 지나갔다. 척 보기에도 강렬한 롤러처럼 돌바닥을 휩쓸었고.

"——."

순간적인 무음과 맞바꿔서 매우 밝은 시야를 가져다주었다.

폭압이 위를 통과한 것이다. 그리고.

"집사장님!"

그 말을 듣고 보니 그곳에 숲이 있었다.

유체로 만들어진 벚나무 숲이 학원의 정문 근처로부터 보통과 건물까지 펼쳐져 있었고, 계속 확대되고 있었다.

눈 깜짝할 사이에 학교 건물과 거리를 밀림으로 뒤덮어 나가는 유체를 보고 나는 숨이 막혔다.

한 가지 말할 수 있는 게 있다면.

……랭크 제1위가 지니고 있는 저 벚나무 숲은 마기노 디바이스도 견뎌내는 절대방어인가요!

어찌 됐든 그녀는 아직 노멀 프레임이다.

그런 상태로 구축한 숲이 마기노 디바이스 여덟 자루의 주포를 능가했다.

유럽 U.A.H.의 마기노 디바이스의 출력계는 '공격 · 이동'을 겸하고 있어서 포격에만 집중하면 그 위력이 보통 디바이스의 두 배에 가까울 텐데도.

그것을 견뎌냈다.

하지만 사태는 진정되지 않았다. 공중에 있던 마기노 디바이스 여덟 자루가 반동 때문에 물러났고.

"다른 것이 옵니다! 옆에서 열여섯 발!"

시녀가 소리치며 내 머리를 아래로 누른 순간. 나는 보았다.

벚꽃 눈보라다.

시호인 학원의 정문 앞으로부터 도쿄만에 걸쳐서, 수백 미터 단위의 하늘에 분홍색 유체광이 흩날린 것이다.

●

어느새, 리스베스는 그렇게 생각했다.

포격 지시를 내린 것은 빈틈으로 작용하지 않았다. 어찌됐든 나는 상대방의 행동을 완전히 한쪽 눈으로 담아두고 있었기 때문이다.

순보나 차력, 이동계열 술식을 이용한 행동이라면 완전히 장악할 수 있다.

저 소녀의 몸놀림 기술에 대해서도 나는 잘 알고 있다.

그렇기 때문에 상대방이 예비동작을 보이면 간파할 수 있을 거라 생각했다.

하지만 그렇지 않았다.

"벚나무 숲인가……!"

소녀가 아니다. 숲이 움직인 것이다.

아니, 그것뿐만이 아니다.

벚나무의 가지, 꽃잎, 그것들이 전부 다 자율적으로 행동한 것이다. 사용자의 지시 같은 것도 없이 그저 그녀를 지키려는 듯이. 게다가.

"'바람'의 술식이군?!"

바람은 불지 않았다. 하지만 나뭇가지가 울렸고, 잎이 부스럭거리는 소리가 울렸다.

그리고 꽃잎 구름이 모든 것을 뒤덮었다. 내 쪽으로도 끊임없이 밀어닥치다가 일제히 흩어졌고.

"흥미롭군……!"

나는 칼날을 뽑았다.

오른손으로 들고 있던 칼이 아니다. 안대 위로 들어 올린 왼손, 그곳으로부터 뽑아낸 두 자루째 칼이다.

"써주지……!"

●

하늘이 갈라졌다.

그것도 남쪽으로부터 북쪽으로, 비스듬히 십자가를 그리면서.

이미 킬로미터 단위로 퍼져 나가려 하고 있던 벚꽃 눈보라가 X자로 관통되었다. 그 교차의 일격은 자비심 없이 모든 것을 가르며 수백 미터 궤도로 확대되었고, 그 아래쪽 끝은 시호인 학원 보통과의 서쪽 건물 옥상을 절단했다.

그 직후. 공간절단으로 인해 네 조각으로 갈라진 벚꽃 눈보라가 빛으로 변하며 흩어졌다.

시호인 학원 정문 안쪽으로부터 도쿄만을 향해 대규모 유체폭발이 발생한 것이다.

●

시호인 학원의 방호결계는 최대출력으로 폭압을 요격했다. 이미 견뎌내는 것뿐만이 아니라 공성방어인 반발술식을 전개. 표층면 바로 아래와 건물 벽면 내부에서 타격 대항 부분을 반발력으로 분리. 폭압에 대항하여 튕겨나간 구조재를 경계로 삼아 격돌한 것이다.

그것은 폭압의 파도에 맞서 반전된 형태를 맞붙게 만드는 상쇄방식이었고, 완전히까지는 아니더라도 초기 충격의 완화, 그 뒤를 이어 정식 방호술식이 전개되는 것으로 이어지는 역할을 수행했다.

충격을 가한다.

외벽과 표면을 잃고 고동치는 가호경로와 장갑이 드러난 시호인 학원 남쪽을 충격압이 타격했다. 하지만 그때 방호가호가 연동. 입은 타격을 학원 전역으로, 건물 구석구석까지 분산시켜 소거하기 시작했다.

하지만 폭압이 바깥으로 침투한 것이 문제였다.

도쿄만. 그 바다를 때린 충격파는 우선 얕은 바닥이 드러날 정도로 강한 힘을 물에 가했다. 그 압력은 지각 쪽을 일그러뜨리게 했고, 시호인 학원의 남쪽은 지하로 깊게 파고든 발판과 함께 약 1미터 반 정도 가라앉았다.

그 직후. 모든 반동이 위쪽으로 솟구쳤다.

학원의 방어 시스템이 전부 위쪽에서 가해진 타격에 맞서고 있던 와중에 벌어진 일이다.

남쪽 발판이 몇 개 부러지고, 파도에 부딪힌 구조체가 파열되었다. 예전에 전 랭크 2위와 4위가 싸우면서 갈라졌던 곳부터 학원 정문 쪽에서 중앙까지 기초 구조체가 찢어진 것이다.

곳곳에서는 위험하다는 것을 알리는 경고 술식진이 떴고, 하늘에서는 호를 그리며 정렬해 있던 천 자루의 칼날, 그 남쪽 부분이 크게 흐트러진 상태였다.

지금 반동이 솟구친 도쿄만 바닥에서 하늘로 뜬 바닷물이 비처럼 쏟아져 내렸다.

하지만 그 진흙을 머금은 까만 비를 어떤 여자가 갈랐다.

U.A.H. 대표 리스베스였다. 그녀는 흙먼지처럼 날아드는 비를 십자로 가르며 푸른 하늘을 드러내고.

"하하하…… 역시 그렇군!"

정면. 그곳에 그녀의 적이 있었다.

"그 술식, 스리지에의 술식이지……!"

적은 대답하지 않았다. 그저 자그맣고 여린 몸집으로 계속 뻗어 나가고 있던 숲을 등진 채 손을 그쪽으로 뻗었다.

꽃이 피었다. 하지만 그것은 폭발을 부르는 것이 아니었다. 그녀의 목과 손목, 머리에 왕관처럼 장착되었고.

"마기노 프레임."

그 말과 함께 어떤 것이 출현했다.

괭이 같기도 하고 한 잎, 한 줄기의 잡초같기도 하지만 높이 500미터가 넘는 큰 지팡이였다.

●

호리노우치는 신도식 결계술식으로 방어하고 있었다.

신도의 결계는 경계의 바깥과 안을 '다르게' 만드는 것이다. 방어라고 하기보다는 장소의 이상화(異相化)였기에 유체 폭쇄를 직격당하지 않는다면 대충 안전을 확보할 수 있다.

그럴 거라고 생각했다.

"호리노우치 군! 왠지 삐걱대지 않나? 이 결계."

"바깥쪽 압력이 너무 강해서 장소의 기반인 지면이 좀 위험한 거예요……!"

그리고 흙먼지 같은 비가 골치 아프다. 해저의 모래는 당연하게도 바다의 '상'을 띠고 있기에 지금 임시로 만든 대지의 '상'에 간섭하기 마련이다.

'장소'에 기준을 맡기는 결계방어와는 상성이 그리 좋지 않다고도 할 수 있다. 그걸 눈치챘는지 뒤쪽에서 사역체를 불러내고 있던 헌터가 한숨을 쉬며 말했다.

"아~, 화살 세 개의 방어보다 편리하지 않나 싶었는데, 그런 결함이~."

"결함이 아니거든요?! 상정한 것을 뛰어넘은 사태거든요?!"

아무튼 신경 쓰이는 것이 있었다. 뒤쪽, 제1위 쪽에서 눈을 돌리지 않고 있던 메리도 눈치채고 있을 것이다. 그것은.

"……사역체는, 어디에 있죠?!"

어깨 위에서 주작이 술식진을 통해 '이런이런……'이라는 분위기로 나오는데, 당신을 부른 게 아닌데요?

제1위다. 그녀는 지금 전개한 마기노 디바이스의 발치에 있다.

분홍색 마기노 폼. 아마도 꽃잎에서 모티브를 따온 것 같은 의상이다. 그런데.

"마기노 프레임을 전개할 때도 사역체가 보이지 않았어요……!"

메리의 의문에 대답한 목소리가 있었다.

위쪽이다. 그것도 뒤에 있는 학교 건물 쪽. 돌아서서 올려다보니 폭쇄의 바람이 휘몰아치는 하늘에 술식진이 보였다.

학장이다. 바깥으로 나와 있는 모양이었다. 정원의 북쪽, 화단 안에 서 있던 그녀는 담담하게 앞쪽, 그곳에 서 있던 자신의 옛 친구에게 말했다.

『리스베스, 물러나세요. 다칠 겁니다.』

그 직후. 마기노 디바이스가 움직였다.

괭이를 세운 것 같기도 하고, 마치 잎을 하나 떼낸 클로버 같기도 한 지팡이 형태의 디바이스. 비행 능력을 고려하면 기본적으로 수평으로 길게 디자인할 텐데.

……세로로 길어……?

꽃, 풀, 식물, 그런 이미지인 걸까.

그런데 괭이의 날이자 잎 같은 디자인인 부분이 전개되었다.

잎이 좌우로 분리된 것이다. 세발괭이처럼 휘어진 세 잎은 표면에 무탑포를 잔뜩 갖추고 있었다.

"저건……."

그렇게 중얼거리고 있던 동안 그것이 왔다.

꽃이다. 마치 막대한 양의 꽃가루를 흩뿌리는 것처럼 여러 겹의 무탑포에서 일제히 꽃이 피어났다.

분홍색 구름은 좀 전보다 대량으로, 거의 연기나 구슬 모양이 되어 공중에서 떨어져 내렸지만, 지면으로 떨어지기도 전에 흩날렸고.

"……!"

그러자 리스베스가 앞으로 나서서 뒤쪽에 있는 마녀를 지키려 했다.

그 직후.

모든 것이 일제히 폭발했다.

•

　　도쿄만 중앙에서 발생한 폭발은 그 빛을 남동쪽으로 흘려보내며 연쇄적으로 일어났다.

　　폭발 하나하나는 크기가 제각각 달랐다. 직경 1미터 정도만에 충격파로 변하는 것도 있었고, 주위의 폭발광을 흡수하여 수십 미터에 달하는 것도 있었다.

　　그리고 도쿄만의 물이 먹혔다.

　　폭파되어 흩날린 눈보라가 수면에 닿은 것과 동시에 작렬한 것이다.

　　해면을 뚫고 물에 의해 반사된 폭발 소리는 공중으로 높게 솟구쳤고, 바닷속에는 낮은 타격의 진동으로 깊게 울렸다.

　　마치 바위가 부딪힌 것 같은 저음이 해저에서 여러 겹으로 흩어졌다. 그렇게 울리는 소리가 연속으로 겹쳐지자 어떤 상황이 생겨났다.

　　바닥이 노출된 것이다.

　　그때는 이미 하늘에 흩날린 폭발의 눈보라가 도쿄만 반대쪽 해안에 닿고 있었다.

　　거리를 따지면 약 10킬로미터. 폭을 따지면 약 3킬로미터. 그 공간에 꽃이 흩날렸고, 마치 씻어내려는 듯이 폭쇄가 휩쓸면서 갈랐다.

　　바람. 바다. 하늘. 물과 대기조차, 꽃이 닿는 곳은 전부 소리가 찢기고 파쇄되었다.

결과적으로 도쿄만의 하늘과 바다가 남북으로 갈라졌다.

물이 갈라지고 바닥이 파헤쳐지며 모든 것이 V자 모양으로 하늘에 솟구쳤다.

그리고 전부 다 빛이 되어 흩어졌다. 꽃의 수명은 한순간이다. 모든 것이 유체광으로 되돌아가 대기에 녹아들며 사라지기 시작했다.

그 뒤에는 복원된 바다의 파도와 꽃을 날릴 수 없게 된 거센 바람만이 남았다.

●

빛이 안개처럼 넓고 큰 공간을 장식하는 와중에 소녀는 괭이형 디바이스를 손으로 잡고 움직이는 듯이 회전시켰고, 곧바로 허리를 지나 반대쪽 손이 있는 곳까지 옮겼다.

두 바퀴 정도 비틀면서 손가락 끝으로 회전시킨 다음 숨을 돌렸다.

폭발의 자취인 유체광이 흩어지는 곳 너머. 적이 있던 위치를.

"＿＿."

가스마스크의 유리를 그쪽으로 향하고 자기 자신은 뒤쪽의 유체의 벚나무를 다시 전개시켰다.

그리고 정면을 본 다음 마스크 안에서 울리는 목소리, 마치 메아리치는 것 같은 목소리로 그녀가 말했다.

"해냈어. 마마……."

그녀의 시선이 간 곳. 그곳에는 아무것도 남지 않았다.

있는 것은 오로지 저녁놀이 내리쬐고 있는 정문 앞.

인공지각이 크게 찢어지고 물거품을 일으키는 파도가 정문 가장자리에 닿고 있었다.

●

……이것이 랭크 제1위의 전술……!

코타로는 시녀의 지시에 따라 함께 학교 건물 쪽으로 이동하면서 그것을 보고 있었다.

도쿄만을 가른 위력은 그 물의 계곡 사이에서 하늘로 솟구친 힘으로 하늘의 색까지 바꿔놓고 있었다.

대기가 머금고 있던 수분 같은 것들이 압축되어서 아마 학원의 동쪽부터 맞은편 치바 해안에 걸쳐 비가 내리고 있을 것이다. 약간 흐려진 하늘은 비가 내리는 부분만 어두웠고, 해면에서 300미터 정도 길이의 벽처럼 보였다.

"집사장님, 천재지변 수준이죠? 바다를 가르고 비를 내리게 하다니."

물론 그 정도라면 호리노우치뿐만이 아니라 카가미와 헌터, 메리도 할 수 있을 것이다. 고출력 주포를 때려 넣으면 바다 같은 것은 손쉽게 가를 수 있다.

하지만 그것은 그 위력으로 인해 바다가 찢어질 뿐이다.

넓은 범위에 걸쳐서 일제히 '가르는 것'은 다르다.

꽃의 눈보라가 떠다니고 그것이 폭발함으로써 생겨나는 파괴력 덩어리.

지금 상대방은 짧은 시간 만에 도쿄만의 절반 정도를 갈라놓았다. 그 속도를 보아하니.

"……함부로 이동해서 사격 위치를 잡으려다가는 그동안 도쿄만 전체가 꽃의 눈보라로 뒤덮이겠는데요."

그게 무슨 뜻인가. 시녀가 혀를 차며 동료들과 통신을 주고받으면서 말했다.

"광범위, 막대한 공간의 일제히 폭발. 그것도 한 번 막아내면 되는 폭탄 같은 것이 아니라 여러 겹으로 흩날려서 막아도 파고들어 방어가 불가능한 폭발술식. 게다가 기본적으로 파상공격이에요."

"피할 방법이 있을 것 같나요?"

"방어하면서 주위 공간을 굳히는 결계를 치면 되겠죠. 자기도 공격할 수 없게 되겠지만요. 생각해보세요. 수영장에 들어간 상태에서 물을 방어하려고 하는 건 불가능하잖아요. 게다가 그 수영장은 단숨에 도망칠 곳이 없을 정도로 확대되니까요. 분명 지금까지 맞붙었던 상대들은 그걸 깨닫고 방어를 하다가 어떻게 해보지도 못하고 깎여나가다 끝났을 거예요."

다시 말해.

"──쏘거나 자르거나 없애는 게 아니네요. 한 발 한 발은 약할지도 모르겠지만 전장을 폭발로 가득 채워서 완전히 지배한다. 그것이 제1위의 전술이에요."

●

그 소녀는 생각했다. 적을 물리쳤다. 그것도 상대방의 중추인 톱을 해치웠다.

잘 해냈다. 칭찬받고 싶다.

아직 흩날리고 있는 유체광 파편 너머, 부서진 인공섬의 갈라진 틈에는 아무도 없으니까.

이제 주위에 있는 약 천 자루의 마기노 디바이스를 어떻게든 처리하기만 하면 된다.

하지만 나는 앞을 보고 있었다.

정면. 거리를 따지면 10미터 정도 위치에 있는 정문. 지금 문 자체는 남아 있지만 그 입구 근처까지 인공지각의 기반이 찢어져서 바다가 파도를 터뜨리고 있다. 그것뿐이다.

하지만 나는 어떤 위화감을 눈치챘다.

"……가까워?"

풍경이 묘하다.

보이는 정문 너머. 그곳에 있는 풍경이 다른 곳과 어긋나 있었다.

그것은 정확히 정문의 폭만큼. 그리고 높이로 따지면 15미터 정도. 그곳에 보이는 도쿄만의 하늘과 파도가 주위와 어긋나 있었다. 마치 어긋난 곳 너머에 있는 광경을 띄운 스크린처럼.

꽃잎이 하나 날아갔다.

분홍색 꽃잎 한 장은 어긋난 풍경 쪽으로 날아가 닿았고.

"보여줘."

그렇게 요구한 말에 응하여 폭발이 일어났다.

그리고 파쇄가 공중에 퍼졌다. 어긋난 풍경이 폭발 한 번에 파괴되어 갈라졌고, 떨어져 내리는 풍경 너머에 진짜 풍경이 보였다.

어긋나지 않고 거리와 모든 소실점까지 담고 있는 도쿄만의 풍경과 적이 그곳에 있었다. 리스베스라는 여자와 그녀의 부하. 그리고.

"──누구야?!"

낯선 마녀 두 사람이 있었다. 검은 처형인과 흰색과 녹색의 공수도가였다.

●

헌터는 마음속으로 식은땀을 흘리고 있었다.

……마기노 폼을 제때 전개해서 다행이지…….

유럽 U.A.H.를 방어한다. 그것이 호리노우치가 내린 지시였다.

그렇기 때문에 나는 제3위와 함께 양쪽 사이에 뛰어들었다. 헤지호그의 조작을 주로 왼손으로 하는 버릇이 있는 내가 제1위를 보고 왼쪽, 제3위가 오른쪽에 선 위치다.

등을 돌리며 백스텝으로 접근함으로써 유럽 U.A.H. 쪽에 원호하겠다는 의도를 알렸다. 일단 미군의 수신호를 허리 뒤쪽으로 돌린 오른손으로 보내두었다.

그리고 마기노 폼을 단숨에 전개.

그런 다음 제1위의 공격을 견뎌낼 필요가 있었는데, 그 꽃의 눈보라가 골치아팠다.

마기노 디바이스를 전개하려 해도 꽃의 눈보라가 넓은 공간을 지배하고 있어서 휘말려들 수밖에 없었던 것이다. 결국 취한 방법은.

"내가 디바이스의 장갑 부분만 전개해서 방어. 제3위가 소멸술식으로 주위의 공간을 차단하는 결계를 만들었지만."

제3위가 결계를 만든 것은 랭커전 때 북극에서 전투를 벌였을 때와 마찬가지다. 우리가 있는 공간의 주위를 소멸시키기 때문에 그곳에는 계곡이 생겨나고 우리가 있는 부분은 주위에서 격리된다.

북극에서 전투를 벌였을 때처럼 복잡한 형태가 아니었기 때문에 바깥에서 보면 격리된 만큼 거리가 줄어들어서 주위의 풍경이 어긋난 것처럼 보였을 것이다.

그리고 결계 안에 이미 파고 들었거나 결계의 틈새로 들어오는 꽃의 눈보라를 막는 것은 내 역할이다. 방법은 간단했고.

"장갑판을 전개할 때 일부러 '먹히게' 한 다음 제 소멸술식에 부딪히다니, 행동이 꽤 난폭하군요. 제4위."

"이용할 수 있는 것은 곧바로 이용하는 것이 서바이벌이야, 제3위."

"네놈들……."

사이에 서 있었던 유럽 U.A.H. 대표가 이쪽을 돌아보았다.

하지만 마주 보고 있을 여유는 없었다. 어찌 됐든 이쪽에는 마기노 디바이스가 없고 저쪽에는 마기노 디바이스가 있다. 게다가 벚나무 숲도 전개하고 있다.

선수를 뺏긴 정도가 아니라 기습을 당한 것 같은 상태다.

그런데 뒤에 있던 마녀들이 물러나자 유럽 U.A.H. 대표가 입을 열었다.

"네놈들, 아는 사이냐?"

제3위와 나를 보고 한 말은 아닐 것이다. 왜냐하면 좀 전에 제1위가 우리에게 이렇게 말했기 때문이다.

"네놈들, '누구야?'라고 하던데……."

●

"어라어라."

메리 돌아보지도 않고 제4위에게 말했다.

"헌터 양, 랭크 4위인데다 미국을 짊어지고 있는데 무명취급이네요."

"그래, 은톨이 같은 이세계인이 무명 취급을 받는다는 것
도 대단하네."

그리고 우리 두 사람은 좀 전에 각자 도발했던 말로 자기
소개를 했다.

제1위에게, 잘 들리는 목소리로.

"처음 뵙겠습니다. 패배자입니다."

"들러리야."

우리는 그 직후에 앞으로 나섰다. 나는 긴 보폭을 이용해
단숨에, 헌터는 연속으로 발을 내디뎌 가속하면서.

제7장

『거절은 공평하게』

꽃이 피어나면 치외법권.

●

　두 사람이 돌격한 것을 호리노우치는 옆쪽에서 보고 있었다.

　하지만 마음에 걸리는 것은 그녀들이 아니었다.

　……사역체는 어디 있었죠?!

　좀 전에 제1위가 마기노 프레임을 전개했을 때다.

　노멀 프레임 때도 그랬지만 방금 공격했을 대도.

　"사역체의 모습이 보이지 않았어요……!"

　"나와 마찬가지인 것 같지도 않은데."

　"네, 당신도 사역체 없이 마기노 프레임을 전개하는 건 힘들잖아요?"

　불가능할 것 같지는 않다. 그 정도의 신뢰는 하고 있다. 그래서 나는 역산하며 의문을 품었다.

　"……사역체가 숨겨져 있는 건가요?"

　"어째서?"

　『카가미 님, 갑자기 실례합니다만, 사역체를 저격하는 것은 드문 전술이긴 하지만 존재하긴 합니다. 사역체가 부상을 입으면 프레임을 전개하거나 유지하는데 문제가 발생하기 때문입니다. ──하지만 노멀 이상의 프레임을 전개하게 되면 사역체가 프레임 쪽의 유체와 이어지기 때문에, 필요한 경우에는 대미지를 프레임 쪽에서 대신 받게 되며──.』

　"한 마디로 정리해줄 수 있겠나."

"숨길 이유가 별로 없어요."

『역시 대단하십니다! 아가씨!』

뭐, 어느 정도 전투를 벌인 마녀라면 일반 상식이지만요.

"──사역체를 보면 상대방의 전술이나 힘 같은 것을 대충 알 수 있어요. 기나긴 마녀의 역사에서 거의 대부분의 사역체의 디자인이 등장했으니까요. 그러니 한 번이라도 봐두면 이것저것 알 수 있을 텐데, 상대방이 보여주지를 않네요."

"그렇군."

카가미가 그렇게 말했다. 그녀는 팔짱을 끼고.

"알았다. 괜찮아, 숨기지 않아도 된다. 호리노우치 군."

"뭘 말이죠?"

그렇게 말하자 카가미가 내 어깨에 손을 얹었다.

"좀 전에 코타로 군이 말했던 사역체를 저격하는 것. 그걸 때려 박아서 전부 다 한번에 끝내고 싶은 거겠지만 상대방이 경계하고 있는 상황이라는 말이지? 음, 아쉽게 되었구나, 호리노우치 군. 그래도 편하게 싸우려고만 하면 안 되잖나? 쏘는 것이 기분 좋을지는 모르겠지만."

"남 이야기를 듣지도 않고, 저쪽 두 사람에게 집중하세요──!"

그건 저도 마찬가지네요, 그렇게 생각하고 있자니 시선 끝에서 두 사람이 적과 접촉했다.

거리를 다 좁힌 것이다.

　　　　　　　　　　●

　헌터는 오른쪽에 설 걸 그랬네, 그렇게 뒤늦게 생각하고
있었다.
　제3위와 서로의 공격을 방해하지 않게끔 위치를 잡으려
했는데, 파상 공세를 가하려면 공격이 겹치는 게 더 낫다.
　이런 경우에 헤지호그의 디바이스를 왼팔에 접속시키고
있는 내 기준으로 생각해버리니까 어쩔 수 없지만.
　……그만큼 기동성으로 승부하면 되겠지!
　옆에서 함께 나아가던 메리가 말했다.
　"좀 전에 제 소멸술식에 장갑판을 부딪혔을 때 봤습니다.
당신의 장갑판은 폭발로 인해 부서졌지만 소멸되지도 않았
고, 먼지로 변하지도 않았죠."
　나도 그건 눈치채고 있었다. 그건 그냥 소환 중이었기에
강도가 부족해서 갈라진 것이다. 다시 말해 소형이긴 하지만
마기노 상태의 성능을 지니고 있는 왼팔의 디바이스라면.
　"당신의 말뚝으로 폭발을 뚫을 수 있을 겁니다!"
　내가 공격이고 메리가 방어다. 잘 통하잖아. 그렇다면
나는.
　"——간다!"
　소리를 내며 공중에 만든 발판을 박차고 가속했다.

　　　　　　　　　　●

메리가 내린 판단은 매우 가까운 거리에서 벌이는 전투였다.

저 상대는 폭발과 섬광으로 인해, 무엇보다 그 양으로 인해 거리가 벌어지면 벌어질수록 위험해진다. 그리고 뒤에는 U.A.H. 대표 일행이 있기에, 제1위가 그녀들을 공격하는 것은 자동적으로 거리가 벌어진 상태에서 이루어지게 된다.

그렇기 때문에 우리는 거리를 좁히며 제1위를 막아섰다.

그리고 정면. 거리 5미터가 남은 시점에서 그제야 제1위가 움직였다.

그런 것처럼 보였다.

……어?

아니었다. 제1위는 그저 이쪽을 보았을 뿐이었다. 요격 동작은 취하지 않았다. 하지만.

"메리!"

헌터의 목소리를 듣고 나는 정신이 번쩍 들었다.

미처 알아채지 못한 사이에 나와 상대방 중간에 빛나는 꽃의 눈보라가 흩날리고 있었던 것이다.

……어느새……!

나는 그렇게 생각한 다음 이해했다. 실제로 벚꽃과 낙엽 광경도, 꽃이 흩날리는 모습이나 떨어지는 잎도, 어느새 그렇게 느끼는 법이라고.

자연스러운 흐름. 만물의 움직임. 눈치채봤자 막을 수 있는 것이 아니다. 하지만.

"──저는 눈치채면 할 수 있다고요!"

디바이스로 소멸술식을 발사했다.

●

메리는 지웠다.

절단하는 것이 아니라, 소멸의 띠를 휘두르는 듯이 날리고 그것에 닿은 꽃을 없앴다.

낫의 움직임은 빗자루로 낙엽을 쓸어내는 것과 마찬가지였다.

……먹히네요……!

폭발하지 않는다면 단순한 유체의 파편에 불과하다. 소멸술식에 반응하여 폭발하지 않을까 하는 우려가 있었지만, 그렇지는 않은 것 같았다. 그렇다면.

"길을 만들겠습니다, 엘시 헌터!"

적의 첫 번째 공격에 맞서 나는 카운터로 소멸의 낫을 세 자루 때려 넣었다.

큰맘 먹고 날린 공격이긴 하지만, 그럼에도 불구하고 헌터를 완전히 커버해줄 수 있는 건 아니었다.

하지만 그녀라면 그 틈새를 파고들면서 앞으로 나설 수 있을 것이다. 예전에 나와 이 길에서 맞붙었을 때, 그녀는 몇 번이나 내 소멸술식을 파고들었다.

그것과 똑같은 기술을 제1위가 견뎌낸 적이 있을까.

모르겠다. 그런데 첫 교차에 이어 다음 눈보라가 왔다.

그것을 요격하면 뒤쪽에 닿은 첫 번째 꽃이 폭발할 것이다. 좀 전까지의 타이밍으로 볼 때, 그쯤이 기폭시간이다.

그러니까 집중한다. 앞에서 피어오르며 날아온 수많은 꽃의 궤도를 읽어내면서.

"옵니다……!"

양이 많다. 마치 진짜 꽃의 눈보라 같았다.

"중요한 부분만 커버해줘도 돼! 나한테도 장갑이 있으니까!"

다시 말해 장갑을 쓰게 만들면 제가 창피를 사는 거로군요. 알겠습니다. 그렇기 때문에 깎아낸다. 그런데.

……왔습니다.

그것은 보이지 않았다. 하지만 타이밍으로 왠지 알게 되었던 것이다.

감이라고도 할 수 있는 것으로 지각한 것은.

"이쪽에게 날린 카운터입니다……!"

재처럼 휘날리는 유체의 연기가 헌터에게 집중적으로 날아들었다.

그 직후. 기폭될 시간이 되었다.

머릿속에 마치 심지가 솟구친 것 같은 감각으로 위험하다는 것을 느끼고 대처할 수단을 날린 순간. 주위에 있던 모든 것들이 일제히 폭발했다.

그 소녀는 살짝 웃었다.

비웃는 것도 아니고 헛웃음을 보이는 것도 아니었다. 그저 자신이 한 것에 대한 성과가 있었기 때문이다.

그래서 살짝 웃었다. 기뻐하며 웃었다.

상대방은 사라졌다. 하지만 유체의 눈보라는 멈추지 않았다. 아직 멀리에 적이 있기 때문이다. 그리고.

"그쪽."

좀 전까지 앞에서 달려오던 까맣고 키가 큰 사람이 왼쪽으로 피했다.

……이상하게 이동했어.

순간이동처럼 보였는데, 글쎄. 하지만 괜찮아. 어디로 도망치든 꽃이 피어날 거야. 꽃이 피어난 뒤 바람을 타고 한없이, 모든 것을 채워나간다. 그러니까.

"사라져."

그렇게 말한 순간, 갑자기 오른쪽에서 그림자가 왔다.

……어?

돌아본 시야에 보인 것은 방금 사라진 줄 알았던 작은 쪽이었다.

그런데 어째서 있지? 그것도 전혀 빠진 곳이 없이.

어째서일까, 그렇게 생각했을 때 내 눈은 어떤 사실을 확인하고 있었다.

그녀의 등뒤. 가로수 쪽 지면이 도려져 나간 상태였던 것이다.

키가 큰 사람의 기술로 한 발짝 간격만큼 장소를 없앤 것 같다. 그곳으로 피해서 꽃이 따라오기 전에 이쪽으로 다시 달려들었을 것이다.

그런데 나는 상대방의 공격보다 어떤 것이 더 신경 쓰였다.

도려져 나간 가로수 쪽 지면. 그곳에 가로수의 뿌리가 보이고 있었던 것이다.

"안 돼."

말했다.

"안 된다고."

●

헌터는 헤지호그의 파일 벙커가 빗나갔다는 것을 깨달았다.

……진짜로……?!

상대방이 뜻밖의 움직임을 보였다.

뒤쪽에 있는 벚나무 숲. 그 벚나무의 줄기에 늘어져 있던 덩굴을 잡은 것이다.

"……장식 아니었어……?!"

벚나무 무리는 그것 자체가 폭쇄의 발생원이다. 유체로 만들어졌다는 것을 고려한다면 숲의 형태이긴 하지만 실제로는 폭쇄 덩어리. 그 일부를 흩날림으로써 소규모 폭발의 재료로 삼고 있을 거로 생각했었다.

아니었다.

벚나무 무리는 형태뿐만이 아니라 그것에 딸려 있는 오브젝트까지 자연스럽게 동작했다.

그렇다면 지금까지 늘어난 것과 확대된 것도 단순히 형태를 만든 것이 아니라 나무로 자라나 성장했다는 것이고.

……환경을 유체로 만드는 게 가능한가……?!

"꽤 잘난 척을 하는데……!"

헤지호그의 말뚝이 격납되는 반동을 이용해 나는 사고를 조정했다.

그 직후. 상대방이 날린 연기가 왔다. 피어나는 유체의 꽃. 그것은 파도처럼 이쪽으로 들이닥쳤고.

"──하."

웃었다. 공격이 빗나갔으니 이제 어떻게 해야 하는지는 알고 있다. 헤지호그를 방패삼아서.

……막는 것도 각오했지……!

폭쇄를 정면으로 피탄. 맞는다. 하지만 부딪히는 순간, 헤지호그를 앞으로 밀어냈다.

뒤쪽에 떠 있는 연기가 이쪽으로 다가왔지만 틈이 벌어졌다는 것은 분명하다.

그 뒤로는 스스로 어떻게든 한다. 그렇기 때문에 큰 방패의 그늘에서 나는 보았다.

……오고 있나!

메리가 이쪽을 보고 자세를 취하고 있던 제1위의 뒤로 뛰어든 것이다.

●

……미숙하네요!

방어 쪽에서 공격 쪽으로 전환했을 때, 메리는 자신의 체술이 어설프다는 것을 뼈저리게 느꼈다.

키가 크기에 유리한 점은 알고 있고, 단점도 이해하고 있다고 생각했지만 이렇게까지 회피와 이동이 빡빡한 전장에 서보니 달랐다.

소멸의 낫을 물러서는 헌터에게까지 닿게끔 휘두르고 싶었지만 여유가 없었다.

자신의 방어에 두 자루, 그렇게 안전을 확보한 다음.

"──흡!"

흩날리는 꽃의 눈보라가 폭발하며 피어나는 와중에 공격의 낫을 날린 곳은 상대의 디바이스였다.

……이 세계에 존재하는 것을 없앨 생각은 없습니다!

완전한 배후공격. 눈치채봤자 궤도가 긴 낫의 일격을 피하는 것은 매우 힘들 것이다.

하지만 메리는 갑자기 목소리를 들었다. 그 목소리는 제1위가 쓰고 있던 가스마스크 안에서 들렸고.

"방금 지면을 깎아냈지? 당신."

돌아보지도 않고 확인을 했다. 그리고 이어진 말은.

"──용서 못 해."

●

메리는 눈치챘다. 어느새 달리면서 내디딘 자신의 발치에 꽃이 피어나 있는 것을.

떨어진 꽃이 아니었다. 줄기와 잎이 달린 채 '지면'에서 솟아난 것이다.

……공중에 흩뿌리는 꽃만 있는 게 아니었나요?!

그렇게 생각한 것과 동시에 내 소멸술식이 가로 방향을 휩쓸며 제1위의 디바이스를 절단했다.

자루 뿌리 근처에 가까운 위치부터 괭이의 날을 비스듬하게 잘라낸 것이다.

"해냈습니다……!"

그렇게 소리친 순간. 발치에 있던 꽃이 폭발했다.

●

메리가 내린 판단은 좀 전에 미숙했던 부분을 살린 것이었다.

내 쪽에는 소멸술식의 낫을 방어용으로 앞뒤, 두 자루를 사용하고 있다. 그리고 지금, 정면으로 공격을 날리면.

……앞쪽에 마련해둔 방어용 한 자루를 자유롭게 쓸 수 있죠!!

그것을 날릴 곳은 위쪽이다.

공간을 크게 도려내어 7미터 높이까지 뛰어오른 순간, 주위에 있던 꽃이 폭발하기 시작했다.

광범위로 퍼진 꽃 무리가 연쇄폭발을 일으켰고, 보이는 풍경을 빠르게 씻어나갔다.

마치 파도 같았다.

그 모습을 보면서 나는 눈치챘다. 꽃의 눈보라 안에서 연쇄폭발을 일으키지 않는 꽃이 있다는 것을.

……일제히 연쇄폭발을 일으키는 게 아니었나요……?!

폭발할 타이밍이 되면 전부 연쇄적으로 사라질 것이다, 그렇게 생각하고 있었다.

아니다. 지금도 폭발이 거의 순식간에 도쿄만에 도달했지만, 빛의 안개와 꽃무리는 사라지지 않았다. 오히려 남아 있는 밀도는 더 커진 것처럼 보이기도 했다. 다시 말해.

"방출을 시작하면 밀도가 커지기만 하는 폭파공간……!"

한두 번 폭파해도 끝이 없다. 그저 퍼져나가기만 한다. 그리고.

"어떻게 된 거죠……?!"

제1위가 디바이스를 들고 있지 않았다.

마기노 디바이스는 존재하고 있다. 벚나무 무리 안에서

마찬가지로 학원을 넘어 퍼져나가는 숲의 가운데에서 하늘로 솟구친 채 꽃을 대기에 흩뿌리고 있었다.

하지만 제1위는 내가 절단한 디바이스를 들고 있지 않았다.

아니. 그것은 그녀의 발치에 떨어진 채 계속 성장해 나가는 꽃에 가라앉을 뿐이었다.

……사역체가 보이지 않는다, 호리노우치 양은 그렇게 말씀하셨는데──.

조작용 디바이스조차 없이 마기노 디바이스를 유지, 조작하고 있다.

예전에 카가미와 호리노우치가 전투를 벌였을 때 나는 조작용 디바이스가 부서져서 일시적으로 철수했는데, 저 상대는 그런 이론을 무시한다는 것인가?

"──아뇨."

상관없다. 나는 예전에 '신'과도 싸워왔다. 그것에 비하면 같은 학교에 다니는 사람이 날리는 단순한 미지의 기술. 그리고 마기노 디바이스가 보인다면.

"마기노 디바이스 '이라' 전개!!"

어깨 위의 술식진에 나타난 사역체가 이미 열량을 확보해 두었던 플로기스톤 하트를 고속으로 해방.

곧바로 내 발치에 검은 다발낫 형태의 마기노 디바이스가 사출되었다.

●

헌터는 물러나면서 메리의 공격을 보았다.

……이 공간에서 전개하다니, 동귀어진도 마다하지 않겠다는 각오인가……!

마기노 프레임은 공간에 전개하는 법이다. 설정에 따라서는 전개할 곳에 있는 것을 '파고들' 수도 있지만 기본적으로는 밀치고 나아가는 '배제'형으로 성형한다.

메리의 마기노 디바이스는 내구도가 낮다. 그렇기 때문에 배제형으로 진행시킬 텐데.

"폭파가 날아오면 못 버틸 거야……!"

서둘러, 그렇게 생각할 필요는 없다. 제3위는 그런 상대다. 그렇기 때문에 나도 폭파의 흐름을 타는 듯이 중심지에서 거리를 벌리며 소리쳤다.

"쏴……!"

없애, 라고 하는 게 더 맞으려나? 그렇게 생각하면서 본 하늘.

빛의 파편이 눈처럼 흩날리는 붉은 저녁놀에 투명한 띠가 가로질렀다.

소멸술식 아홉 개. 방어를 고려하지 않고 온 힘으로 날린 낫이 적의 마기노 디바이스에 날아든 것이다.

●

"제 승리입니다······!"

메리는 폭파 타이밍에 앞서서 선수를 쳤다는 것에 안심했다.

······할 수 있습니다!

소멸술식의 낫은 날아갔다. 이제 내 마기노 디바이스가 파괴되더라도 상대를 가를 수 있다.

안심했다. 하지만 마음을 놓지 않고 이라가 할 수 있는 최대한의 회피운동을 하게 만들었다. 이렇게 모든 것이 기폭재료인 공간에서도 움직임으로써 거리를 벌리면 희망이 보인다. 그러니까.

"전속 후퇴······!"

지시를 내리고 후퇴하면서 낫 아홉 자루를 뒤쪽으로 향했을 때였다. 갑자기 얼굴 옆에 술식진이 떴다.

헌터다. 아래쪽에 펼쳐진 벚나무 숲 안에서 그녀는 연달아 폭발을 막아내면서 물러났고.

"술식에 피어날 거야!"

네? 헌터의 말을 듣고 그렇게 의문을 품은 순간. 그 현상이 발생했다.

통신의 술식진에 꽃이 피어난 것이다.

●

······환경이라니, 그런 건가!

헌터는 무엇이 위험한 것인지를 깨달았다.

"꽃이야!"

저 꽃은 단순한 폭탄이 아니다. 방금 메리와 통신용으로 쓰고 있었던 술식진에 유체의 꽃이 피어났다. 그것도 술식진에 뿌리를 내리고 줄기와 잎을 뻗은 꽃이.

……저 꽃은 옮겨심기까지 하는 거냐고……!

그리고 꽃이 흩날리기 시작했다. 척 보기에도 지금까지 본 것보다 성장이 빨랐다. 그리고 흩날리면 어떻게 될까, 지금까지 싫증이 날 정도로 많이 봐 왔다.

폭발한다.

"큭……!"

통신이 사라졌다. 술식진이 통째로 부서졌다. 하지만 알게 되었다.

……이 환경 안에서는 도망칠 곳이 없다는 거구나!

밀도만으로도 골치 아픈데.

"이 꽃의 눈보라는 닿은 곳에 꽃을 피워! 그러니까──."

어떻게 되는 걸까, 나는 그렇게 생각했다. 방금 술식진에도 꽃이 피어났다. 그렇다면.

"'소멸'술식'은 어떻게 되지?!"

그렇게 물어보며 바라본 시선 끝, 공중에서 폭발이 호를 그리며 발생했다.

메리의 마기노 디바이스와 상대의 마기노 디바이스의 중간지점. 그곳에서 낫 아홉 자루의 궤도를 그리며 연쇄폭발이 일어난 것이다.

●

메리는 저녁놀을 가로지르는 아홉 개의 폭파 궤도를 보았다.

아홉 개의 호는 빠르고 크게 하늘을 할퀴었다. 하지만 그게 끝이었다.

소멸'술식'이 폭파되었다. 그것도 방법을 따지면.

……소멸술식에 꽃이 피어났다고요……?!

의문을 품을 필요도 없다. 아홉 발의 궤도에 폭발의 유체화가 피어난 것이다.

공격 수단이 막혔다.

게다가 상대방은 아마도 요격 지시를 내리지 않았을 것이다.

이 꽃의 눈보라가 치는 공간에서는 폭발하는 벚나무와 꽃이 성장해 나간다. 그 환경 시스템이 있는 이상, 우리의 무장이나 공격, 모든 것이 폭파되기 위한 토양이자 온상에 불과하다는 뜻인가?

그리고 목소리가 들렸다.

아래쪽. 숲속에서 모습이 보이지 않는 제1위의 목소리가 울렸다.

"꽃은 어디에서나 피어나."

노래하는 듯이, 약간 기쁜 기색을 머금은 목소리가 말했다.

"어디에서나, 그것이 원래 모습."

그리고.

"그것이 마마가 원한 세계."

그녀가 한 말을 듣고 그제야 나는 이해했다. 적의 공격은 폭파술식이 아니라는 것을.

그것은 폭파술식을 환경생산하기 위한 것.

"적 마기노 프레임의 술식은 성장술식인 건가요……!"

그렇게 외친 순간. 이라에 꽃이 피어났다. 끄트머리 쪽부터 내 발치 쪽을 향해 단숨에, 일제히 꽃이 솟구쳤고, 피어나기 시작했다.

……이건——.

피해야 한다. 검은 다발낫 형태의 마기노 디바이스는 눈 깜짝할 새에 위쪽부터 빛나는 꽃으로 뒤덮여 원래의 색을 잃어갔다. 그리고.

《경고》

정면에서 빛의 파도가 왔다.

다음 폭쇄 타이밍이 연쇄를 동반하여 날아든 것이다.

"큭……!"

나는 이라를 벽으로 삼으며 급하게 이탈했다. 공중에 몸을 던진 순간. 길이 500미터의 마기노 디바이스가 빛의 파도를 뒤집어쓰고 파열되었다.

하나의 폭발이 되어 분쇄된 것이다.

●

"메리 님……!"

보통과 건물 앞, 벽 근처에서 벽에 등을 기대고 있던 코타로는 하늘에서 일어난 폭발을 보았다.

……저 공격은 대체 뭔가요……!

폭쇄공격으로 공간을 메우기 위한 환경 시스템. 그것을 구축하는 것이 제1위의 공격방법이다.

그렇구나, 그렇게 말하며 옆에서 보통과 건물의 결계에 간섭하여 우리 쪽 방어 보조도 하게끔 만들고 있던 시녀가 숨을 내쉬었다.

"집사장님, 말씀했잖아요. 저희 선배가 제1위에게 지고 나서 호리노우치 가문을 떠날 때 했던 말."

그 말은.

"절대적인 방어와 절대적인 공격으로 인해 그 누구에게도 무적이었다고요."

그 말대로다. 환경 전체, 대기, 대지, 모든 것이 상대방을 타격하기 위해 존재한다. 이미 공격이나 방어의 구별이 없다.

"모든 것이 '절대적인' 공간……."

"집사장님, 신이 나신 가운데 죄송하지만, 메리 님 쪽요."

아, 나는 그렇게 말하며 눈치챘다. 하늘, 흩어져 가는 유체광 너머로 저녁놀이 보였다.

……이라는 소실되었나요……!

210　격돌의 헥센나하트 3

메리는 무사한가? 그렇게 생각하고 있자니 어떤 것이 보였다.

저녁이 되어가는 해를 등지고, 그리고 꽃이 피어난 하늘을 주위에 두고 두 거대한 그림자가 대기 안에서 자신의 모습을 뽐내고 있었다.

"저건——."

거대한 푸른색, 흰색의 검, 그리고 마찬가지로 거대한 붉은색, 흰색의 활.

카가미의 디카이오쉬네와 호리노우치의 주룡담이었다.

두 마기노 디바이스가 있는 위치는 분명 이라가 폭발했던 위치였다. 그렇다면, 잘 모르겠지만.

"역시 대단하십니다, 아가씨……!"

"……아니, 어떻게 되었는지 알고 나서 말씀하셔야죠. 집사장님."

선행예약이라고요. 나는 그렇게 생각하며 확신했다.

●

호리노우치는 상황이 얼마나 위험한지 알고 있었다.

『호리노우치 군, 메리는 어떤가?』

"네, 이쪽에서 받아냈어요. 낙하 중이었으니까, 주룡담이 가로로 긴 게 다행이네요."

아래쪽, 포신 좌우에서 뒤쪽으로 뻗은 오른쪽 하부 주익

위에 메리가 무릎을 꿇고 있었다.

긴장이 풀렸기 때문일 것이다. 마기노 폼을 유지하고 있는 걸 보니 역시 대단한 것 같다.

······오기가 강하니까요.

나나 카가미가 덤비면 또 뭔가 생각해내고 제1위에게 강습을 가할 것 같은 느낌이 든다.

하지만 현재 상황은 좋지 않다. 오히려.

······학장이 보고 있는 곳에서 랭크 1위와 전투를 벌이게 되면 랭커전 취급이 되어버릴 지도 모르잖아요?

준비를 하지 않았다.

그리고 방금, 고맙게도 적이 자신의 패를 보여주었다.

대처하기 위한 시간이 필요하다는 생각은 응석을 부리는 거나 마찬가지일 것이다. 하지만.

『도망칠 건가? 호리노우치 군.』

"거리를 벌린다, 그렇게 정리하고 싶네요."

나는 U.A.H. 대표를 지키라는 말밖에 하지 않았다.

그 이후로 그녀들이 제1위에게 덤빈 것은 상대방의 '도발에 넘어간 것'이지만.

······저희가 벌일 랭커전을 고려해서 상대방의 공격을 보여주려고 한 거죠?

고마워해야 하겠지. 그래서 메리가 이쪽을 아래에서 올려다보면서.

『어떻게 하실 건가요? ──한 번은 더 할 수 있습니다.』

『이봐이봐. 울면서 돌아올 유체는 있어? 편도는 아니겠지?』

『호오. 멀리서 짖느라 유체를 크게 소비하는 사람은 대체 누군가요?』

사이가 참 좋네, 그런 생각이 들었는데, 그래도 이번 공방에는 헌터의 중개가 도움이 되었다.

"왔네요."

아니, 좀 전에도 와 있었다.

한 바퀴 돌아온 것이다. 이 저녁 하늘, 도쿄만 상공을 크고 높게 선회하는 궤도를 탄 것은.

"아츠기 소속 미국 U.A.H.의 원호, 덕분에 살았어요."

●

"위험하네~."

헌터는 주위에 떠돌고 있는 꽃의 눈보라의 양이 그대로였지만 기폭의 파도가 생겨나지 않는다는 것을 깨달았다.

그리고 하늘에서는 고속으로 대기를 가르며 나아가는 소리가 울렸다.

아츠기 소속 F-23이었다. 숫자는 여덟 대. 비상태세로 긴급발진했지만 멋지게 역할을 다했다.

"여덟 대의 입체 영상으로 유체화의 궤도와 움직임을 확인. 치명적인 것과 위험한 영역을 산출한 다음 우선 나를 경유해서 두 사람에게 넘겼어."

나는 아래쪽의 상황과 적을 정면으로 본 구도의 정보를 보내고 있다.

이쪽에서 신경 써야 할 것은 한 가지다.

······미국이 관여한다, 그런 인상을 줘야지.

이대로 랭커전에 들어가는 것은 위험하다.

전력을 따졌을 때, 제1위와 카가미, 호리노우치 사이에 얼마나 차이가 있는지는 모른다. 검은 마녀에게 대항하려면 제1위의 술식 쪽이 압도적으로 유리할지도 모르겠지만 이렇게 급한 상황에서 랭커전을 벌이면 양쪽의 실력을 제대로 발휘하지 못할지도 모른다.

"뭐, 나도 전에 그걸 노리고 덤빈 거지만."

자조하는 듯이 그렇게 중얼거렸고, 하늘을 나아가는 F-23 여덟 대는 대기를 가르는 소리를 내며 자기주장을 하는데 여념이 없었다.

제1위도 함부로 움직이다가는 저 사람들이 휘말리게 된다. 그렇게 되면 랭커전을 벌일 수 없을 테고, 제1위와 학장 쪽의 '정의'를 내보일 수도 없을 것이다.

어떤 의미로는 이쪽에서 몸을 내던지며 방어, 중재를 맡은 거나 마찬가지다.

이제 카가미와 호리노우치에게 달렸는데, 역시 상위 랭커라 그런지 실수하지는 않았다. 우선 결계를 치고 공간을 확보한 다음 마기노 디바이스를 전개했다.

그리고.

"유럽 U.A.H.인가?"

뒤쪽, 정문쪽, 그곳까지 전개되었던 벚나무 숲이 절단되었다.

십자 모양으로 갈라져 트인 건너편에서 온 사람은.

"리스베스 루에거."

지금까지 일어난 폭발에서도 전혀 손상을 입지 않은 것은 기술일까 경험일까. 모르는 것투성이이긴 하지만, 말할 수 있는 게 하나 있다.

"카가미, 호리노우치, ——이제부터는 너희들의 권한이야."

제8장

『절대적인 의사표시는』

닿지 않았으면 하는 건지.
거리를 두고 싶은 건지.
모르겠지만 상대방은 웃는다.

"학장 각하!"

카가미가 그렇게 말한 것을 호리노우치는 들었다.

시선 끝, 카가미는 디카이오쉬네의 조작 디바이스로 정면을 가리켰다.

푸른색과 흰색 검포가 향한 곳, 그곳에는 아직 빛의 꽃무리를 전개하고 있는 긴 마기노 디바이스가 있었다.

제1위는 어디에 있나 싶었는데.

……거기 있었네요.

우리와 마찬가지로 마기노 디바이스 위에 있었다.

괭이를 세운 것 같은 형태 위. 떡잎 세 개처럼 펼쳐진 날 위에 그녀가 서 있었다.

지금 있는 곳에서는 멀어서 잘 보이지 않았기에 망원술식으로 확인. 그러자 술식진에 미국 U.A.H. 사양 술식진 네 장이 함께 떴다.

……상공에서 본 상황과 전개 밀도, 속도 같은 데이터군요?

위쪽에서 움직이고 있는 사람들이 보내준 계측 정보다. 그중 몇 개는 범위가 꽤 넓은 정보였기에 아츠기 쪽과 정보 처리가 연동되어 있다는 것을 알 수 있었다.

『이것도 볼래?』

뭘요? 그렇게 생각하고 있자니 술식진이 네 개 정도 더 떴다. 전부 다 나와 메리가 확대되어 찍혀 있었고.

"왜, 왜 배면비행을 하고 계신 건데요?! 그리고, 이거 밑에서 찍은 사진은 헌터가 찍은 거죠?!"

『협력 대금이야, 대금.』

당당하게 나오는 모습이 참 멋지기도 하다. 그리고 미국 U.A.H.에서 그런 움직임을 보인다는 것은.

……학장 쪽에는 유럽 U.A.H.가 통신을 보냈겠네요?

나는 그렇게 생각하며 카가미에게 고개를 끄덕였다.

이 싸움을 멈출 좋은 타이밍이라고 생각했기 때문이다.

카가미를 보자, 디바이스 위에 드러누워서 이쪽을 향해 촬영술식을 들이대고 있었다.

"얼른 하세요……!"

데카오는 고개를 숙이지 않아도 되거든요? 주인의 책임이니까요.

●

자, 카가미는 그렇게 말한 다음 다시 조작용 디카이오쉬네를 앞으로 휘두르며 입을 열었다.

"학장 각하! 랭크 제1위와 유럽 U.A.H.의 싸움을 막아주셨으면 합니다!"

왜냐하면, 나는 그렇게 말을 이어나갔다.

"그녀의 정식 상대는 저희니까요!"

그렇게 말하며 가리킨 것은 멀리, 1킬로미터 정도 앞에 있는 긴 마기노 디바이스 위에 선 소녀였다.

가스마스크를 쓰고 있는 그 사람을 방금 나는 '그녀'라고 불렀다.

그리고 나는 계속 그 호칭을 사용했다.

"저희는 그녀와 벌일 랭크전에 다른 세력이 개입하거나 그로 인해 문제가 발생하는 것을 원하지 않습니다! 원하는 것은 단 하나, 그녀와의 정식 승부!"

그렇게 소리친 순간이었다.

상대방이 움직였다.

괭이 형태의 마기노 프레임 위에 서 있던 그녀가 손 근처에 술식진을 띄운 것이다.

……통신용인가?

학장과 이야기를 나누고 있는 걸까. 하지만 몇 마디 주고받았는지 갑자기 그녀가 두 손을 들었다.

그와 동시에 주위에 있던 모든 것이 유체의 파편으로 변했다.

……호오.

대기, 숲, 흩어지는 꽃무리, 모든 것이. 소리조차 유체의 파편이 되어 흩어졌다.

유리가 깨진 것 같은 소리는 맨 처음에 파도처럼. 호리노우치 쪽을 보았을 때는 폭포가 쏟아져 내리는 것처럼 울리는 소리가 되어 하늘을 가로질렀다.

마치 세계를 뒤바꾸는 것 같은 행동.

랭크 제1위가 자신의 술식을 해제시킨 것이다.

●

쏟아져 내리고 흩날리는 유체광 파편을 뒤집어쓰면서 헌터는 두 가지 움직임을 보았다.

하나는 내 바로 위쪽에 있는 디카이오쉬네와 주룡담이 마찬가지로 해제되어 무너져내린 것.

다른 하나는 북쪽, 부서져 흩어진 긴 마기노 디바이스가 마찬가지로 무너져내린 것이다.

하지만 제1위는 그곳에 있었다.

그녀는 공중에서 마기노 폼을 해제하고 하늘 위에 서 있었다.

발판으로 삼고 있었던 것은 좀 전에 메리가 갈라놓았던 괭이형 디바이스였다.

……역시 특대과이긴 하네~.

힘 같은 것보다도 영문을 알 수가 없다는 부분이 크다.

소문대로다. 랭크 제1위는 특대과.

그녀가 서 있는 위치는 아마도 바로 아래에 특대과 건물이 있는 곳일 것이다.

보아하니 하늘에서 내려온 디카이오쉬네와 주룡담의 유체광 안에서 카가미와 호리노우치가 내려왔다.

두 사람이 보통과 건물 건너편, 하늘에 있는 제1위를 바

221

라보았을 때.

"이거 완전히 꽃의 눈보라네."

얼마나 많은 유체가 흩날리고 있는 걸까.

밀도가 떨어지긴 했지만 좀처럼 사라지지 않는 빛의 파편
이 주위에서 계속 흩날리고 있었다.

상공을 날아가는 F-23에서는 그것들이 어떻게 보일까.

그리고 그렇게 다시 시작될 것 같은 분위기 안에서 새로
운 빛이 생겨났다.

『그렇군요.』

학장의 목소리였다.

●

헌터는 보고, 들었다.

정원, 학교 건물, 교내, 그리고 무엇보다도 우리가 올려다
보고 있는 하늘쪽. 보통과 건물의 옥상이었다.

그곳에 학장의 얼굴이 떠 있는 술식진이 나타났다.

그녀가 있는 곳은 하늘 위였다.

……랭크 제1위의 옆인가?

보아하니 먼 하늘, 옆으로 눕힌 괭이형 디바이스 위에 두
사람이 있었다. 제1위가 왼쪽, 학장이 오른쪽에 있는 구도다.

재주도 좋네~, 그렇게 생각하면서 바라본 시선 끝, 학장
이 영상 안에서 이쪽을 바라보며 말했다.

『──랭커전을 원하신다는 거죠? 다른 자의 개입 같은 것을 배제하고 순수하게.』

"네, 그럴 생각이에요."

그야. 호리노우치가 가슴에 손을 대고 그렇게 말했다.

"랭커전을 통해 헥센나하트에 출장할 마녀를 결정한다. 그것은 이 시호인 학원의 권한이고 저희는 지금이 그 권리를 행사할 기회라는 뜻으로 가득 차 있으니까요."

그러니까.

"만약 손을 대려는 힘이 있다면 저희도 저항해야만 하겠죠."

호리노우치가 그렇게 말하고 뒤쪽, 정문쪽으로 돌아섰다.

그렇게 돌아서서 본 곳에는 리스베스가 있었다.

"자. 우선 싸움은 멈추게 되었어요."

호리노우치가 리스베스와 그 뒤쪽에 있던 그녀의 부하들에게 말했다.

"더 이상 싸운다면 저희들, 이곳에 있는 마녀들도 모두 대처하게 될 거예요. 아시겠나요?"

호리노우치가 한 말에 응하는 것이 있었다.

그것은 우선 그림자였고, 그 뒤를 이어 소리와 기척으로 다가왔다.

교사 그늘, 창가, 옥상 가장자리. 그리고 가로수 그늘과 위에 수많은 사람들이 나타난 것이다.

……오.

마녀들이다. 시호인 학원에 소속된 마녀들이 모두 모습을 드러냈다.

그 선두에 서 있던 호리노우치는 그녀들을 돌아보지도 않고 그저 유럽 U.A.H. 대표를 바라보았다.

"어떻게 하시겠어요? 유럽 U.A.H. 대표, 리스베스 님."

물어본 곳, 유럽에서 온 마녀의 대표는 어떤 움직임을 취했다.

"한 가지 묻지. ──학생 대표, 호리노우치 미츠루에게."

"──네. 뭐죠?"

……겁도 안 먹고, 진짜 배짱도 좋네…….

그렇게 생각하며 바라본 곳에서 유럽 U.A.H. 대표가 이렇게 말했다.

"랭크 1위가 될 생각인가?"

"당연하죠."

"그렇군."

유럽 U.A.H. 대표가 고개를 끄덕이고 이렇게 말했다.

"그렇다면 ──네가 랭크 1위가 된 뒤에 다시 이야기를 하도록 하지."

숨을 돌리고.

"그전까지 우리 U.A.H.는 시호인 학원을 보호하겠다."

●

와아, 그런 환호성이 뒤쪽에서 솟구친 것을 호리노우치는 들었다.

　……우선 보류네요.

　사태는 해결되지 않았다.

　하지만 나중에 교섭할 상대로 리스베스가 나를 선택했다. 물론 우리가 랭크 1위가 된다는 조건이 걸려 있지만.

　하지만 지금 상황은 해결된다. 그렇기 때문에 환호성이 생겨난 것이다.

　……그런데 어떻게 된 거죠?

　의문이 든다.

　리스베스가 우리들이 랭크 1위가 된다는 조건을 내걸었다.

　마치 그것은.

　"……학장과 저쪽에 있는 그녀를 막아달라, 그렇게 말하는 것 같군."

　카가미가 작은 목소리로 그렇게 말한 것을 듣고 나는 고개를 끄덕였다.

　……역시 카가미도 마음에 걸리는 모양이네요.

　나는 그렇게 생각했고 그래서 리스베스에게 물으려 했다. 왜 우리들을 밀어주는지.

　헥센나하트는 검은 마녀에게 승리하는 것이 우선이다. 그렇다면 뛰어난 전력을 지니는 마녀를 밀어주어야만 하고, 우리가 1위가 되는 것을 기대하는 것은 뭔가 이상하다.

　하지만 그런 질문을 할 틈은 주어지지 않았다.

『──좋습니다.』

학장이 하늘에 전개된 술식진 안에서 말했다.

『그럼 그렇게 하죠.』

쉽사리 양보한다.

……그래도 되나요?

처음 한 거절을 생각하면 꽤 순순히 나오는 태도다.

뭔가가 이상하다.

좀 전에 리스베스가 내건 '조건'도 그렇고, 새로 다른 부분에서 통하는 느낌이 들었다.

하지만 내 의문을 무시하려는 듯이 학장이 계속 말했다.

『우선 리스베스, 물러가세요. 적어도 제가 학장 자리에서 내려갈 때까지는 당신을 손님이라면 모를까 공인으로 맞이할 생각은 없습니다.』

그녀가 한 말의 내용으로 인해 여러 시선이 리스베스에게 쏠렸다.

유럽 U.A.H. 대표가 물러가라는 말을 듣고 어떻게 움직일 것인가. 그런 의문과 흥미로 인해 부하 마녀들과 시호인의 마녀들이 눈을 돌린 것이다.

모두가 보고 있는 곳에서 리스베스가 숨을 내쉬었다.

"그렇게까지 각오한 건가."

『지금 저는 각오하지 않고 할 수 있는 일이 아무것도 없거든요.』

"하지만."

리스베스가 주위를 둘러보고 말했다.

"괜찮은 거냐? 이대로 가다가는……!"

『약속했잖아요. 리스베스.』

……약속?

이대로 가다가는 어떻게 된다는 건지, 알 수가 없다.

그저 쓴웃음 소리가 작게 들렸다. 술식진에 떠 있는 학장
이었다. 그녀는 살짝 어깨를 들썩이며 디바이스 위에 서 있
던 제1위를 끌어당겼다.

껴안는 정도까지는 아니었지만 옆에 나란히 서게 만든 다
음 학장이 말했다.

『괜찮으시겠죠? ──내일 새벽에 랭크 1위와 2위가 결전
을 벌일 겁니다.』

한나절 뒤다.

……꽤나 급하게 정하시네요.

우리가 대처할 준비를 하지 못하게 할 생각인가?

그런데 갑자기 카가미가 고개를 갸웃거렸다. 그녀는 술식
진이 아니라 멀리 하늘에 있는 학장과 제1위를 오른쪽 집게
손가락으로 가리켰다.

"학장 각하."

카가미가 물었다.

"설마, 그녀는──."

『네.』

학장이 미소를 지으며 고개를 끄덕이자 옆에서 제1위가

가스마스크를 벗고 뒤로 숨었다.

그리고 보인 얼굴은.

……아.

좀 전에 쓰레기를 버릴 때 우리를 뚫고 갔던 소녀다.

그리고 학장은 그녀의 어깨에 손을 얹고 미소를 지으며 이렇게 말했다.

『이 아이는 시호인 플뢰르. 제 딸입니다.』

제9장

『자, 어떻게 할까』

내버려 두더라도,
세계는 종을 울린다.
내버려 두었으니,
세계여, 종을 울려라.

저녁 해가 지기도 전에 하와이 앞바다에 정박하고 있던 미국 제7함대는 호위함과 함께 일본을 향해 출항했다.

주력함인 항공모함은 본토 미국으로부터 제3함대가 증원으로 파견한 함선들과 합류했다. 그것들을 모두 합쳐 합계 65척이 된 함대가 전시 상태를 유지하며 일본으로 가속했다.

이미 함재기의 고정은 끝난 상태다. 모든 배가 술식 가속기와 장갑 표면의 문장 효과를 이용한 마찰 경감 항해에 들어갔고, 우선 시속 70킬로미터를 돌파했다.

이런 마찰 경감 항해 중, 함내는 시끌벅적해진다.

마찰 경감술식의 관리는 그런 술식이 특기인 남자 쪽에서 맡은 한편, 가속계는 여자 쪽에서 맡기 때문이다.

지금까지는 과나 부서별로 나뉘어 있던 사람들이 이때만큼은 마술사와 마녀로 나뉘어 함께 움직인다.

함내가 두 부분으로 나뉘기 때문에 양쪽 구도가 알아보기 쉽게 변하고, 곳곳에서 보고와 작전회의가 진행된다.

『알겠나, 너희들.』

부함장인 마녀, '송 카페'의 낮은 목소리가 함내에 울렸다. 마녀들은 다들 긴장하며 고개를 숙였고, 마술사들은 어깨를 으쓱였다.

그녀가 조용히 말했다.

『꼴사나운 모습은 끝이다. ──일본에 제때 맞춰서 간다. 여덟 시간 안에.』

"아이 서!"

모두가 소리를 지르며 각자 함체의 모양을 바꾸어 나갔다.

더욱 빠른 속도를 얻기 위한 고차 가속용 변형이다.

대형함은 물의 저항도 그렇지만 지구의 곡면 영향도 적지 않게 받는다. 배의 바닥 가운데 부분은 아래에서 부딪히는 파도로 인해 위로 솟구치곤 하고, 그 충격 때문에 함체가 파손되는 것을 막기 위해.

"가속 순항 상태로부터 고속 순항 상태로 변형……!"

소형함이 좌우로 멀어져 가는 가운데, 항공모함과 전투함이 배 바닥 부분을 교체했다. 접합된 장갑판을 떼어내고 가운데 부분부터 뒤쪽까지 위쪽으로 휘어진 형태다. 앞쪽으로 약간 하중이 쏠리지만 지구의 곡면을 고려하면 전체적으로 내리막길을 내려가는 자세가 된다.

그리고 지구의 자전운동을 고려하여 함 전체가 왼쪽으로 쏠리는 듯한 형태를 취했고.

"고차 가속 준비 완료……! 출력, 들어갑니다!"

『좋아, 착한 아이로군. ──200노트까지 3분 만에 올려.』

으아, 라든가 흐어, 라는 소리가 곳곳에서 새어 나왔지만 그게 다였다.

"아이 서……!"

여러 담당 부서에서 겹쳐진 대답으로 인해 유체의 가속광이 바다를 갈랐다.

주로 항공모함형 갑판이 대기를 가르며 묵직한 피리 같은 소리를 냈다.

저녁 햇살을 받으며 간 곳, 북서쪽으로 항해하는 그들이 보기에는 일본이 있는 쪽 하늘은 이미 어두웠다.

그런 와중에 주력 항공모함의 회의실에서는 몇 가지 보고와 결정이 이루어지고 있었다.

"정말."

해군 소장 휘장에 음표와 숏 글래스 기장을 단 여자가 혀를 찼다. 짧은 금발인 그녀는 의자가 없는 회의실 안에서 해도가 떠 있는 테이블에 술식진을 전개하고.

"──설마 유럽 U.A.H.가 그런 수준의 전이술식을 사용할 수 있을 줄이야. 세계 최대의 물자 수송력을 지니고 있다는 것이 우리의 강점이었는데 완전히 한 방 먹었지, '아홉 은화'."

그녀의 시선 끝, 중장 휘장이 달린 재킷을 걸친 흑발 여자가 쓴웃음을 지었다.

"저번 헥센나하트의 교훈을 살려서 요코스카에 사령부를 고정시키지 않게 했는데, 설마 이런 상황이 벌어질 줄이야. ……그렇지? '송 카페'."

그리고 그녀는 눈을 가늘게 뜨고 말했다.

"리스베스 루에거, 시호인 스리지에와 맞붙어서 이길 수 있어?"

……골치 아프게 되었네…….

헌터는 자기 쪽 상층부가 생각했던 것보다 살벌하게 나오고 있다는 것을 술식진으로 들으며 새삼 그렇게 이해했다. 우선 보고하고 '현장은 현장대로'라는 식으로 할 수 있겠다 싶었는데.

……함대도 움직이고, 고차 가속 상태고, 함장들은 살벌하고, 대체 어떻게 하지?

이제 무슨 일이 생긴다면 제3함대와 합쳐져서 태평양 통합본부가 생기거나 아예 대통령이 오거나, 그 정도일 것이다.

큰일이야──.

왠지 식은땀이 흐르고 힘이 쭉 빠지는 것 같지만, 지금은 호리노우치의 방에서 숨을 돌리고 있다.

얼마 전까지는 일단 평화로웠는데, 어떻게 할까.

"해도 졌으니 이제 저녁 식사를 한 다음에 작전회의를 하려던 참이었는데."

"저녁 식사……?!"

그렇게 소리친 것은 내 왼쪽에 앉아 있던 메리였다.

나와 그녀는 둘이서 지금 라운지의 테이블에 앉아 있는 카가미, 호리노우치와 마주보고 있다.

저쪽 두 사람은 의자에 앉아서. 이쪽은 바닥에 앉아서.

그리고 내 왼쪽. 정좌하고 있던 메리가 갑자기 자세를 단정하게 바로잡았다.

그녀는 곧바로 테이블 쪽에 있던 두 사람에게 도게자를 했고.

"좀 전에 벌인 전투 때 승리를 거두지도 못하고 준장님들 께 수고를 끼쳐드렸습니다."

……시작했네.

카가미가 팔짱을 끼고 일부러 그러는 듯이 고개를 끄덕이고 있는 한편, 호리노우치는 눈을 흘기며 손을 저으면서 '그만하라'는 신호를 보냈다.

나는 왼쪽을 손가락으로 가리킨 다음 내 머리를 가리키고 고개를 갸웃거릴 뿐이었다.

그러자 메리가 고개를 숙인 채 이쪽을 돌아보았다.

"반성하지 않는 것 같군요, 제4위."

"아니, 반성할 게 있나?"

있다. 제7함대가 이쪽으로 오고 있지.

●

『에휴, 리스베스 루에거 따위는 원거리에서 결계폭탄을 핀포인트 폭격하면 어떻게든 될 거 아냐? 여러 번 가하는 공격과 원거리에서 가하는 공격은 우리의 특기니까. 배에 있는 마녀부대를 내보내기 전에, 거리를 좁히기도 전에 세 자릿수 종류의 공격을 선사해주지. 그런데 시호인 쪽은 어떻게 할 거야? '아홉은화'. 그쪽도 상당히 강하잖아?』

『음~, '송 카페'와 같은 방법을 쓰면 다들 반응이 안 좋을 테니 이렇게 된 이상 일본 주변에 전개된 사일런트 서비스에 전술 결계를 때려 넣고 상황을 지켜볼까?』

『너, 게으름 피우려는 거지……!』

『나는 이 함대를 제어하느라 바쁘단 말이야! 힘들단 말이야! 증원까지 합쳐서 전부 연동 관리하는 것만으로도 꽤 힘들단 말이야! 그럼 '송 카페' 네가 움직여볼래?!』

『뭐어?! 그렇게 해볼래?! 내가 한 번 대행했을 때 전투함 세 척이 뒤로 뒤집힌 걸 잊었어?! 정 그러면 다시 한 번 해줄까?!』

《**의뢰 : 호위함의 제어정령에게서 온 연락입니다 : 본문「그러지 마, 부탁이야」**》

『끈기없기는!』

『끈기도 없어――!!』

『……아, 잠깐, 나 헌터인데.』

『뭐?! 지금은 좀 끓어오른 상태니까 조용히 해!』

『그래, 헌터 군. 결과적으로 집이 없어져버리면 미안해?』

●

……큰일이다――…….

일단 이쪽 사태를 해결해주려고 하는 거라 생각하고

싶다.

하지만 이대로 가다가는 랭커전에 개입할지도 모른다.

랭커전은 평소대로 진행한다는 정보는 전했는데 왜 이렇게 되었을까. 아니, '송 카페'는 어쩔 수 없다 쳐도 왜 사령관인 '아홉은화'까지 저렇게 신이 난 건지.

……하긴, 그 사람은 베트남 앞바다에서도 사건을 저질렀으니까.

모토가 '귀찮거든'이긴 하지만 성격이 딱히 급한 것이 아니기 때문에 매우 곤란하다. 그래서 평소에는 '송 카페'가 대처하고 있는데, 이번에는 다르다.

……유럽 U.A.H. 때문에 체면이 박살 났으니까.

해양 경비와 월면 관측을 위해 일본을 떠나 있었을 때 유럽 U.A.H.의 관장식 정보가 들어온 모양이었다. 그것만이라면 무시할 안건이었겠지만, 전이술식을 사용한다는 정보까지 입수되었다.

월면 관측 상황에서 돌아가더라도 유럽 U.A.H.가 상륙하기 전까지는 제때 맞춰서 갈 수 없다. 제때 맞춰서 가더라도 함대가 전투 상태를 갖추고 있지도 않았고, 숫자 면에서도 약한 상황이었다.

그렇기 때문에 하와이 앞바다로 물러나 충실한 상태를 갖출 때까지 기다린 것이다.

제7함대 소속 마녀는 모두 합쳐 평시에는 7천, 전시 상태때는 2만4천 명을 동원한다.

하지만 그중에서 공중전과 전선 구축 등을 할 수 있는 정예는 전시 상태에서도 2천 명에 불과하다.

……뭐, 2천 명만으로도 위협적이긴 하지만.

그렇기 때문에 미국 U.A.H.는 U.A.H.에서 독립 상태를 유지하고 있는 것이다.

하지만 유럽 U.A.H.가 마녀 천 명과 마기노 디바이스를 투입했다.

물론 제7함대만 대처하는 것은 아니다. 아츠기 말고도 아직 살아 있는 각 기지가 연동하여 제압하러 나설 것이다.

하지만 충돌이 생길 경우 미국 U.A.H.는 확실하게 승리해야만 한다.

그렇기 때문에 태평양의 관리자를 자부하는 입장에서는 굴욕적인 하와이 앞바다에 정박하는 것을 선택. 그곳에서 증원 파견을 기다렸다가 지금처럼 다가오는 것이다.

『이제 얼마나 현장을 한정 지을 수 있는지가 중요하지.』

『가능하다면 앞바다로 끌어들였으면 하는군. 상대방이 학원을 인질로 잡으면 골치 아프겠지만, 일본의 궁내청으로부터 도쿄만을 둘러싸고 있는 신도, 불도의 사당과 사찰에 대한 지도를 받아 두었으니 SEALS에게 지맥식 결계를 치게 하면 도쿄만 안에서 끝낼 수도 있을 테니까.』

일단 나름대로 생각은 있는 모양이다. 하지만 그 기반이 되는 것은.

"……지금까지 랭커전을 제대로 해두길 잘했네."

"아까부터 계속 뜨는 술식진은 미군 쪽 정보인가요?"

"아, 뭐, 그런 느낌이야."

호오, 카가미가 그렇게 말했다.

"미군은 어떤 입장이지?"

"지금 우리하고 마찬가지야."

바닥에 앉은 채 어깨를 으쓱이며 말해두었다.

"헥센나하트가 진행된다고 해도 장소는 일본. 그리고 지금, 동일본의 대표인 호리노우치가 랭크 제1위에게 도전하려 하고 있지. 그러니 호리노우치와 카가미가 이겨서 랭크 1위가 되면 어떤 의미로는 헥센나하트의 권리가 해당 지역(일본)의 권리자에게 넘어간다는 뜻이잖아? 그리고 일본은 미국과 동맹을 맺어서 관계도 양호하고, 나도 랭커 중에서는 상위니까 미국에게는 짭짤하지."

"짭짤하다고?"

"헥센나하트 이후에 미국이 일본과 함께 여러 권익을 얻는다는 소리야."

"헥센나하트에서 패배하면 어떻게 되죠?"

그러니까, 나는 그렇게 고개를 갸웃거리고 있던 호리노우치에게 말했다. 새로 띄우면서 시끄럽게 떠들고 있는 술식진을 부숴서 없애면서.

"미국은 예전에 일어났던 일을 교훈으로 삼아 전력을 해상과 각지에 분산시켰어. 적도 아래의 도시 중 대부분은 북쪽으로 이동해서 무인 요격 시스템 같은 걸 갖추고 있고. 다시 말해, ──전보다는 피해가 적을 거야. 다들 이번에는 그 정도는 계산한 다음에 각오하고 있는 거지. 그러니까 헥센나하트 이후의 권익을 얻을 자격이 있다, 그런 걸 각 나라에게 인정받고 싶은 거고."

하지만.

"유럽 U.A.H.가 꽤 안전한 곳에 있는데도 불구하고 헥센나하트의 권익을 빼앗으려고 나섰잖아? 지금은 보류하게 되었지만 미국은 이번에 약간 위협하면서 유럽 U.A.H.에게 이상한 짓을 하지 말라고 견제해야 하는 입장인 거지."

『……결론은 하나인가. 그래, 저질러버릴까…….』

『그래, 저질러버릴까…….』

……왜 한 발짝 더 내딛는 건데……!

뭐, 만약 그렇게 된다면, 그런 상황 이야기겠지.

"물론 미국이 세게 나오면 한판 벌여서 일본과 이 학원에 문제를 일으킬지도 몰라. 미국 U.A.H.는 아군을 지키기 위한 최소한의 리스크만 짊어지게 되지만, 유럽 U.A.H.는 미국을 상대로 싸우면 헥센나하트를 수호한다는 대의명분이 통하지 않게 되고. 그런 것까지 내다보고 견제하려는 거지. 이건 이미 제7함대라기보다는 미국의 의지야."

"제가 랭크 3위로 남아 있는 것은 상관없나요?"

"당신은 어떤 나라 소속도 아니잖아. 뭐, 그리고 나나 호리노우치 쪽하고 친하면 나중에 어떤 진영에서 빼내 가더라도 교섭할 때는 이쪽이 유리하지. 그러니까 미국 쪽에서는 당신을 리스크가 아니라 오히려 리턴으로 보고 있어."

"그럼 나는 어떤가?"

아니, 나는 그렇게 말하며 손을 흔들었다. 그야.

"카가미는 헥센나하트가 끝나면 원래 있던 세계로 돌아갈 거잖아?"

●

……그렇죠.

호리노우치는 당연하다고도 할 수 있는 사실을 왠지 아쉽게 느꼈다.

……만약 헥센나하트에서 이긴다면.

물론 이길 생각이긴 하다. 그러기 위해서 모든 것을 쏟아붓고 있다는 자각도 하고 있다.

하지만 이기면 이별이다. 그리고.

"지면, ……어떻게 될지 모르는 거죠."

"각 나라는 최소한 저번과 비슷한 규모의 피해를 입을 거라 예측하고 있지. 그래도——."

"그래도, 뭔가? 헌터 군."

"왠지 안 좋은 예감이 들잖아? 카가미가 있다는 것을 검은 마녀가 눈치채고 있으니까."

그러니까.

"다음 헥센나하트에서 패배하면 이 세계도 지워지지 않

을까?"

●

그렇긴 하지, 카가미는 그렇게 말했다.

"검은 마녀는 원래 이 세계를 멸망시키려 하고 있었지. 하지만 봉인으로 인해 한정적인 전투를 벌이게 되어 힘이 억눌린 상태고……."

"하지만 저번 헥센나하트 때는 봉인 바깥으로 부하들을 전개시켰잖아요."

그렇다면, 나는 그렇게 말했다. 팔짱을 끼고.

"어떤 의미로는 봉인이 멸망을 막을 수 있는 쐐기 역할을 다하지 못한다는 뜻이군. ──내가 왔다는 것을 쇼코도 알고 있어. 이번만큼은 쇼코를 따라잡았거든."

예전에 있던 세계에서는 제때 맞추지 못했다. 이미 여동생의 존재는 다른 세계로 넘어갔고, '신'이라는 여동생의 창작물이 나서서 여동생이 파괴 쪽으로 기울게 만든 세계의 천칭을 눌러대고 있었던 것이다.

그런 상황은 몇 번이나 있었다.

물론 여동생의 기척이나 뒷모습이라 할 수 있는 것을 발견한 적은 있었다. 하지만.

"이렇게까지 정면으로 맞붙을 수 있는 건 처음이다. 이곳은 우리가 살고 있던 세계와 꽤 비슷하다는 점도 있을 테고,

쇼코도 이곳을 '대표작'으로 생각하고 있다, 그런 거겠지."

"……세계를 멸망시키는 내용인데 대표작이 될 수 있는 건가요?"

"해피 엔딩에서 등을 돌리는 것이 멋지다, 그런 생각이 드는 나이나 환경도 있는 법이니까."

그러니까.

"미안하다, 지금 그렇게 말해둬야 하려나."

"무슨 소리야?"

당연하다. 그 이유는.

"──카가미? 자기가 있기 때문에 다음 헥센나하트가 세계의 멸망을 걸고 벌이는 싸움이 된다. 그런 건방진 말을 하면 용서하지 않을 거예요?"

●

메리는 호리노우치가 한 말을 들었다.

"아시겠어요?"

그녀가 말했다.

"만약 검은 마녀가 이번 헥센나하트에서 세계를 멸망시키려고 한다면 그것은 당신이 있기 때문이 아니에요."

그것은.

"──저번 헥센나하트 때 저희 어머니께서 몰아붙이셨기 때문에. 그리고 지금 다시 우리가 이빨을 드러내는 것을 보고 이제 봐줄 수 없다고 판단했기 때문이에요. 선조님들과 우리는 그런 일들을 해왔다고요."

……이 사람은——.

나는 그렇게 생각하고 마음속으로 고개를 끄덕였다.

이 사람은 멸망해가는 세계에 태어났는데도 불구하고 검은 마녀를 쓰러뜨릴 생각이다.

내 '선생님'은 바깥 세계에서 왔는데도 불구하고 검은 마녀를 쓰러뜨릴 생각이다.

예전에 우리도 그랬던 걸까. 글쎄.

……아니.

우리는 '선생님'을 보고 희망을 품었다.

의존해버렸다.

하지만 우리를 쓰러뜨리고 앞에 나란히 선 두 사람은 출신이 다르긴 하지만 마찬가지다.

지금 호리노우치는 만약 카가미가 없다 하더라도 검은 마녀에게 굴하지 않을 것이다.

그리고 호리노우치가 테이블 건너편에 있는 카가미를 바라보면서.

"——아."

우리의 시선이 마주치고 있다는 것을 눈치챈 모양이었다.

호리노우치가 원래 위치로 눈을 돌렸다. 그곳에 앉아 있던 '선생님'이 웃고 있었다.

"감사한다."

"뭐, 뭐가요?"

얼굴이 붉어진 호리노우치가 이야기를 돌리려는 듯이 이쪽을 보았다.

"언제까지 거기 앉아계실 건가요?"

"아뇨, 처음 본 적을 압도하지도 못했으니······."

"자자, 우선 긍정적으로 생각하시죠."

집사장이 그렇게 말하며 다가왔다.

그가 손가락을 튕기자 시녀들이 테이블보와 접시를 들고 따라왔다.

저녁 식사다. 그런데 그것과는 별개로 집사장이 신경 쓰고 있었던 것은 아직도 창밖으로 보이는 천 자루의 마기노 디바이스였다.

"바깥에 있는 저분들은 아직 감시하고 있는 걸까요."

"네. 아무튼 지금은 저분들뿐만이 아니라 여러 곳에서 여러분을 주목하고 있습니다. 각 나라의 대사관과 시설에서 보낸 시선을 눈치챈 사람이 있어서요."

안쪽, 시녀 몇 명이 도쿄만 주면 지도를 술식진에 띄우며 손을 들었다.

"창문 바깥이나 옥상에 시선만 두는 것도 있으니 골치 아프네요──."

그렇네요, 집사장이 그렇게 말하고 손가락을 튕기자 창바깥에 커다란 술식진이 전개되었다.

"투과인가? 그, 일방통행형."

"네. 바깥쪽으로는 호리노우치 계열 신사의 광고와 아가씨의 전투 PV를 재생시키고 있습니다."

"후자는 처음 듣는 소린데요······?!"

"내가 부탁했지. 마지막 부분은 내가 자네의 이름을 부르면서 끝나는 장면이라 여운이 강하게 남지."

창문 바깥에서 목소리가 들렸다.

『망코――!』

『이다음 이야기는 현실에서?!』

"왜, 왜 소리를 직접 서라운드로 만든 건데요?! 그것도 나레이션까지!"

"괜찮지 않은가, 호리노우치 군. 스파이 행위도 정신 사나워서 못하게 될 테니."

아무튼, 그런 분위기 속에서 호리노우치가 손뼉을 한 번 쳤다. 술식이 아닌 신호였다.

"식사를 부탁드릴게요. ――그리고 헌터하고 메리, 이쪽으로 오세요. 제1위와 대결할 견적을 낼 거예요."

제10장

『우선은 밥을 먹자』

이 간단한 방법이.
만족이라는 단어를.
떠올리게 만들어준다.

●

식사는 스테이크에 돈까스 덮밥, 승부 전 징크스로 따지면 완벽했다.

자리는 호리노우치와 메리가 나란히 앉고, 반대쪽에 카가미와 헌터가 앉았다.

헌터가 스테이크를 추가로 주문하는 등, 충실했던 저녁 식사의 뒷정리까지 마친 다음 코타로는 테이블에 있던 네 사람 앞에 술식진 한 장을 띄웠다.

"저녁에 헌터 님과 메리 님이 벌이셨던 전투 영상입니다."

"아~, 아까 우리 쪽 하고 같이 편집했던 그거."

쓸데없는 정보를 빼내고 역광 등을 전부 다 보정한 영상이 술식진에서 재생되고 있었다.

모두 함께 본 것은 역시 제1위가 사용한 술식이었다.

……랭커전은 오전 4시. 아가씨와 카가미 님께는 이제 여덟 시간도 남지 않았군요.

헌터와 메리도 도움이 된다면 아낌없이 나서겠다는 듯이 이곳에 있다.

멋지다.

호리노우치 가문의 당주로서 선대를 잃었기 때문에 그 이상으로 날카로워질 수밖에 없다. 그런 입장이 된 것이 호리노우치 미츠루라는 존재다.

능력이 뛰어나고 자각도 제대로 하고 있어서 보호자 감각으로 다른 사람들을 신경 쓰는 부분이 있긴 했다. 하지만 함께 나란히 서는 친구를 만들 수 있는지 여부는 또 다르다.

솔직히 이 사람은 혼자서 살아갈 것이다, 그렇게 생각하고 있었다.

선대에게는 일찍 여의긴 했지만 남편이 있었고, 친구도 있었다.

하지만 10년 주기로 돌아오는 헥센나하트에 선대의 아이가 학창시절에 도전하게 된다. 이것은 시호인 학원을 세운 학장의 방침이고, 랭커전이기 때문에 어쩔 수 없긴 하지만.

……그런 걱정거리도 사라졌습니다.

지금은 친구로서 마음 편하게 잡담이나 상담을 할 수도 있고, 동료로서 함께 싸워주는 사람도 있다. 우리의 '아가씨'가 다른 사람들의 놀림거리가 되어 화를 내거나 웃고, 다른 사람이 어이없다는 표정을 지으며 바라보는 사람이었다고 알게 된 것은 최근이다.

그리고 지금, 그녀는 어머니의 상실을 소화해내고 검은 마녀에게 절망이나 부담을 품지 않은 채 맞서려는 자세까지 보이고 있다.

나는 생각한다. 헥센나하트나 랭커전의 결과와는 별개로 호리노우치 가문은 당주에 걸맞는 존재를 얻어가고 있는 것이라고.

역시 대단하십니다, 아가씨. 그 말을 마음속으로 품으며 나는 말했다.

"그럼 적…… 시호인 플뢰르 님의 술식에 대한 내용입니다."

●

호리노우치는 코타로의 해설을 들으며 그 영상을 보았다.

화면 안에서 벚나무가 솟아났고, 대기로 꽃이 잔뜩 흩날렸다.

"시호인 님의 술식은 '꽃'의 특성에 특화된 폭쇄술식입니다. 술식 자체는 단순한 폭쇄이며 물리, 술식 방어 양쪽에 효과적이라는 것을 알 수 있습니다."

"그런데 밀도가 엉망진창이네요……."

"대기 전체가 폭약 같은 거야. 분진폭발 상태지."

봐, 헌터가 그렇게 말하며 내민 것은 그녀의 시각으로 기록되었던 것이었다. 벚나무 숲의 지면에 꽃이 피어났고, 그것이 커진 다음 또 꽃을 날렸다.

"잘 봐."

그 말을 듣고 본 시선 끝. 날아간 꽃이 지면에 떨어졌다. 그러자.

"또 피어나거든."

떨어진 꽃잎이 흩어져서 각각 싹을 틔웠고, 잎을 내밀고 줄기를 뻗은 뒤 꽃이 되었다.

그 시간은 5초도 되지 않았다.

"알겠어? ──환경을 만드는 거야."

다시 말해, 이런 뜻이다.

"폭쇄를 실행하면서 필요 없는 것은 씨앗으로 만들어 자연발생적으로 폭쇄술식을 늘리는 거죠?"

"그렇습니다, 아가씨."

코타로가 그렇게 말하며 도쿄만을 하늘에서 내려다본 지도를 전개했다.

……가운데에 시호인 학원이 있네요.

지금, 학원 가운데에 푸른 점이 떴다. 그것은 전방위로 작고 푸른 점을 흩뿌리기 시작했다.

제1위의 술식에 의한 꽃의 전개를 나타낸 것 같다.

그것은 구름처럼 둥둥 떠 있다가 천천히 퍼져나갔고.

"……어?"

갑자기 가속했다. 전역에 걸쳐 가장자리가 애매한 형태가 만들어졌다고 생각한 순간. 그것이 일제히 터져서 도쿄만을 뒤덮은 다음 두세 번 가속하여.

"색이……."

메리의 말이 맞아 들었다. 푸른색이 위아래 두께가 크다는 붉은색으로 바뀌기 시작했다.

고도 천 미터가 넘었을 때, 그 가속이 아래쪽으로 퍼지는 가속과 연동되었다.

코타로가 도쿄만의 지도를 축소하여 남 칸토 전역으로 바꾸었을 때는 이미 눈에 띄게 빠른 속도로 도쿄의 절반 정도까지 나아갔고 두께는 1700미터가 넘는 상태였다.

"시간으로 따지면 아무런 방해도 받지 않을 때, 약 1분 반 만에 이 상태가 됩니다."

"……좀 전에 본 씨앗에 의한 확산인가요?"

"그래. 규모가 확대되면 폭파하지 않아도 되는 꽃이 늘어나니까 넓게 퍼지면 퍼질수록 확산력이 커지는 거야."

"그리고 영상을 보아하니 저 꽃들은 자신들의 환경이 갖춰지고 진해지면 진해질수록 강화되고 있습니다. 벚나무가 자라나고 꽃의 숫자도 늘어나는 거죠. 현실의 식물이라면 많은 숫자가 밀집되면 가운데 부분의 기세가 약해지곤 합니다만, 이 경우에는 오히려 가운데 부분부터 진화하여 그 파도가 바깥쪽으로 퍼져나갑니다."

중간에 단계적으로 가속된 것은 그런 진화에 의한 버전이 올라갔기 때문일 것이다.

"계산에 따르면 약 30분 뒤에는 지구 표면의 절반을 뒤덮고, 최대 두께는 대류권까지 닿을 것으로 추측됩니다."

"그리고 이 환경에서는 온갖 술식 공격에 대해 꽃을 피어내는 거죠."

메리가 손톱으로 테이블을 살짝 두드리며 말했다.

"제 소멸'술식'도 궤도상에서 꽃으로 변해 흩어졌어요. 검은 마녀가 원격 공격을 가하고 부하들을 날린다 해도 그 궤도에 들어가면 끝장이죠. 폭쇄하면서 흩어질 거예요."

다시 말해.

"헥센나하트 대책으로 볼 경우, 검은 마녀에 맞서는 필살과 완전 방어 환경을 전개한다. 이것이 제1위의 능력인 거죠."

●

"잠깐 기다리게나."

카가미는 솔직히 꽤 잘 만든 방법이라고 생각했다.

……유체를 비료로 삼아 피어나는 꽃인가.

마기노 프레임 자체가 유체로 만들어져 있고, 술식이라면 더더욱 그렇다.

이것은 완전히 마녀 대책으로 만들어진 것. 그리고.

……술식이란 원래 복잡한 효과와 구조를 지니는 법이지만, 그것을 식물처럼 자생시키고 나아가서는 진화까지 품고 있으니 참 대단하군.

프로그램처럼 술식을 구축하고 품종을 개량한 결과일 것이다.

하지만 의문이 든다.

"……그렇게 많은 유체를 어디서 확보하는 거지?"

"네, 전개한 뒤에는 꽃이 자생할 때 지맥으로부터 흡수하는 것 같습니다. 실제로 이번에도 연안의 사찰에서 계측한 지맥량에 변화가 있었습니다."

"그래도 초기 단계, 그리고 무엇보다 전개한 뒤에 제어 문제가 있을 텐데요."

"아니, 제어는 꽃이나 나무 쪽에 맡기는 부분이 꽤 클 거야. 기폭도 연쇄식이니 전역을 관리할 필요는 없을 테고."

"아뇨. ──그렇지 않습니다."

메리가 연쇄폭발이 일어나는 영상을 멈췄다. 확대한 것은 폭발이 겹친 범위다.

저녁 하늘에 빛의 폭발이 잔뜩 발생하고 있는데, 그것들 사이에서도 꽃이 흩날리고 있었다.

"보이시나요? ──유폭되지 않은 꽃이 있죠."

"결론이 뭔가? 메리."

"네. 추측이지만 이 꽃에는 등급이나 상황에 따라 일정 범위마다 라벨이 붙어 있고, 제1위는 그것을 임의로 폭발시키거나 폭발시키지 않는 것이 가능한 거죠."

"자네는 할 수 있나?"

그렇게 묻자, 메리가 두 손을 펴고 오른쪽 새끼손가락을 구부렸다.

"아홉 라인이라면 지구 건너편까지 관리할 수 있어요."

헌터가 휘파람을 불었다. 하지만 메리는 그런 헌터에게 눈을 흘기면서.

"제 소멸술식은 선입니다. 잘해봐야 결계의 벽을 만드는 정도겠죠. 하지만 제1위의 기술은 선을 뛰어넘은 면은커녕, 덩어리예요. 선생님은 어떠신가요? 준장으로서 볼 때 이 정도 클래스의 유체추출은."

"추출량을 보아하니 나를 뛰어넘었겠지."

당연한 사실로 인정하자 헌터가 두 손을 들었다.

"이걸 어떻게 쓰러뜨리지?"

●

그렇죠, 호리노우치가 그렇게 생각했다.

아니, 대충은 짐작이 된다.

그런 생각이 통한 건지 카가미가 우리를 보고 말했다.

"……어떻게 하면 이길 수 있을 것 같나? 자네들이라면 어떻게 할 건가?"

네, 우리는 그렇게 무심코 동시에 대답했다. 그것도 셋이서 동시에.

"──다가가서 쏘는 거죠."

"──다가가서 쏘는 거지."

"──다가가서 쏘는 겁니다."

●

『역시 대단하십니다, 아가씨! 이렇게 심플할 수가……!』

『다들 사이 좋네~.』

『그래. 내 점괘로도 그렇게 나왔어. 다가가서 일격을 날리는 것이 중요하다고…….』

『뭐, 중요한 것은 어떻게 그런 단계까지 갈 수 있는 지인데…….』

255

●

　헌터에게는 전술이 있다.

　"판데믹화하기 전에 승부를 내는 거야."

　"저도 동의해요. 만들어진 환경이 고차화되기 전에 접근해서 마기노 디바이스를 파괴. 필요하다면 사용자 본인도 공격하여 그 공격수단과 의지를 잘라내는 거죠."

　뭐, 그렇게 되겠지. 그러기 위한 방법은 이미 지니고 있다.

　"마기노 프레임으로 고속 전개, 그리고 포격이려나."

　"고속 전개는 우리도 익혔고, 포격은 호리노우치 군의 특기니까 문제는 없겠지."

　하지만, 카가미가 그렇게 말했다.

　"그렇게까지 단순하게 굴러가지는 않을 거야. ……랭커 전의 시작, 그것도 학장 각하께서 맡고 계시니 초기부터 양쪽 다 어느 정도 프레임을 마련해 둘 수 있으니까."

　그것이 문제다. 초기 단계부터 제1위가 마기노 프레임과 환경을 전개 상태로 꺼내 들면 단숨에 힘들어지게 된다.

　……마기노 디바이스가 환경가속기니까…….

　그것을 부수면 이기게 되지만 그것의 존재 자체가 위험하다. 상대방이 먼저 전개하고 거리를 벌리면 저녁 때와 똑같은 상황이 된다.

　"거리를 벌리고 제한 시간을 넘겨서 이기는 것은 노릴 수 없겠죠."

"그런 규칙 자체가 없어요. 어느 한쪽이 결판을 낸다는 규칙이 있으니까요."

그리고, 호리노우치가 그렇게 말했다.

"지구전을 벌이게 될 경우, 만들어낸 환경에서 유체를 흡수하거나 환원시킬 수 있는 제1위가 유리하지 않을까 하는데요."

"그럼 호리노우치는 어떻게 할 거야?"

네, 호리노우치가 그렇게 말하고 술식진을 띄웠다.

"다단 외각탄을 사용하겠어요."

●

다단 외각탄……, 헌터는 그렇게 중얼거리고 나서 어라? 그렇게 말했다.

"항상 그런 걸 쓰지 않나?"

"알고 계시나요? 제4위."

"아, 응. 저번에 노멀 때 많이 맞았어."

제3위가 눈을 흘기는 이유는 무엇일까. 아무튼 호리노우치의 포탄은.

"끄트머리의 관통성능이 높고 내부에는 충격 계열이었지? 그거."

"그런 것만 있는 건 아니지만요. 효과에 따라 여러 단계로 나뉘어 있어요."

그러니까, 호리노우치가 그렇게 말하며 간단한 그림을 보여주었다. 그것은 포탄 안에 다른 포탄이 들어있는 것 같은 형태였고.

"관통성능에 특화된 외각을 두 겹. 그 내부에서 정화효과를 중시한 심지탄을 마련해두는 거죠. 외각은 어느 정도 꽃이 피어난 상태에서 분리. 그때 가속술식으로 자동가속되게끔 해두면 상대방이 잡아내는 걸 어느 정도 피할 수 있을 것 같네요."

"조준이 빗나갈 가능성은?"

"마기노 디바이스의 크기를 생각하면 3킬로미터 이내에서 날리고 싶긴 하네요."

전장 500미터인 디바이스를 생각하면 거의 지근거리 아닐까 하는 생각이 든다.

하지만 그렇게 할 필요가 있다. 그리고.

"상대방이 꽃을 자생시켰을 때 대처방법 말인데요. 상대방의 마기노 디바이스에 어느 정도 가까이 다가가면 될 것 같아요. 자기 폭탄으로 자폭할 수는 없을 테니까요."

그러니까, 호리노우치가 그렇게 말하며 카가미를 보았다.

"포격하면서 접근. 지근거리에 도달하면 상대방은 자폭하게 될까 봐, 공격할 수 없겠죠."

"그럴 때를 대비한 방어 시스템이 있을 것 같은데."

하지만, 카가미가 그렇게 말했다.

"일단 '접근'이 중요하긴 하지. ──운 좋게도 내 유체추출을 쓰면 장갑판을 수복시키는 것도 현장에서 어느 정도 가능하고. 여차하면 뛰어들어서 백병전을 벌이는 것도 괜찮겠지.”

“의외로 맞설 방법은 있다, 그런 뜻인가요?”

“제1위는 그런 것들을 박살 내왔겠지만 말이야.”

자, 카가미가 그렇게 말하며 테이블에 팔꿈치를 댔다.

“이쪽이 유리한 상황을 상상할 수 있다는 것은 알았다. 상대방이 유리한 상황을 생각하는 건 나중에 해도 되겠지. 그리고 그것을 뛰어넘는 상황을 상상할 수 있는 시간도 있고. 그런데 한 가지 묻고 싶은 게 있다만.”

“……뭐죠?”

“코타로 군? 플뢰르 군이었던가? 제1위. 그녀가 사용하는 술식은 호리노우치 군과 어머님의 술식이 그런 것처럼 모친인 학장 각하의 술식을 어느 정도 이어받은 건가? 그리고…….”

카가미가 이어서 이렇게 물었다.

“호리노우치 군의 어머님께서 저번 헥센나하트에 출장하셨다는 건 학장 각하께 이기셨다는 뜻이지. 그 기록은 남아 있나?”

●

“역시 대단하십니다, 카가미 님.”

코타로는 호리노우치의 파트너가 품은 의문에 대해 칭찬
했다.

하지만 그녀의 질문에 대답할 수 있는 것은 내가 아니다.
그 사람은.

"아가씨, 대답해주시길."

"네. 카가미. ──이쪽을 보세요. 디저트는 이야기가 끝
난 뒤에 나올 테니까요."

먼저 내드리는 것이 나으려나? 카운터에 올려두긴 했는데.

보아하니 헌터도 같은 방향을 보고 있었기에 결국 먼저
내드리기로 했다.

"자, ……시기에 맞춰서 나온 거겠지만 시라타마앙에 크
림이라니, 그야말로 달을 본떠 만든 징크스 간식이라는 느
낌이라 좋은데."

"세계의 정세와 간식, 당신한테는 어느 쪽이 더 중요한가
요……."

"나는 회식을 좋아하는 것뿐이야."

네네, 호리노우치가 그렇게 뾰루퉁한 표정을 지으면서 이
쪽을 힐끔 보았다.

지금부터 이야기할 것은 과거에 관련된 이야기다. 그렇기
때문에 나도 고개를 숙여서 대답했고, 뒤쪽에 대기하고 있
던 시녀들도 마찬가지로 고개를 끄덕였다.

그리고 호리노우치가 말을 꺼냈다.

"학장님의 술식은 이번에 제1위인 플뢰르라는 학생이 사

용한 기술과 비슷해요."

"그렇군. 정보가 있었기 때문에 주룡담을 전개할 때 결계 술식으로 밀쳐낼 수 있었던 건가?"

"두 겹으로 만들어서 바깥쪽 결계를 뒤에서 다른 결계로 밀어낸 거예요. 표면 쪽 결계에 꽃이 피어나더라도 폭파되기 전까지는 뒤에서 밀어낼 수 있으니까요."

물론, 그녀가 먼저 그렇게 말했다. 그릇에 들어있는 진한 차를 마시고 종이로 입술을 닦은 다음.

"……환경의 중심 근처로 가면 달라붙기라도 하지 않는 이상 여러 겹으로 결계를 치더라도 전부 꽃이 피어나겠죠."

"다시 말해 학장 각하께서도 환경술식으로 꽃과 폭발 기술을 쓰셨다는 말인가?"

"아뇨, 학장님의 기술은 단순히 마기노 디바이스를 이용한 꽃의 산포, 그리고 유체 동질화예요. 그러니까 다른 디바이스나 술식에는 '심는' 것 같은 감각이죠. 플뢰르가 쓴 기술처럼 자연발생적인 발아와 육성은 그야말로 품종개량의 결과인 것 같아요."

그렇군, 카가미가 그렇게 대답했다. 그리고.

"자네의 어머님께서는 어떻게 맞서셨지?"

네, 호리노우치가 그렇게 말하며 고개를 끄덕였다. 그녀는 옆에 있던 메리에게 방해가 되지 않게끔 손가락으로 활시위를 당기는 듯한 포즈를 취하고.

"탄속을 빠르게 함으로써 학장님의 술식에 포탄이 침식되지 않게끔 빠르게 맞추는 것. 당시의 주룽담은 장탄부에서 단일 결정화된 유체포탄을 정제시켰기에 다단 외각을 짜내지 못해서 그렇게 할 수밖에 없었던 거죠."

"그래서? 엄마들끼리 벌인 싸움에서는 호리노우치네 쪽이 이긴 거야?"

"그게……."

그렇게 말꼬리를 흐린 다음, 호리노우치가 딱 잘라 말했다.

"그 전투기록은 남아 있지 않아요."

●

호리노우치는 눈살을 찌푸리고 있는 세 사람을 보았다.

"저번에 말씀드렸죠? 헥센나하트의 기록이 남아 있지 않다고."

"──지우개인가."

그 이름이 통칭이라면, 그게 맞다.

"네. 어머니께서는 학장님과 승부를 내실 때 헥센나하트 때 쓰신 술식을 사용하셨어요. 우발적으로 생겨난 것인지, 미리 준비하신 건지는 모르겠어요. 하지만 그때 무슨 일이 생겼는지는 검은 마녀에게 일괄적으로 지워져서──."

말했다.

"학장님께서도 기억하지 못하세요."

●

　골치 아픈 구조로군, 카가미는 그렇게 생각했다.

　차를 마셔서 입안에 있는 맛을 바꾼 다음 팔짱을 꼈다.

　"정답은 어디에 있는지 모른다는 말인가?"

　"제가 생각하기로는 지금 할 수 있는 최선의 방법을 취하는 것이 베스트라는 거예요. 영문도 모르는 것을 쫓아가는 것보다는 현실적이잖아요?"

　"호리노우치 군 다운 생각이군. 그리고 나도 우선 그게 제일 낫겠다고 생각하고."

　그런데 말이야, 헌터가 그렇게 말했다.

　"그럼 상대방도 이번 10년 동안 빌드업 했다는 뜻이지?"

　네, 코타로가 그렇게 말하며 고개를 끄덕였다.

　"과거의 기록과 비교해 봐도 꽃에는 수많은 종류가 있고, 어디에나 피어나곤 합니다. 여러 가지 사태에 대처하기 위해 만전을 기하려는 노력을 한 거겠죠."

　"다시 말해 완전히 상대방을 가두어 죽이는 것에 특화되어 특이하게 변한 거란 뜻이로군."

　"하지만 지구의 절반이라니, 그 이상 뒤덮고 폭파시키면 지표면이 어떻게 되는 거야?"

　그런 의문은 본토가 심하게 파괴된 헌터에게 중요한 문제였다.

　그런 짓을 요격하는 마녀 쪽에서 할지도 모른다, 그런 말이니까.

"내 포격도 여파 때문에 좀 그렇긴 하지만, 그 환경은 다르잖아. 휘말리게 되면 도쿄만이 갈라진 것처럼 다른 지역도 그렇게 될 거야. 헥센나하트에 출장하는 마녀는 검은 마녀를 쓰러뜨리는 것이 제일 우선이긴 하지만, 그 환경술식은 그러기 위해 수단을 가리지 않으니까 가능한 거라고."

"꼬리내린 개가 잘도 짖어대네요."

메리가 말했다. 하지만 그녀는 헌터를 보지도 않고.

"저도 꼬리내린 개로서 동의합니다. 이길 수 있는 개가 될 생각은 있지만, 괴물은 인정할 수 없어요."

"엄청 골치 아픈 사람이 있는데, 내 정면에……."

사이가 참 좋다. 그런데 나는 아직 신경 쓰이는 것이 있었다.

"호리노우치 군, 자네는 전투 중에 뭔가 눈치챈 것이 있었지? 그건 뭔가?"

"네, 그 제1위, 사역체 없이 마기노 프레임까지 소환했잖아요?"

그러고 보니 그랬다. 그리고.

"쓰레기를 버릴 때 그녀의 사역체를 본 적이 없다, 그런 말을 들었지?"

"아, 청소의 마녀가 그랬었지."

헌터가 고개를 들었다.

"……그렇다면 진짜 계속 사역체 없이 지냈던 건가?"

"……? 준장님처럼 이세계인인 건 아니겠죠?"

"그 부분에 대해 보충 설명을 해도 될까."

그때, 갑자기 뒤에서 목소리가 들렸다.

코타로와 시녀들이 급하게 돌아본 위치. 카운터 앞에 어떤 사람이 있었다.

멋대로 잔에 맥주를 따라 마시고 있던 사람은.

"──리스베스 루에거인가."

●

카가미는 리스베스가 검은 정장 차림으로 잔을 들어 올린 것을 보았다.

"이 세계의 창조자 중 한 사람이 기억해주시니 영광이로군."

그렇게 말한 그녀의 뒤. 그곳에 다른 사람이 '뚫고' 나섰다.

시녀장이었다.

공간을 뚫고 모습을 드러낸 그녀는 요리를 서빙하기 위한 나이프를 들고 있었다.

그리고 시녀장은 우선 이쪽을 보고.

"실례합니다, 아가씨. 아무래도 현관에서 대처하는 것을 깜빡한 모양입니다."

"방금 코타로 군을 무시한 것 아닌가?"

그렇게 말하자 코타로가 돌아섰다. 그는 이쪽의 시선을

전부 둘러본 다음 고개를 저었다.

"아뇨, 상관없습니다. 이곳에서는 아가씨께서 주인이시니까요. 네, 신경 쓰지 않고 말고요."

"엄청 신경 쓰고 있네요……."

"메리, 그런 말투가 대미지를 가장 크게 입힐 텐데."

그런데 리스베스가 쓴웃음을 지었다.

"용건을 말하면 귀찮아지니까. 들여보내 줄 것 같지도 않고. 그래서 살금살금 정면 현관으로 들어와서, 몰래 중앙 엘리베이터를 타고, 숨을 죽이면서 이 복도의 한가운데를 지나왔지. 잠입 중 보급할 겸, 지금은 맥주를 섭취하고 있다. 스텔스는 귀찮군."

헌터가 눈을 흘기며 호리노우치를 보았다. 그걸 눈치챈 호리노우치가 허둥대며 손을 저었고.

"따, 딱히 제 관계자들이 다들 저런 건 아니거든요?"

"그렇고 말고, 헌터 군. 호리노우치 군의 관계자들은 다들 정상적이고 청순하고 성인이라네. 그렇지? 망코."

"당신은 입을 다물고 계세요……!"

그런데 웃음소리가 들렸다.

리스베스였다. 그녀는 자신의 목에 나이프를 들이대고 있는 상황인데도 아랑곳하지 않고 잔에 입을 댄 다음.

"웃을 수 있게 되었나, 미츠루."

"화가 난 게 안 보이시나요?"

"화를 낼 수 있다면 웃을 수도 있지. 하지만 '웃는다'면 화도 쑥 들어갈 거야."

그렇게 말하며 앞으로 나섰다.

하지만 시녀장은 목에 들이대고 있던 나이프를 거두지 않았다. 그대로 움직이지 말라는 뜻으로 손가락을 고정시키는 힘을 준 순간.

"날이 무디군."

리스베스가 아랑곳하지 않고 이쪽으로 왔다.

나이프가 있던 위치를 목이 뚫고 지나왔다.

"……일루전?"

헌터가 그렇게 말했지만, 아니다. 잘 보면 알 수 있다. 리스베스의 목에 약간 잘려나간 부분이 있었다.

피 같은 것이 흘러나오지는 않았지만, 맥박이 뛰는 것이 확실하게 보이는 이유는.

"공간절단이야. 자기 몸을 가르면서 창피해할 나이도 아니니까."

"건강한 것 같아서 다행이군."

그렇지, 그렇게 말한 리스베스가 내 옆에 서서.

"자."

도깨비불 형태의 사역체를 어깨 위로 내보낸 것과 동시에 갑자기 손 근처에 노멀 디바이스를 빼들었다.

●

메리는 곧바로 자리에서 일어났다.

"네놈……!"

소리친 곳. 리스베스가 카가미를 똑바로 바라보고 있었다.

그리고 리스베스는 빼든 직검에 손을 댄 채 조용히 이렇게 말했다.

"감이 좋군. 멸망을 수백 번 봐 왔다는 말은 거짓말이 아닌 모양이야."

"그거 영광이군."

그렇게 말한 카가미는 여전히 의자에 앉아 있었다. 하지만 그녀는 오른손을 머리 위로 살짝 들어 올리고 있었다. 그 손가락으로 공중에서 무언가를 집고 있는 것처럼 보이는데.

……설마——.

그렇게 생각하고 있자니 눈앞에서 유체광이 가로 일직선 모양으로 거품을 일으켰다. 그것은 창가로부터 리스베스가 있는 쪽으로, 중간에 카가미가 들어 올린 손 위를 가로지르는 선이었다.

유체광이 흩어진 뒤, 그곳에 나타난 물건이 있었다.

"노멀 디바이스……."

"내 '드라군(용기병)'은 쌍검이라서."

그녀가 무슨 짓을 했는지 뒤늦게나마 알게 되었다. 한 자루를 출현시킨 순간, 보이지도 않는 속도로 공간을 절단하고 그곳에 다른 한 자루를 숨겨두었던 것이다.

"꽤 얇게 했는데 간파당하다니, 나이가 들었나."

"아니, 단순히 내가 대단한 거라네."

이 여자는…… 옆에 있던 호리노우치가 그렇게 중얼거리면서 자리에서 일어났다.

……어?

그런 의문을 품으며 돌아본 시선 끝. 호리노우치가 긴 머리카락을 손으로 쓸어올렸다.

"우선 카가미는 '합격'인 거죠? 그런데 무슨 일로 오셨나요? 리스베스 아주머님. ──놀러 오신 게 아니라면 뭘 보여주실 거죠?"

"알겠나?"

"지금 같은 상황에서 '말해도 통하지 않을 용건'이라면 시간을 내라, 그런 거겠죠. 어디로 데리고 가실 생각이신가요?"

시녀들이 긴장했고, 리스베스가 입가를 치켜올렸다. 미소를 짓는다기보다는 만족스럽다는 웃음이었다.

"미츠루, 너는 정말 똑똑하구나. 그럼 가자."

"그러니까 어디로요?"

호리노우치가 묻는 것과 동시에 다시 돌아보았다. 그러자 유럽 U.A.H.의 대표는 뒤쪽, 북쪽을 엄지손가락으로 가리키며 말했다.

"근처다. ──보여줘야 할 게 있다. 이 학원 안에 말이지."

제11장

『그리고 진실이다』

진실이 안쪽에 있는 것이 아니라.
중심 방향에 있는 이유는.
지구가 둥글기 때문일까.

헌터는 따라가야 할지 망설였지만, 결국 가기로 했다.

……유럽 U.A.H.의 대표와 같이 다닌다는 말을 하면 무슨 말을 듣게 되려나.

확인해보니 제7함대 쪽에서도 제1위의 술식 전개 범위를 계산해 보았는지 요코스카에 기항하는 것이 아니라 치바 앞바다에 전개하게 되었다고 했다. 그로 인해 오전 3시쯤에나 도착한다는데.

……네 시부터 시작될 랭커전을 백업할 수 있으려나.

이번에는 제1위의 술식 범위가 어떻게 퍼지는가에 따라 지상 쪽 기지에서 이착륙할 때 제한이 걸리게 된다. 칸토 전역에 환경을 펼칠 수 있다면 요코스카와 요코타, 아츠기조차 통신이 가능할지 미심쩍다.

이럴 경우 감시 위성을 통해 정보 등을 즉석에서 중계하고 통합본부로 써먹을 수 있는 것은 바다 위에 있는 제7함대이다.

지금 함대 지휘소에서는 그런 연계를 구축, 확인하고 있을 것이다.

『유체에 꽃이 피어난다면 힘들겠지. 자, 감시 위성 세 개 정도의 궤도가 맞으니까 떨어뜨려서 직격시키면 되지 않을까? 가속시키면 못 피할 텐데에?』

『다시 말해 미군의 첫 미티어 스트라이크인가……! 좋은데! 이봐, 한 잔 더 마셔!』

못 본 걸로 하자.

아무튼, 리스베스를 따라 나와보니 당연히 바깥은 밤이었지만, 그 뒤로부터는 예상에서 벗어났다. 유럽 U.A.H.의 마기노 디바이스들은 여전히 학원을 포위하고 있는데.

"근처에서 벗어나는 건 아니군."

"정원······, 이네요."

앞에서 가던 호리노우치와 카가미도 걷는 속도로 보니 어디로 가고 있는지는 모르는 것 같았다.

하지만 우리들이 생활하는 근처이긴 했다.

북쪽으로 걸어가다가 가끔 밤에 물건을 사러 나온 학생들과 스쳐 지나가다 보니.

······저긴가?

왠지 알 것 같았다. 그곳은 학교의 중심. 정원 가운데에 있는 시설이다.

반경 50미터 정도로 탁 트인 곳. 그 한가운데에 있는 것은 종루와 비슷하게 생긴.

"지하사당인가."

●

"이런 곳에 데리고 와서 대체 어쩌실 생각이시죠?"

카가미는 호리노우치가 묻는 목소리를 들으며 주위를 둘

러보고 있었다.

그곳은 폭과 높이가 5미터 정도 되는 통로였고, 천장에는 살균가호가 되어 있고 푸르스름한 조명이 늘어서 있었다.

벽도 그렇고 다른 것들도 하얀색인데, 벽에 새겨져 있는 커다란 레이스 같은 문양은 이 장소에 있는 혼을 잠재우는 문장 같은 걸까. 그런데.

……지하사당의 입구는 분명 잠겨 있었던 것 같은데.

전학 온 뒤로 어느 정도는 돌아다녔다.

"각하는 얼굴만 보여줘도 통과이신가."

"원래 내가……, 아니, 우리가 만든 곳이다."

그렇군, 그렇게 말하며 고개를 끄덕이고 있자니 리스베스가 말했다.

"좀 전에 플뢰르의 사역체 이야기를 하고 있었지. 그 건에 대해 보여주고 싶은 것이 있다. '손님'으로서 말이지."

그때, 주위의 풍경이 바뀌었다. 벽에 일정한 거리로 배열된 청동문이 금빛을 띠기 시작한 것이다.

좌우의 벽면에 늘어서 있는 그것들 하나하나가 허리 높이로 배치되어 있었다. 높이는 1미터 정도, 폭은 30센티미터 정도 되려나.

장식이 되어 있는 그 외문 표면에는 조각과 이름이 새겨져 있었다.

"납골당인가? 그런데 이것들은 대체 어디 사는 누구지?"

얼마나 많이 있는 걸까. 통로는 걸어가도 끝이 없을 정도로 긴 느낌인데, 리스베스가 그것들을 돌아보지도 않고 말했다.

"죽을 때, 이 세계가 무사하기를 바란 사람들을 고르긴 했다. 정식으로 입학했다면 연차별로 이곳에 들어와 있겠지."

"네."

호리노우치가 조용히 말했다.

"……저번 헥센나하트 때 돌아가신 분들의 무덤이죠."

●

호리노우치는 옆에서 걸어가던 카가미가 돌아보았다는 것을 눈치챘다.

"……호리노우치 군. 자네의 어머님께서 여기 계신다면 첫인사이기도 하니 꽃다발을 준비했을 텐데."

"준장님! 필요하시다면 사 올까요?"

"그럴 필요는 없거든요──?"

"자네는 평소에 가지고 다녀도 상관없을 것 같은데."

칭찬하는 건지 놀리는 건지 잘 알 수 없는 말을 태연하게 한다.

……아마 후자겠죠~.

모퉁이 몇 개를 돌아간 뒤 커브를 그리는 지점에서 양쪽에 있던 문이 사라졌다. 그리고 발치에 노란색 페인트로 대각선이 연달아 그려져 있었고.

"리스베스 아주머님? 손님의 영역을 넘으신 것 아닌가요?"

"아주머님이라고 부르지 말 거라. 그리고 영역을 넘었는지는——."

그녀가 그렇게 말하며 눈앞을 손가락으로 가리켰다.

그러자 그곳에는 통로의 폭과 비슷한 크기의 철문이 있었다.

출입금지구역, 그렇게 적혀 있고 막혀 있는 곳 앞에서 리스베스가 오른손을 들어 올렸다.

그녀가 손가락으로 카드키 한 장을 들고 있었다.

"이것을 가지고 있는 자는 몇 명에 불과하지. 나는 지금부터 '손님'이 아니라 정식 참배자다."

리스베스가 그렇게 말한 뒤 카드를 문에 있던 틈에 꽂고 아래로 내렸다.

"자——."

문이 열리지 않았다.

잠시 후, 열리지 않는 문 앞에서 리스베스가 돌아섰다.

응? 그렇게 말하며 고개를 갸웃거린 그녀가 두 번, 세 번 반복했지만 역시 문은 열리지 않았다.

그 모습을 보고 있던 우리 네 사람 중, 나는 눈을 돌려 다른 사람들을 둘러보았다. 나머지 세 사람이 고개를 끄덕였기에.

"아주머님, 거기는 카드를 읽는 부분이 아니고 파츠 틈새예요."

그러니까, 그렇게 말하면서 카드를 세로로 잡고 센서에 대자 벨이 울렸다.

　『카드 이용, 감사합니다.』

　그렇게 들린 전자음성의 의미가 왠지 엇나간 것 같았다. 그리고 리스베스는 잠시 후.

　"알고 있었어. 알고 있었다고. ──그 표정은 뭐냐, 믿지 않는 게로구나, 미츠루……!"

　"그래, 망코. 오늘부터 자네는 순순한 망코가 되게나."

　"당신은 입 좀 다물고 있어요……!!"

　그런데 문이 천천히 열렸다. 냉기가 스며들었고, 그 너머로 펼쳐진 것은.

　"넓은 방……?"

　어둡고 조용한 방, 넓은 원형의 방이 그곳에 있었다.

●

　리스베스를 따라 홀이라고도 할 수 있는 방에 들어간 호리노우치는 그곳이 어둡다는 것을 깨달았다.

　직경 15미터 정도. 빛은 벽과 천장에 달린 푸르스름한 조명. 그리고 바닥의 가운데 부분, 약간 높은 곳에 있는 것도 마찬가지로 푸르스름한 조명뿐이었다. 그밖에는.

　"야광초다."

　헌터의 말을 듣고 잘 살펴보니 벽과 바닥을 뒤덮고 있는 것은 풀이었다.

그 안에서 자라난 꽃이 빛을 내며 희미하게 주위를 비추고 있었다.

바닥도 어둡다기보다는 까맣게 보였고, 벽과 천장도 조명의 각도에 따라 형태를 알아볼 수 있을 정도.

그리고 문득 앞에 있던 리스베스가 빠르게 걸어가기 시작했다는 것을 눈치챘다. 그녀는 홀 중앙을 향해 걸어가서.

"역시, 이렇게까지 쇠약해졌나……."

뭐가요? 그렇게 생각하며 발목 정도 높이의 풀밭을 나아가보니 홀 중앙의 조명 가장자리에 사역체 한 마리가 있었다.

"……화룡!"

하얀 백합 같은 꽃잎을 겹쳐놓은 것 같은 흰 용이었다. 액센트로 붉은색이 꽃잎 가장자리를 두르고 있었다.

……희귀하네요.

예전에 학장님이 사용했던 기억이 있다. 그렇다면.

"이것이 플뢰르의 사역체일지도──."

"아니, 저녁의 현장에서는 너무 멀잖아. 원격 원호 처리도 안 되어 있는 것 같고."

그때 나는 우리가 있다는 것을 눈치채고도 홀 중앙에서 움직이지 않고 빙글빙글 돌기 시작한 화룡에게 다가갔다. 그러자 뒤쪽에서 카가미의 목소리가 들렸다.

"잠깐, 호리노우치 군. 발밑을 보게나."

그 말을 듣고 본 아래쪽. 한 발짝 앞에 장미 덩굴로 만든 낮은 울타리가 있었다. 높이는 30센티미터도 되지 않았고, 두께도 그렇게 두껍지 않았다. 그런데 그 울타리 안에 쏙 들어가 있는 것 같은 물건이 있었다.

유리로 둘러싸인 관이다. 그리고.

"＿＿＿."

내려다본 시선 끝, 그곳에는 내가 잘 알고 있는 사람이 눈을 감고 조용히 누워 있었다.

"학장님……?"

●

"이게……."

호리노우치가 내려다본 시선 끝, 유리상자 안에는 장비가 가득 차 있었다.

그리고 학장의 머리 위쪽에는 금속판이 달려 있었다.

날짜는 10년 전 10월 말일.

……헥센나하트의 날.

이게 대체 어떻게 된 걸까 생각했다. 하지만.

"……거짓말. 주무시고 계신 거죠? 그야……."

그렇게 말하고 다시 유리 안을 본 뒤 나는 눈치챘다.

장미로 덮여 있는 곳. 그녀의 몸을 가리고 있는 시트의 모양은 온전한 팔다리의 모양이 아니었던 것이다.

카가미는 호리노우치에게서 반 발짝 물러나 있던 리스베스 옆에 나란히 섰다.

　　"이게 어떻게 된 건가? 리스베스 군."

　　"모르겠나?"

　　"짐작은 되지만 실제로 알고 있는 사람에게 듣고 싶어서 말이지."

　　그런가, 리스베스가 그렇게 말하며 어깨를 늘어뜨렸다.

　　"나의 벗, 시호인 스리지에는 그날 밤에 죽었다. ──나를 감싸려고, 검은 마녀의 부하들과 동귀어진해서."

　　화룡이라 불린 사역체가 왠지 모르겠지만 이쪽을 올려다보며 어슬렁거리고 있었다. 그 모습을 보고 리스베스가 눈을 가늘게 뜬 채 계속 말을 이어나갔다.

　　"싸움에서 이길 것이다, 그렇게 믿고 있던 그녀는 미츠루, 네 모친이 무사할 것이라고 믿고 있었고, ……그렇기 때문에 죽는 순간에 약속했다. 이렇게 싸움으로 인해 황폐해진 세계가 꽃으로 가득 차게 만들고 싶다고. 우리는 훈련생 시절에 항상 화단을 돌보던 단골손님이었으니까."

　　"뜻밖이네요……."

　　"호리노우치 군, 태클이 심한 것 아닌가?"

　　"어, 어머님 말인데요?!"

　　건너편에서 헌터가 오른팔을 살짝 돌리며 '빨리'라는 지시

를 내렸다. 그래서 나도 OK 사인을 보내고.

"그런데 그 이후로 어떻게 되었지?"

"호리노우치……, 미츠요처럼 아이와 이야기를 나누었다면 뭔가 달라졌을지도 모르지. 그녀의 유해를 보존상태로 만든 우리가 전후에 본 것은 시호인의 집에 있던 그녀였어."

죽은 줄 알았던 사람이 집에 돌아와 있다. 그렇다면.

"영인가?"

"아니, '잔류사념'이라는 형태다. 다시 말해 그녀의 의지를 복사한 테이프……."

그 말을 듣고 나는 오른손을 펴서 들었다.

다른 사람들을 둘러보니 호리노우치와 헌터도 고개를 갸웃거렸고.

"테이프?"

"그럼 MD……."

일단 알고 있긴 했기에 오른손을 들었다. 하지만 다른 세 사람이 여전히 고개를 갸웃거리고 있었다.

그러자 리스베스는 헛기침을 한 번 하고.

"……메모리 카드?"

"그럼 그걸로."

응, 모두가 그렇게 말하며 고개를 끄덕인 순간. 등을 돌린 리스베스가 공중에 노멀 디바이스로 세차게 일격을 날렸다.

"젠장……!"

와, 그렇게 말하며 물러서는 헌터와 다른 사람들을 내가 양쪽 손바닥을 보여주면서 말렸고.

"어느 시대든 세대차이는 힘든 법이지. 언젠가 우리도 나이를 먹겠지만 저렇게 되지 않게끔 조심하자고."

"카가미, 그 말은 전혀 도움이 안 되는 말인데요?"

돌아보자 리스베스가 눈을 흘기며 숨을 내쉬었다. 잠시 후 그녀가 다시 입을 열었다.

"그녀의 술식은 근본적인 부분에서 '성장'이라는 개념을 지닌다. 다시 말해 '생명'이지. 그래서 그녀는 죽을 때 자신의 목숨의 형태를 남아 있는 생명력에 복사한 다음 숨을 거두었다."

"무슨 소리야?"

"자신의 잔류사념이 이 세계에 남아 있을 수 있게끔 자신의 유해를 깃들 수 있는 매개체로 쓴 거죠."

다시 말해, 호리노우치가 그렇게 말했다. 그녀는 위쪽을 올려다보고.

"……저희가 지금까지 만났던 학장님은 진짜가 아니라 잔류사념인 거죠?"

"그래. 시호인의 마지막 술식. 그녀 정도의 힘을 지니고 있었기에 실체에 가까운 밀도를 지니고 계속 존재해왔지. 이곳은 그 매개체의 보관소야. 하지만 의지나 기억이 흐려지지 않았고 **진짜**라고 판단할 수 있었기에 우리는 그것을 인정하고 '그녀'의 백업을 맡아왔는데——."

리스베스가 본 것은 벽의 야광초가 천천히 빛을 잃어가고 있는 현재 상황이었다.

"예전에는 이곳을 밝게 비추고 있던 그녀의 목숨이 지금은 이렇게 약해졌다."

그러니까, 그녀가 그렇게 말했다. 나와 호리노우치를 번갈아 보며 말했다.

"부탁할 게 하나 있다."

"듣지."

훗, 리스베스가 웃는 표정을 짓지 않으면서 웃음소리를 냈다. 그리고 그녀는 가르쳐주었다.

"그녀의 딸, 플뢰르를 쓰러뜨리고 두 사람을 해방시켜다오."

●

호리노우치는 리스베스가 한 말을 듣고 그녀가 이곳으로 데리고 온 각오를 깨달았다.

……플뢰르가 사역체를 보여주지 않는다는 이야기를 하고 있었는데요…….

발치에는 이쪽을 올려다보면서 언제라도 거리를 벌리려고 긴장하고 있는 화룡이 있었다. 그런데.

"설마, 플뢰르의 사역체는 여기 있는 화룡이 아니라……."

"그 화룡은 스리지에의 사역체다. 플뢰르의 사역체

는──.”

굳이 끝까지 듣지 않아도 알 수 있었다.

“학장님께서, 플뢰르의 사역체가 되신 거죠……?”

●

“잠깐.”

카가미는 곧바로 그렇게 말했다.

나는 오른손을 앞으로 내밀고 리스베스를 보며 물었다.

“그 사실을 플뢰르 군도 알고 있는 건가?”

“당연하지. 스리지에는 다음 헥센나하트 때 플뢰르가 살아남을 수 있게끔 가장 큰 힘인 자기 자신을 그녀에게 주었다. 그리고 두 사람은 술식을 개량하여 싸웠고, 지금에 이르렀지. 그렇기 때문에 플뢰르는 이렇게 생각하고 있다. 싸우고, 계속 싸워서 ‘착한 아이’가 되기만 하면 어머니인 스리지에가 사라지지는 않을 것이라고.”

하지만, 리스베스가 그렇게 말하며 손을 휘두르며 주위를 가리켰다.

“이대로 가다간 스리지에의 혼은 다 닳아서 사라지게 된다. 헥센나하트에 출장하면 버티지 못하고 사라지겠지. ──지금도 아슬아슬하다.”

“랭커전에서 플뢰르를 쓰러뜨리면 학장님께서 플뢰르를 지키고, 그렇게 해야 할 의미도 사라진다는 건가요……?”

그래, 리스베스가 그렇게 말하며 고개를 끄덕였다.

"나는 그러기 위해 왔다. 예전에 지금 같은 상황을 인정하고 붙잡아둬 버린 친구의 혼을 해방시키려고. 예전에는 살려둬 놓고 이제 와서 죽으라고 하는 거니 지독하지. ……하지만 그런 말을 순순히 따를 만한 녀석이 아니었어. 지금도 그렇고, 예전에도."

●

그런 건가, 카가미가 그렇게 중얼거리는 것을 호리노우치는 들었다.

보아하니 카가미는 집게손가락을 펴고 공중을 두드리는 듯이 리스베스를 가리켰다.

"하긴, 학장 각하께서도 이렇게 말씀하셨지. '제가 학장 자리에서 내려갈 때까지는 당신을 공인으로 맞이할 생각은 없습니다'라고. ——학장 각하께서도 사태를 이해하고 계신 거로군."

다시 말해.

"만약 자신이 사라지게 된다면 당신에게 그 자리를 양보하겠다고."

그 말을 듣고 보니 몇 가지 짐작가는 것이 있었다.

……그랬군요.

저녁 전투 때 그런 이야기가 오갔던 것이다.

먼저 전투에 나섰던 리스베스가 망설이고, 학장이 일부러 그것을 받아들이려는 이야기가.

그렇다면.

"학장님께서는 ……딸인 플뢰르를 지키고 헥센나하트에서 승리하는 것을 원하시는 건가요? 아니면 져서 플뢰르가 이 싸움의 흐름에서 해방되는 것을 원하시는 건가요?"

"플뢰르도 사실 이해하고 있을 거다. 단──."

네, 나는 그렇게 말하며 고개를 끄덕였다.

나는 어머니를 잃었지만, 어머니께서는 잔류사념을 남기시지 않으셨다.

……글쎄요.

당시, 만약 플뢰르와 학장님의 관계를 알고 있었다면 나는 부러워했을 것이다.

하지만 지금은 그렇게 생각하지 않는다.

어머니를 잃은 원한 때문에 달을 올려다볼 수 없게 된 적도 있었지만, 지금은 아니다.

플뢰르는 어머니의 잔류사념과 함께 달을 올려다볼 수 있는 걸까. 아니, 그럴 수 있든 없든 그것이 잘못된 것이라 생각하는 것은 다른 사람이 행복하다고 생각하는 것을 깔보며 부정하는 행동일까.

"호리노우치 군."

카가미가 말했다.

"플뢰르 군도 눈치채고 있어. ──예전에 자네가 그랬던 것처럼. 하지만 그것을 인정하지 않고 언젠가 끊어질 다리 위를 앞만 보며 걸어가고 있을 뿐이야."

"그 다리에서 밀쳐내려고 하는 것이야말로 거만한 생각 아닌가요?"

"그렇다면 그럴 때 자네는 어떻게 할 건가?"

그 물음에 나는 뭔가 대답하려 했다. 하지만.

"_____."

말이 나오지 않았다.

뭔가 그럴싸한 말을 할 수 있을 것이다. 스스로 그런 기대를 하고 있었는데.

……모르겠어요.

"그래도 돼."

카가미가 그렇게 말한 다음 이쪽을 똑바로 바라보며 말했다.

"왜냐하면 자네는 맞닥뜨린 적이 없으니까. 과거의 자신과 같은 처지에 처한 사람이 생겨난 상황을."

그리고.

"그때 자네는 그녀를 과거의 자신처럼 만들 것인지, 지금의 자신처럼 만들 것인지, 어떻게 하면 좋을지 생각하게나."

"그, 그 엄청 깔보는 듯한 태도는 대체 뭐죠?"

하지만 카가미가 하고 싶은 말도 이해가 된다.

제1위에게 이길 수 있을지는 모르겠지만, 주위에 있는 야광초의 빛은 거짓말을 하지 않는다.

학장님의 혼은 이제 한계인 것이다. 그렇다면 혼을 다루는 신도의 대표로서.

"잠재우는 것이 본업이죠……."

그래, 헌터가 그렇게 말하며 손을 머리 뒤로 올려 깍지를 꼈다.

"학장님의 혼을 연료로 삼아 움직이고 있는 사본하고 그것이 거짓된 존재라는 것을 알면서도 의존하고 있는 녀석, ……하지만 사본 쪽은 이래도 되는 건가라는 생각을 하면서 자신을 따르는 아이를 위해 혼이 닳아간다니, 답답하지."

"그렇다면 호리노우치 군, ──막자. 사라지면 아무것도 남지 않아."

"……제때 맞출 수 있을까요."

메리가 눈을 가늘게 뜨고 야광초의 빛을 내려다보고 있는 이유는 그 광량을 통해 주인의 유체량을 역산하고 있기 때문일 것이다. 표정은 그리 밝아 보이지 않는다. 하지만.

"모르겠군. 제때 맞출 수 있는지 여부는 전부 현장의 흐름에 달려 있으니까."

카가미가 딱 잘라 말했다.

"하지만 이대로 가다가는 우리가 그녀의 두 번째 죽음, 그리고 두 번째에는 아무것도 남지 않는다는 사실을 보게 되겠지."

그러니까.

"막는다. 우리의 야망에 필요하기도 하고, 그 뒤로는 두 사람이 하기 나름일 테니까."

●

정원은 달빛을 머금고 있었다.

어머, 학장, 스리지에는 그렇게 생각했다. 밤에 뜬 달은 헥센나하트의 날이 떠올라서 껄끄럽긴 하지만 플뢰르와 함께 있으면 그쪽이 더 신경 쓰이네요.

플뢰르는 달을 두려워하지 않는다.

내가 계속 있기 때문인지, 그녀의 성격 때문인지는 모르겠다.

그저 달빛을 머금고 모든 것을 흰색으로, 검푸른색으로 보이게 만들고 있는 화단은.

"……예쁘지요? 플뢰르."

"마마, 밤에 밖으로 안 나오니까, 그러니까 모르는 거야."

흐드러지게 피어난 꽃무리 앞에서 플뢰르가 두 팔을 흔들고 벌렸다.

"오늘은 쓰레기도 많이 주워서 깔끔하게 만들었어! 봐, 응? 마마, 봐! 확실하게 돌봐서 올해는 이렇게 많이 피었어!"

두 팔을 흔드는 모습과 함께 둘러본 이곳이 이렇게 넓었던가.

항상 위에서 보았기에 잊고 있었다.

……그렇지.

지금 이때, 뒤늦게나마 알게 되어서 다행이다. 내 아이가 예전에는 집의 화분도 제대로 돌보지 못했는데, 지금은 이런 것들을 만들 수 있게 되었다는 것을.

자연스럽게 미소가 새어 나왔다.

"예쁘지요? 플뢰르. 계속 피어 있으면 좋겠는데."

"괜찮아! 마마가 말한 대로 할 테니까 꽃은 시들지 않을 거야! 어디에나 퍼져나갈 거야! 그리고, ……그렇지! 내가 검은 마녀를 쓰러뜨리면 마마는 아무것도 겁내지 않겠지!"

"겁낸다고요……?"

"그래!"

플뢰르가 이쪽으로 다가와서 올려다보았다.

내 두 손을 잡고 위아래로 흔들면서 웃으며 말했다.

"내가 혼자 남는 걸 걱정하는 것도 그렇고!"

"그건──."

안타깝다. 내가 이 세계를 떠나지 못하게 된 걱정거리.

……미츠요가 있었다면 이런 부분에 대해 혼났겠네요…….

마음속으로 쓴웃음을 지을 수밖에 없다. 실제로 리스베스도 그런 걱정 때문에 온 것이다.

걱정을 끼치지 않게끔, 그럴 생각으로 얻어낸 지금 같은 처지가 오히려 지금의 친구나 기억 속에 있는 친구의 걱정을 확정시켜버리고 있다.

학장 실격이네요, 그렇게 생각하고 있자니 눈앞에서 플뢰르가 고개를 갸웃거렸다.

"마마, 무슨 걱정거리 있어?"

"그래요. ……플뢰르가 착하게 지내줄지 걱정이에요."

"그거라면 괜찮아."

왜냐하면.

"내가 검은 마녀를 쓰러뜨릴 거니까, 그렇게 하면 함께 지낼 수 있어. 이제 내가 혼자 남게 되지는 않을 거야! 마마! 그러니까 내가 착한 아이가 아니면 혼내서 고쳐줘. 언제라도, 앞으로도, 계속, 그렇게 해주면 나는 착하게 지낼 수 있어……!"

그러니까, 딸이 그렇게 말하고 어떤 방향을 보았다.

하늘이다.

그곳에 있는 달빛을 눈에 담고 랭크 제1위인 내 딸이 소리쳤다.

"내일 아침, 또 도전자가 오겠지만 분명 이번이 마지막일 거야. 마마, 같이 이겨서 검은 마녀를 쓰러뜨리러 가자……!"

●

헌터는 사당에서 나오니 매우 지쳤다는 것을 깨달았다.

……보이지 않더라도 영이나 잔류사념 같은 게 있으니까…….

그런 걸 눈치챘는지 호리노우치가 한 번씩 사람들의 어깨를 두드렸다. 맞는 감촉보다 좋은 소리가 나는 걸 보니 대단한 것 같긴 한데.

……오.

"생각했던 것보다 가벼워지는데, 호리노우치 군, 다음번에 어깨가 뭉치면 부탁할까."

"이건 기분적인 부분도 크거든요."

그렇게 이야기하고 있자니 리스베스가 한 손을 들었다.

이쪽에서도 모두 함께 한 손을 들자 상대방은 쓴웃음을 지었고.

"이 정도면 되겠지. 내일 아침, 승부할 때는 봐주지 마라?"

"바깥에서 감시할 거라면 조심하게나. 상대방은 무차별적으로 나올 테니."

그렇겠지, 리스베스가 그렇게 말하며 등을 돌렸다. 그리고 혼자서 정문 쪽으로 이어지는 길을 걸어가며.

"얼른 자라, 아이들아."

말은 잘하네, 그렇게 중얼거렸을 때는 이미 그녀의 모습이 보이지 않았다. 하늘 멀리, 마기노 디바이스 몇 자루가 멀어지는 듯이 위치가 바뀐 것은.

"……저거 뭐죠?"

"아, 아츠기 쪽에서 정보가 왔는데, 유럽 쪽에서 추가로 마녀가 3백 명이 와서 안내를 하러 가는 거겠지."

"리스베스 군은 정말 이곳을 수호하러 온 거라는 뜻인가."

그렇지, 나는 그렇게 말하며 고개를 끄덕였다.

정원, 보통과 기숙사 쪽을 손가락으로 가리키고 걸어가기 시작하자 다른 사람들이 따라왔다.

얼마 전, 메리와 전투를 앞두고 있었을 때는 늦더위가 남아 있었다.

하지만 지금은 쌀쌀한 느낌이 들게 되었다.

계절이 바뀌었고, 다음 달로 넘어갈 즈음에는 헥센나하트다.

시간 참 빠르네, 나는 그렇게 생각하며 말했다.

"분명 유럽의 정치가들은 진심으로 이곳을 장악해버리고 싶을 거야. 실제로 그런 이야기를 미끼 삼아 유럽 U.A.H.가 EU나 NATO를 끌어들여서 저 마기노 디바이스를 양산시켰겠지. 하지만 유럽 U.A.H.의 본심은 헥센나하트를 불가침으로 만들고 싶은 거야."

"하지만 정치가들을 끌어들이면 정말 그렇게 움직일 수도 있을 텐데."

"그래, 그러니까 마녀들이 스스로 시호인 학원을 탈취하려는 듯한 행동을 보여줄 필요가 있었어. 그게 저 천 자루의 마기노 디바이스일 테고."

대규모 블러핑이다. 그리고.

"그럴 만한 가치가 여기에 있다는 거지."

그렇게 말하며 작은 광장으로 나왔다. 자판기 광장이라 불리는 곳이다. 메리가 한 발 앞으로 나서서.

"뭘로 하시겠어요?"

"과즙 계열로요. ──카가미는 탄산을 마실 건가요?"

"차가 땡기는군."

"그럼 나는 탄산."

메리도 마찬가지였다.

그리고 네 명이서 제각각 다른 의자에 앉았다.

그런 다음 마찬가지로 제각각 뚜껑을 따고 기울여서 마셨고, 카가미부터.

"내버려 두어야 하는 건지도 모른다, 그런 생각이 드는 건 내가 어설프기 때문이겠지."

"그게 무슨 뜻이죠?"

"그 학장 각하가 가짜라 하더라도 플뢰르라는 존재에게는 진짜다. 어떤 의미로는 원래 학장 각하를 모르는 내게도 진짜인 거지. 그러니――."

그녀가 그렇게 하늘을 올려다보며 한 말을 끊는 사람이 있었다.

역시 호리노우치였다.

"카가미는 너무 자상한 거예요."

그렇긴 하지, 나도 그런 생각이 들 정도로는 이해하고 있었다.

호리노우치가 가로등과 자판기의 조명 앞에서 살짝 웃었다. 그녀는 카가미를 보면서.

"그리고 당신, 이길 수 있을 거라 생각하시나요?"

"자네가 있으니 질 리가 없지."

"또……."

295

둘러대긴 했지만, 카운터다. 하지만 볼을 붉히던 호리노우치가 들썩이려던 어깨를 호흡 한번에 가라앉혔다.

그녀는 머리카락을 살며시 나부끼며 카가미에게 말했다.

"카가미, 혹시 내일 뭔가 망설여진다면 제게 맡기세요. 학장 선생님께서는 저와 인연이 깊으신 분이시니까요. ……정체를 몰랐던 주제에 이런 말을 하는 건 좀 그렇지만요."

●

정원에서 숨을 돌린 뒤 가벼운 작전회의와 확인을 하면서 돌아온 네 사람 중 카가미와 호리노우치는 눈을 붙이기로 했고, 헌터는 아츠기로, 메리는 일단 경비를 맡아 보통과 기숙사 옥상에 자리 잡았다.

그리하여 다음 날. 오전 4시. 정문 앞에 집합한 호리노우치와 카가미, 그리고 플뢰르와 학장은 학장의 신호에 맞춰 북쪽 하늘로 날아올랐다.

그녀들을 배웅하게 된 리스베스는 정문에서 보통과 기숙사 위에 있던 메리를 올려다보고 손을 흔들며 이렇게 중얼거렸다.

"우리 부대는 내 독자 판단으로 미국과 손을 잡는 게 낫겠군. 다른 나라가 움직이는 것을 막는 것이 헥센나하트를 위해서도 도움이 되겠어."

그렇다.

"──이것은 10년 전을 되찾는 과정이다. 그 누구도 손을 대게 할 수는 없지."

제12장

『세계에 꽃이 피어난다』

피어나면 돌이킬 수 없는 밤무대.
올려다볼까, 흩날릴까, 새빨갛게 달궈진 손가락 끝.

전장은 호리노우치에게 뜻밖이라고 할 수 있는 전개를 보였다.

　　지금, 우리들이 날아가고 있는 곳은 카스미가우라 상공, 고도 약 5천 미터 위치였다.

　　저번 헥센나하트의 영향으로 인해 카스미가우라는 큰 호수와 늪지대로 변해서 가을로 넘어가는 이 시기에는 해뜰 무렵이 가까워지면 대기와 물의 습도차로 인해 안개가 낀다.

　　하늘에는 구름이 생겨났고, 그 위를 날아가는 우리들은.

　　"큭……."

　　앞에서 나아가고 있는 플뢰르가 의외로 공중전을 잘 해냈다.

　　먼저 나아가며 꽃을 흩날리고, 우리 쪽 사격은.

　　"어머."

　　드레스 차림으로 그녀와 나란히 날아가는 학장이 그렇게 말하며 피하게 만드는 것이다.

　　……그 2인 3각 상태는 대체 뭔가요!

　　공격수와 회피수가 나뉘어 있는 것이다. 양쪽 다 자신이 할 일에만 전념하면 되니 이쪽보다 효율이 좋다.

　　그렇기 때문에 그런 것들을 무시하고 마기노 디바이스를 소환할까 하는 생각도 했지만.

　　"호리노우치 군! 파괴충동은 보류하게나! 지금은 아직

일러!"

"그, 그런 식으로 말리나요!"

하지만 카가미가 한 말도 이해가 된다. 아래쪽, 카스미가우라의 호수, 늪지대가 펼쳐져 있는데 그 동쪽, 연안부에는 사람들이 살고 있는 듯한 조명이 보였다.

숫자는 적었고 가장 눈에 띄는 것은 연안에 걸쳐 있는 길의 가로등일 것이다.

그런데 그 길에는 마치 정거장처럼 붐비고 있는 곳이 있었다.

"학장과 플뢰르가 마기노 디바이스를 전개하지 않는 것은 저것들이 휘말리게 되기 때문이죠."

"호리노우치 군, 학장 각하와 플뢰르가 가려는 곳이 짐작되나?"

그렇게 형편 좋게 돌아갈 리가, 그런 생각이 들었지만 사실 있다.

코타로가 우리 쪽 정보를 통해 몇 군데 알려준 것이다.

"학장님께서 북 칸토 파괴지역의 부흥작업을 하고 계세요. 이바라키에서 북쪽으로 사방 50킬로미터 정도의 지형이 바뀌었고, 2학년 때는 여름에 그곳에서 훈련 수업을 했었죠."

"수업 성과는 어땠나?"

"끝에서 끝까지 닿게 쏜 것 서른 발 중 스물아홉 발은 명중했어요."

『……빗나간 한 발은 어디로 날아간 건데…….』

헌터의 태클이 들리는 걸 보니 그쪽에서도 준비가 된 것 같다.

"와 있나요?"

『방금 호조 앞바다에서 합류한 참이야. 검역 중인데 왜? 북쪽으로 이동하고 있어?』

네, 그렇게 말하며 고개를 끄덕이는 동안 빛의 구름 같은 것이 왔다.

꽃의 폭쇄술식이다. 지금은 굳이 말하자면 주로 전장을 향해 이동하는 시간이겠지만.

……지금 승부를 낼 수 있다면 딱히 불만은 없죠……!

나는 그렇게 생각하며 헌터에게 대답했다. 지금은 이동 중이 아니라.

"전투 중이에요!"

●

아직 밤이라고 할 수 있는 시간대의 하늘.

계속 북쪽으로 올라가고 있던 노멀 프레임 차림인 세 사람과 드레스 차림인 한 사람이 공방을 펼쳤다.

쫓아가는 쪽인 성기사와 무녀는 우선 성기사가 장검으로 돌격했고, 무녀가 뒤에서 사격으로 원호하러 나섰다.

하지만 쏜 화살은 단순한 공격용이 아니었다.

고속으로 튕겨져 나간 듯이 직사각형 궤도를 그리며 앞서 나가서 꽃의 마녀를 쫓아갔고, 추미와 직선궤도를 지닌 포탄이 콤비네이션을 이루며 날아갔다.

하지만 쫓기고 있던 꽃의 마녀와 드레스 차림인 사역체는 잠자코 있지 않았다.

공중에서 괭이형 디바이스를 휘둘러서 자신을 회전시키며 공중에 일제히 꽃을 흩뿌린 것이다.

그것은 본인조차 파악하지 못하는 궤도를 그리며 수없이 추격자에게 부딪혔다.

하지만 두 사람은 아랑곳하지 않았다.

날아간 화살 중 몇 개가 공중에 전개되어 세 개의 화살 장벽으로 변한 것이다. 그것은 속도를 늦추면서 날아온 꽃의 기류에 격돌하여 폭쇄를 튕겨내고 흩뿌렸다.

그리고 그것들 사이로 날아간 화살 중 몇 개가 공중에서 스스로 폭파되었다.

유체의 빛이 파열되었다. 꽃무리가 휩쓸려서 유폭됐다.

"제 화살에도 폭쇄술식을 걸 수 있다고요!"

●

카가미는 고속으로 연사하여 길을 뚫어나가는 호리노우치를 보고 감탄했다.

보통 저렇게 포격을 연달아 날리면 이동력이 크게 떨어지

303

는 법이다.

하지만 헌터전 때도 그렇고, 메리전의 초반, 노멀 디바이스로 전투를 벌였을 때도 그녀는 포격을 날리며 전투의 흐름을 따라잡았다.

……포격하면서 고속이동이 가능한 것은 사역체가 주작이기 때문인가……!

역재 주룡담의 축적된 기술도 크게 작용했을 것이다.

그렇기 때문에 이쪽에서는 호리노우치의 부담을 줄이는 것을 염두에 두었다.

앞서가는 플뢰르를 노리면서 포격은 날아드는 꽃의 숫자를 최대한 줄일 수 있게끔, 가운데를 뚫을 수 있게끔 조정했다. 그리고 앞으로 나서서.

"간다……!"

크게 외치면 상대방은 이쪽을 노릴 수밖에 없다.

꽃의 폭풍은 미세한 제어가 불가능하겠지만, 애매한 방향성은 부여할 수 있을 것이다. 그것이 이쪽으로 온다면 요격하기도 쉽고.

"……!"

위쪽이나 아래쪽, 왼쪽이나 오른쪽 등 옅게 분포된 쪽으로 몸을 날릴 수도 있다.

연기 덩어리처럼 꽃무리 몇 개가 날아왔다. 우리는 그것을 뚫고, 유폭시키고, 빈틈으로 피하며 앞으로 나섰다. 그리고.

"호리노우치 군!"

이름을 부르자마자 어깨 너머로 날아간 화살이 눈앞에 있던 꽃무리를 유폭시켰다.

폭발음이 몸에 울렸고, 팔다리로 퍼져나갔다.

상대방이 바람과 유체를 타고 폭쇄를 날린다면, 나는 고동과 혈류를 타고 앞으로 나선다.

간다.

호리노우치의 포격이 뚫은 길에서 앞으로 가속하며 적을 보았다.

있다.

플뢰르와 학장이다.

꽃의 마녀가 눈치채고 이쪽으로 괭이를 휘두르려 했다.

느리다.

그쪽이 공방일체의 2인 1조라면, 이쪽은 각자 장점과 단점을 살려주는 두 사람이다. 공격 횟수는 잘 들어맞기만 하면 두 배다.

지금 그쪽에서 요격하려 해도.

"개입한다!"

나는 먼저 포격을 날렸다.

괭이를 휘두르기 전. 공격을 날리기 직전이었던 플뢰르에게 디카이오쉬네를 쏘았다.

●

학장, 스리지에는 오랜만의 실전을 즐길 수 있는 여유가 있다는 것을 깨닫고 있었다.

……움직일 수 있다는 건 좋네요.

학장실에서 바쁘게 집무를 보는 것도 나름대로 즐겁다.

무엇이든 즐겁다. 아쉬움을 남긴 채 죽어서 아무것도 못 하게 되는 것보다는 훨씬 즐겁다.

그리고 지금, 나는 딸의 어깨를 껴안고 물러나게 했다.

카가미가 꽤 강하다.

역시 여러 세계를 거쳐왔다고 할만도 하다. 전투경험만 따지면 우리보다 많을 것이다. 그리고 호리노우치와의 콤비네이션이 절묘하다.

호리노우치 혼자였다면 처음부터 끝까지 밀고 당기기를 했겠지만, 카가미가 타이밍과 기동성을 덧붙였다.

다시 말해 공격 횟수로 인해 승부가 나곤 하는 포격전에서 움직임을 읽고 대처하는 격투전으로 바꾼 것이다.

그쪽에서 노린 것은 딸의 동작이었다.

지금 우리는 둘이서 공격과 방어를 나눠서 맡고 있다. 딸이 공격에 전념하고, 나는 그것을 보조하며 회피하거나 방어한다.

각자의 역할이 명확하기에 양쪽 모두 온 힘을 다할 수 있고, 빨라진다.

하지만 한 명의 공격은 역시 1인분에 불과하다.

두 사람이 연동하는 것과는 다르다.

지금까지도 버디 요소가 있는 랭커와 전투를 벌인 적이 있긴 하다. 그때도 마찬가지로 상대방은 2인 1조로 연계를 했었다.

　하지만 그것들은 전부 착각한 연계였다. 2인 1조이면서도 한쪽이 다른 한쪽의 위치를 잡아주는 보조 정도로 끝나서 결국 공격은 1인분에 불과하거나, 단순히 둘이서 동시에 연사하거나 포격을 날리며 '2인분' 행세를 하는 정도였다.

　카가미와 호리노우치의 연동은 달랐다.

　처음에는 단발로 날리던 공격이 점점 끊임없게 이어지는 식으로 변하고 있다.

　호리노우치가 속사를 지속적으로 날릴 수 있기도 하지만, 카가미가 그 틈을 메꾸며 공격시간을 항상 연속시키고 있었기 때문이다.

　그렇기 때문에 이쪽에서는 움직임으로써 그녀들의 공격이 닿는 타이밍을 바꾸어 나갔다. 그렇게 하면 끊임없는 연사도 조준이 틀어진 산발적인 사격이 되기 때문이다.

　하지만 그 움직임에 카가미가 맞추기 시작했다.

　이쪽이 공격하기 위해 상대방의 착탄 타이밍을 어긋나게 만들자 그녀가 포격하거나 호리노우치에게 사격하게 만들면서 끼어든 것이다.

　한 번 공격을 멈추게 되면 골치 아파진다. 한 번 더 자세를 취할 필요가 있기 때문에 들어 올리고 휘두르는 움직임까지가 쓸모없는 시간을 잡아먹기 때문이다.

그동안에도 적은 거리를 좁히며 다시 공격을 날린다.

지금도 마찬가지다. 이쪽의 공격을 낚아채고 빈틈을 찾아 길을 뚫은 뒤 자신의 공격을 가한 다음 호리노우치에게 사격할 라인을 만들어줌으로써 연사하게 만든다.

뒤에서 사격이 날아드는데도 불구하고 태연하게 자신의 궤도를 바꿀 수 있는 걸 보니 정말 대단하다고 할 수밖에 없다. 호리노우치 쪽에서도 어디를 쏘면 되는 건지 알고 있기 때문일 것이다.

……저 아이들에게 버디 제도를 인정해줬는데, 정답이었던 모양이네요.

거리가 좁아든다. 플뢰르가 어쩔 수 없지 급하게 재를 공중에 뿌려서 하늘에 꽃을 점처럼 찍어나갔다.

그런데 갑자기 그녀가 말했다.

"괜찮아, 마마. 마마가 말한 곳까지 가면 되는 거지?"

"──네, 그곳에서는 무슨 짓을 해도 괜찮아요."

"기대되네……!"

그 목소리에는 초조함 같은 것이 없고 그저 기대만 있다는 것을 느끼자 나는 기쁜 마음이 들었다.

우리 아이도 싸우는 것에 대해 쓸데없는 두려움을 지니고 있지 않다.

지금 불리하다는 것을 눈치채고 있지만 앞을 보고 있는 것이다. 그러니까.

"──."

슬슬 한 번 덤벼야겠죠, 나는 그렇게 생각했다.

●

그것은 간단했다.

스리지에는 계속 카가미와 호리노우치의 움직임을 보고 있었던 것이다.

두 사람이 카가미를 기점으로 플뢰르의 공격 타이밍을 박살내려고 하고 있다는 것은 알았다.

그래서 나는 손을 쓴 것이다.

"플뢰르."

부르면 통한다. 딱히 버디 제도는 카가미와 호리노우치만의 전유물이 아니다. 그렇기 때문에 플뢰르의 공격에 손을 썼다. 카가미의 공격을 피한 뒤.

우리를 힘껏 휘두르는 것 같은 괭이의 일격을 플뢰르에게 날리게 한 것이다.

●

카가미는 그 일격을 보았다.

회피한 직후에 날린 반격치고는 꽤 성급해 보였다.

그만큼 이쪽에서 상대방을 '몰아넣기는' 했지만.

……이쪽의 공격이 늦겠는데!

방금 내가 포격한 직후다. 다음에는 호리노우치의 속사가 들어올 패턴이지만, 그것도 제때 맞출 수 없다. 그런 걸 감안하면 회피 담당인 학장도 이쪽을 잘 보고 있었다는 뜻인데.

"큭……."

회피하면서 호리노우치에게 공격 궤도를 비워주었다.

상대속도로 인해 카운터로 날아온 꽃무리에 이쪽이 먼저 닿아버릴 것이다. 하지만 그렇다 해도 호리노우치에게 닿기 전에는 구멍을 뚫을 수 있을 것이기에 그녀를 가로막을 수는 없다.

그렇다면 이제 내 몫은 내가 처리해야 한다. 다시 말해.

"참자……!"

그렇게 생각하고 있자니 시야 안에서 어떤 동작이 보였다.

전방, 70미터 정도 위치에 있던 상대방이 돌았던 것이다.

회전한다는 것은 이해가 되었다. 왜냐하면 괭이형 디바이스로 수평공격을 날리는 동작이 회전이기 때문이다. 하지만 회전하는 방식이 이상했다.

좀 전까지는 깔끔하게 한 바퀴만 회전했는데, 지금은 아직 공격할 꽃을 뿌리지 않고 있었고, 그 회전 자체도.

……큰데?!

의문을 품은 것과 동시에 곧바로 이해가 된 이유는 우리가 버디 제도를 도입하고 있기 때문일 것이다. 다시 말해.

"그녀들도 그렇게 나왔나……!"

플뢰르와 학장이다.

괭이형 디바이스를 한 바퀴 회전시킨 것은 공격이 아니었다.

플뢰르와 학장이 서로 역할과 움직임을 교대하는 동작이었다. 그렇기 때문에.

"___."

회전하는 움직임은 작았지만, 갑자기 그 궤도가 보이지 않게 되었다.

나는 떠올렸다.

그 소녀가 쓰레기를 버리러 가는 도중에 우리들 옆을 아무렇지도 않게 스쳐 지나간 것을.

주위의 흐름을 거스르지 않고 자신을 끼워 넣은 뒤 흐름을 타고 밀려났다.

눈에 보이기는 하지만, 정신을 차리고 보면 이쪽의 흐름보다 앞으로 나가 있다. 그렇기 때문에 눈에 보이더라도 의식은 뒤처진다.

그것을 지금 당했다. 그리고.

"자."

학장이 미소를 지으며 재를 뿌렸다. 그것도 마찬가지로 플뢰르가 공격했을 때와는 다르게 광범위하게 떠다니는 것이 아니라.

······다발인가!

창이라고 하기에는 너무 두꺼운 재의 다발이 나선을 그리며 날아왔다. 그것은 공중에서 꽃으로 변한 뒤 회전 궤도를 탄 채 퍼져나갔다.

공간을 지배하는 공격은 아니었지만, 상대방에게 벽과 위력을 때려 넣는 일격.

그것은 한순간만에 내 눈앞에 펼쳐졌고.

"훌륭하다."

그렇게 말한 순간. 폭발이 작렬했다.

●

이동으로 단숨에 거리를 벌렸다, 플뢰르는 그렇게 생각했다.

"마마!"

어머니가 **교대한** 직후에 생명을 나타내는 성대한 폭발음이 울리며 따라왔다. 하지만 소리는 우리를 따라잡지 못하고 묘한 소리를 울리며 사라졌지만.

······대단해! 마마!

내가 직격을 날리지 못했던 상대를 한 방에 해치웠다. 그런데.

"마마, 왜 그래?"

어머니가 계속 뒤쪽을 보고 있다. 그것도 이미 다음 공격을 날린 다음 세 발 연속으로 날리면서.

"마마?!"

한순간. 어머니가 무슨 짓을 하는 건지 의미를 알 수가 없었다.

거리가 벌어졌고, 적 중 한 사람을 해치웠다. 그 증거로 때려 넣은 폭발의 꽃은 여러 겹으로 연쇄 폭발하고 있다.

그렇게 직격당하고 무사할 리가 없다. 그렇게 생각했을 때였다.

……어?

폭발의 빛을 가르고 이쪽으로 날아온 것이 있었다.

성기사는 아니었다. 그것은 겹쳐진 채 세 방향으로 뻗은 화살표. 무녀 마녀가 쏜 방호 포격이었다.

"카운터를 제때 날렸어……?!"

●

호리노우치는 정면 방향에서 여러 겹으로 작렬한 학장의 화창을 보고 마음속으로 식은땀을 흘렸다.

……아슬아슬했네요……!

학장과 플뢰르가 공격과 방어를 교대한 것은 카가미처럼 미리 예측하지 못했다. 하지만 그렇게 교대할 때, 잠시 틈이 생겼다.

그 '틈'이 빈틈일지 위기일지.

나는 후자라고 느꼈다. 애초에 빈틈이라면 카가미가 멋대로 돌진할 것이다. 맡겨두더라도 문제는 없다. 그렇기 때문에 나는 방어를 선택하고 세 개의 화살 포탄을 카가미가 가

313

리킨 궤도로 날린 것이다.

"위험했네요……!"

학장의 공격이 자비심없고 훌륭했다. 지금까지 플뢰르가 날렸던 공간제압용, 공중에 뜬 다음 확산되는 꽃이 아니라 코크스크류 상태에서 확산되다니.

얼마나 폭쇄를 때려박고 싶은 건데요?

하지만 방어는 했다. 이제 그 뒤를 이어 날아오는 두 발이 있는데.

"카가미! 회피를……!"

궤도를 바꿔야만 한다.

애초에 학장이 날린 첫 번째 공격 자체가 아직 소화되지 않은 상태다. 창 형태로 날아들었기 때문에 전부 다 폭발하지 않은 것이다.

세 개의 화살 방어도 지구력이 무한대인 것은 아니다. 부서져 흩어지거나 꽃이 피어나 파열될 것이다.

애초에 빠른 속도로 이동하는 중이다. 먼저 날린 세 개의 화살 방어를 금방 추월해버릴 것이다. 그러니까.

"카가미, 서둘러서 궤도를 바꿔야……!"

그렇게 외친 순간. 나는 터무니 없는 것을 보았다.

카가미가 눈앞에 전개된 세 개의 화살 장벽에 가속상태로 돌진하여 걷어차서 날린 것이다.

……무슨 짓을 하는 거예요?!

그렇게 생각할 정도로는 이해하고 있었다.

스리지에는 보았다.

……어?!

이쪽에서 날린 폭발을 저쪽에서 걷어차서 날렸다.

세 개의 화살 방어술식은 알고 있다. 호리노우치의 어머니, 미츠요도 자주 쓰곤 했다. 손으로 들어도 되고, 포탄으로 써도 되는 뛰어난 술식이다. 전개식이고 포탄 상태에서는 빠른 속도를 유지하기 때문에 사격을 주고받다가 중간에 끼워 넣을 거라는 짐작은 하고 있었다. 그런데.

……걷어찬 건가요?!

폭발의 벽이 세 개의 화살 형태에 밀려났고, 어떤 일정한 지점부터는 단숨에 이쪽으로 날아왔다.

척 보기에도 걷어차거나 그런 것으로 인한 결과다. 하지만 의문이 들었다.

……어째서 부서지지 않는 거죠?!

아니. 그렇게 생각해봤자 소용은 없다. 저 상대는 유체를 마음대로 다룰 수 있다. 그렇다면.

"걷어차는 것과 동시에 유체를 보충해서 재성형한 거군요?!"

그렇게 소리친 직후. 두 번째 화창이 세 개의 화살에 격돌했다. 하지만 그 공격도.

"오오……!"

카가미의 목소리와 함께 무언가에 격돌. 그리고 다음 순간에.

……역시나!

세 개의 화살 벽의 형태로 폭발이 떠올랐고, 이쪽으로 돌아온 것이다.

●

카가미는 가속했다.

공중에서 앞차기를 날릴 기회는 그리 자주 있는 것이 아니지만, 이런 공방을 주고받는 와중에는 쓸 수 있는 것을 모조리 써야만 한다.

……특히 이 노멀 디바이스 상태에서는 유용하다!

나는 최대한 노멀 상태에서 승부를 내려하고 있다. 그만큼 플뢰르의 마기노 디바이스에 대처하는 것은 힘들다는 것을 느끼고 있는 것이다.

학장의 일격은 타이밍만 따지면 훌륭했지만, 대처할 수 있었다.

……그녀의 술식은 플뢰르 군과 다르다는 말을 들었으니까……!

술식의 환경화는 플뢰르 대에서 이루어진 것. 학장은 꽃을 대상물에 자생시키는 것을 해내지 못한다.

사역체로서 그런 특성을 공유하고 있다면 끝장이다.

하지만 그렇다면 공방을 따로 맡을 의미가 없다. 학장은 플뢰르 쪽이 공격을 더 잘할 수 있다고 판단했기에 쏘는 역할을 맡겼다고 짐작했다.

그 짐작이 이쪽에 기회를 넘겼다.

"세 발째⋯⋯!"

나는 폭발을 뚫고 가속했다.

단숨에 눈앞에 있는 두 사람과의 거리를 좁혔다.

●

메리는 헌터의 중계가 연결되었다는 것을 새벽의 옥상에서 눈치챘다.

곧바로 통신 술식진을 조작하여 여러 레이더와 감시 정보로 이루어진 통합 데이터를 확인.

지금, 네 사람은 이바라키 남부 하늘에서 고속으로 북상하고 있는 것 같은데.

『카가미가 앞차기로 폭쇄술식을 뚫었대⋯⋯!』

잘 해내셨네요! 한순간 그렇게 생각했는데, 그것보다 더 긍정적인 목소리가 통신으로 들렸다.

『역시 대단하십니다, 카가미 님!』

이 세계에서는 그렇게 칭찬하는군요, 그제야 그렇게 이해했다.

●

"오오……!"

카가미는 파쇄의 빛을 뚫고 플뢰르와 학장에게 접근했다.

학장의 네 번째 공격이 이어졌지만, 이미 거리가 내 이동권 안이었다.

호리노우치의 세 개의 화살을 발판으로 삼아 걷어차 날리고 궤도를 얕게 바꾸고 나서 단숨에 가속했다.

공기저항을 가속 필드의 전진화로 캔슬. 그대로 상대방의 눈앞으로 달려들어 디카이오쉬네를 때려 넣는다.

그 직전. 이쪽 시야 안에서 플뢰르가 돌았다.

공수가 교대된다. 하지만.

"느려……!"

그렇게 소리치며 때려 넣은 일격에 괭이형 디바이스가 격돌했다.

불꽃이 튀었고, 나는 손맛을 느꼈다.

……이건——.

파워 암을 통해 손에 되돌아온 것은 가격했다는 실감이 아니었다.

이쪽을 튕겨내는 거센 거절이었다.

●

……어떻게 된 거죠?!

눈앞, 가속하면서 연달아 공격을 가하는 카가미에게 플뢰르가 대처하고 있었다.

그것도 완전히, 그렇게 말할 수 있을 정도로 빠른 움직임이었다.

괭이형 디바이스는 휘두르기에 균형이 안 좋고, 실제로 그것을 짧게 쥐고 요격하고 있다는 것을 알 수 있었다.

회피와 이동은 함께 나아가는 학장에게 맡기고, 나아가서는 공격할 때 내딛는 발의 움직임 등에 그 지각하지 못하는 이동의 센스를 끼워 넣고 있을 것이다. 하지만 그렇다 해도.

"어떻게 카가미의 공격에 대처할 수 있는 거죠……?!"

나, 그리고 근접전을 중시하는 헌터 조차 카가미의 공격을 완전히 대처하기는 힘들 것이다. 그 정도로 공격력이 뛰어나기 때문에 카가미는 성기사라는 올드 스타일이면서도 그리 힘들어하지는 않았다.

"……그런데 메르헨 계열 마녀가 어떻게?!"

『호리노우치, 왠지 전투의 기세에 휩쓸려서 분위기를 차별하는 거 아니야?』

"꼬, 꽃에서 모티브를 따왔으니까 아무리 봐도 그렇잖아요?!"

통신에 목소리가 나가니 어쩔 수 없다. 그런데 나는 눈치챘다. 플뢰르의 꽃에서 모티브를 따온 폼으로부터 유체광이 계속 흩어지고 있다는 것을.

……저건——.

술식이다. 그것도 자신에게 건 술식. 패시브 계열인 남자라면 손쉽겠지만 우리들이 걸 경우에는 바깥쪽으로 걸려서 유체광이 흩어지는 술식. 그것은.

"강화술식이군요?!"

『아마도 '성장'의 술식을 폼에 걸어서 강화한 것 아닐까요. 폼에 걸면 조정하거나 제외하는 것도 편할 테니까요.』

역시 술식 전문인 술식과가 곧바로 대답해주었다.

『역시 대단하십니다, 메리 님!』

●

『크아아아아아아, 술식과 출신인데도 불구하고 후배에게 해줄 '대단하십니다'라는 말을 집사장님에게 뺏기다니.』

『집사장님, ……분위기를 좀 파악해주세요.』

『그래요. 메리 양도 기쁘지 않을 거라고요. 집사장님께서 제일 먼저 그러시면.』

『왜, 왜지 제가 엄청나게 구박받고 있는 것 같은데요?! 그렇죠?!』

●

카가미는 서로 일격을 주고받으면서 초조해하지 않았다.

아무리 힘을 세게 만든다 해도 결국 중요한 것은 그것을 다루는 기술이다. 골치 아픈 것은 플뢰르가 지닌 센스인 지각하지 못하는 동작이고, 그게 있기 때문에 그녀의 움직임을 놓치기 쉬웠다.

……어떤 의미로는 저것도 기술이긴 하지.

전투용 기술은 아니지만, 가져다 쓰고 있다. 그렇다면 그녀도 마찬가지로 전사인 것이다.

하지만 그 센스에는 약점이 있다.

플뢰르는 지각하지 못하게 하는 기술을 공격의 기술로 가져다 쓰고 있지만, 정식 전투훈련을 제대로 받지 않았다.

이쪽으로 날아드는 공격과 방어가 어느 정도의 배리에이션에 불과한 것을 보면 알 수 있었다.

그렇기 때문에 그 부족함을 보충하기 위해 지각하지 못하게 하는 센스를 사용했다.

하지만.

……어설프다!

나는 공격을 주고받으면서 그녀가 미처 보지 못한 곳에 공격을 때려 넣었다.

"모르겠나?!"

밀도를 높이면 잘 알 수 있다. 상대방에게 지각하지 못하게 하는 동작이 있다 해도 그것은 그저 내게 **보이지 않는 것**뿐이다. 사라지지 않고 **그곳에 있다면.**

"보이지 않을 뿐이니 망설일 필요는 없지!"

상대방의 동작은 공격의 손맛을 통해 이해할 수 있다.

이 공격을 때려 넣으면 이렇게 받아친다.

그리고 이쪽에서 이런 자세를 취할 때, 그녀가 자주 공격하는 방식은 이런 형태다.

그런 패턴을 읽어내면 보이지 않더라도 그것에 대처해나가기만 하면 된다. 그렇기 때문에.

"――."

나는 일부러 눈을 감고 공격을 때려 넣었다.

연타로, 일직선으로, 공중을 내딛고 상대방의 대처에 겹쳐나갔다.

"오오……!"

상대방의 움직임을 읽고 카운터를 날리며 파고들어서.

"간다!!"

뛰어넘기까지는 한순간도 걸리지 않았다.

●

"플뢰르!"

경쾌한 소리라기보다는 천이 찢어지는 것 같은 소리가 연달아 나는 것을 스리지에는 들었다.

플뢰르가 공격을 맞기 시작한 것이다.

……카가미 카가미!

보아하니 상대방은 이쪽을 보고 있지 않았다. 눈을 감은 채로도 공격이 부딪히는 것에 따라 우리가 어떻게 움직이고 있는지 예측할 수 있는 것이다.

예전에 이런 공격을 할 수 있는 사람이 있었다. 아니, 지금도 있다.

"리스베스와 마찬가지로군요……!"

그 수준이라면 위험하다. 그리고 나는 비슷한 것을 느끼고 있고, 카가미의 경력을 생각하면 그게 전부일 것 같지는 않았다. 그렇다면.

"플뢰르!"

회피에 전념하며 거리를 벌리자. 그렇게 생각했을 때였다.

"마마!"

오히려 들뜬 목소리를 듣고 나는 기쁜 기색을 느꼈다. 다음 순간, 폼이 부서지는데도 딸이 이쪽을 돌아본 것이 보였다.

그녀는 미소를 짓고 있었다.

"마마! 봐! 이거 봐……!"

그 말대로 나는 보았다.

"마마를 깜짝 놀라게 해주려고 준비해왔어, 술식……!"

●

"카가미!"

호리노우치의 목소리를 듣고 카가미는 눈을 크게 뜨고 그것을 보았다.

순간적인 판단이었다.

……변했다……!

플뢰르에게 가하고 있었던 공격의 손맛이 변했던 것이다.

지금까지 그녀는 내게 저항하고 있었다. 그런데 그렇게 거스르는 힘에 갑자기 빈틈이 생겼고.

……공격을 유도한다고……?!

그리고 바라본 시선 끝에 꽃이 피어나 있었다.

플뢰르의 노멀 폼 곳곳에 장식 같은 장미꽃이 잔뜩 피어난 것이다.

"마마의 꽃하고 똑같은 거야!"

마치 친구에게 꽃을 선물하는 듯한 말투. 그 목소리와 함께 폼이 부서졌고.

"줄게."

눈앞에서 흩날린 장미꽃이 폭발했다.

●

플뢰르는 보았다.

폼을 토대로 한 폭쇄가 상대방에게 맞는 순간. 적이 디바이스를 세워서 이쪽으로 던진 것을.

……어?!

디바이스를 버린다는 것은 승부를 내팽개치는 것이나 마

찬가지다. 하지만.

"플뢰르! 그녀는 디바이스를 자유롭게 만들 수 있어요!"

그 말의 의미가 순간적으로 이해되지 않았지만, 어머니가 위험하다고 외쳤다는 것은 알 수 있었다.

그래서 나는 회피에 전념하는 쪽으로 전환. 어머니와 함께 그 공역에서 이탈하려 했다.

그 직후, 이쪽에서 날린 꽂이 버려진 검 형태의 디바이스에 격돌했고, 폭쇄했다.

폭염이 피어났다. 하지만 검이 그 폭발을 가르고 날아왔다.

"큭······!"

회피하는 기세보다 더 빠르게 대검이 부서지면서도 날아든 순간. 어머니가 다시 경계하라며 소리쳤다.

······괜찮아. 나도 알아!

알고 있다. 왜냐하면 마마가 하는 말은 전부 다 알고 있으니까. 착한 아이니까.

하지만, 어머니가 외친 소리는 예상과는 달랐다.

"──위쪽이에요!"

어? 반사적으로 나는 그렇게 생각했다. 왜냐하면 적은 정면에서 폭발을 받아내고 있었기 때문이다.

하지만 위쪽에 그림자가 보였다. 그것은 하늘로 두 팔을 들어 올린 성기사였다.

아무 것도 들고 있지 않은 손을 밤하늘 가운데에 떠 있는 달 쪽으로 들어 올린 순간. 나는 두 가지 움직임을 확인했다.

하나는 정면으로 날아오고 있던 검 형태의 디바이스가 두 쪽으로 부러져 흩어진 것.

그 뒤에는 아무도 없었다. 하지만 그 대신 있었던 것은.

"……화살?!"

무녀가 쏘아대던 포탄이다.

부러진 검 뒤에 숨어서 정면으로 날아드는 무녀의 포격.

그리고 위쪽에서는 다른 하나의 움직임이 내려왔다.

"승부다, 데카오 군……!"

성기사의 손에 새로운 디바이스가 만들어졌던 것이다.

그것은 마치 달빛이 적에게 힘을 빌려주고 있는 것처럼 보였고.

"……끈질겨! 마마하고 내 시간을 방해하지 마!"

●

카가미는 적 가까이로 뛰어들었다.

플뢰르의 표정이 보였다.

흐트러진 머리카락 아래. 이쪽을 노려보고 있는 눈이 보였다. 그녀는 뒤에서 끌어안으며 지키려는 학장의 모습도.

하지만 나도 노려보는 경험은 꽤 많이 쌓은 바 있다. 똑바로 마주 보고.

"안타깝지만, 전부 다 막아야겠다!"

"무리야! 막을 수 없어! 왜냐하면───."

요격하기 위해 괭이형 디바이스가 휘둘러졌다.

이쪽에서는 그것을 바깥쪽으로 튕겨내고 나중에 날아온 호리노우치의 화살을 겨드랑이 너머로 보냈다. 하지만.

"카가미!"

뒤에서 호리노우치가 소리친 이유는 알고 있다. 플뢰르는 미끼다. 괭이형 디바이스에 휘둘리는 것처럼 보이게 하면서.

"학장님의 공격이 와요!"

그 말대로였다. 장미꽃을 한데 묶은 창이 일직선으로 이쪽을 향해 날아들었던 것이다.

오른쪽 한 자루.

플뢰르의 몸과 함께 회전하면서 장미창으로 날린 일격이었다. 호리노우치가 날린 화살을 카운터로 박살 낸 그 속공을 향해 나는 망설임 없이 디카이오쉬네를 때려 넣었다.

뚫는다.

창의 끄트머리 쪽으로 포격 상태로 만든 검포를 때려 박고.

"이용하도록 하지!"

포격했다.

●

장미의 창이 단숨에 유폭의 도화선으로 변한 것을 호리노우치는 보았다.

창이 폭파되기 전, 아슬아슬한 타이밍에 카가미가 포탄을 심지에 박아넣은 것이다.

그 뒤로는 간단하다.

기폭되지 않은 폭탄의 창은 기폭한 쪽에 주도권을 넘겨
준다.

카가미가 날린 포탄은 곧바로 유폭에 휘말려서 사라질 것
이다. 하지만 장미의 창은 카가미가 있는 쪽에서 학장이 있
는 쪽으로 단숨에 연쇄폭발을 일으켰다.

그것은 디카이오쉬네의 포탄이 나아가는 속도와 같았고,
대검 끄트머리가 파쇄된 것과 동시에 스리지에와 플뢰르를
향해 창 자체가 빛의 폭발을 일으켰다.

……닿을 거예요!

그렇게 생각한 직후, 나는 어떤 것을 보았다.

플뢰르였다. 그녀가 학장의 몸을 껴안으며 신체의 선회를
가속시켰다.

미끼였던 플뢰르가 학장과 함께 세차게 괭이형 디바이스
를 회전시켰고.

"도려내려는 건가요?!"

춤을 추는 듯한 선회동작이 유폭되고 있던 장미의 창을
괭이의 날로 중간 부분을 도려냈다.

창이 끊어졌다. 유폭이 학장에게 닿지 않는다. 그리고 괭
이를 휘두른 궤도로부터 플뢰르의 꽃이 하얀색으로 피어나
있었다.

뻗어 나간 하얀 반원 궤도는 디카이오쉬네를 때려 박은

카가미에게도 닿았다.

……이건——.

이중 미끼. 아니, 어느 쪽이 미끼인지도 정하지 않았을 것이다.

우리보다 밀접한 거리에서 이루어진 연계다.

그리고 남아 있던 창의 가까운 부분을 학장이 공중으로 내던진 직후.

플뢰르가 그린 호와 창의 잔해가 동시에 폭압을 뿜어냈다.

●

양쪽 사이에서 폭발이 일어난 것을 헌터는 F-23에서 광량을 증폭시켜 보낸 영상을 통해 확인하고 있었다.

고도의 정찰기술을 지닌 아츠기의 파일럿들도 세밀하게 움직이는 마녀들의 전투를 제대로 포착해내기 힘들다. 지금도 세 기체에서 보낸 영상을 합성하여 통일화 처리해서 만든 동영상을 보고 있다.

제7함대의 처리 시스템에서 직접 받고 있긴 하지만 약간 뒤처졌다.

……젠장, 욕심을 부릴 수는 없지만, 부리고 싶네……!

그렇게 생각한 순간. 폭압에서 두 그림자가 뛰쳐나왔다.

그중 하나는 카가미다. 반쯤 부서진 디카이오쉬네를 방패 삼아 충격파를 받아낸 모양이었다. 뒤에서 날아온 호리노우치가 커버하며 따라잡을 수 있을 정도로 속도가 떨어졌고, 두 사람은 상승했다.

"위쪽……?!"

그 말대로였다.

두 사람이 간 곳. 높은 위치에서 서쪽으로, 다른 하나의 그림자, 학장과 플뢰르가 날아갔다.

그녀들이 간 곳이 손 근처에 떠 있던 술식진에 조감도로 나타나 있었다. 그곳에 뜬 글자를 보고 나는 그저 입이 벌어지기만 하는 것을 실감했다.

"이봐이봐, 둘 다 조심해! 전장이 다가왔어……!"

●

호리노우치는 카가미와 함께 적을 쫓아가다가 어떤 사실을 깨달았다.

어느새 아래쪽에 있던 구름과 안개가 사라졌던 것이다.

"도착해버린 모양인데, 호리노우치 군."

이미 지상에는 안개를 만들어내는 호수, 늪지대가 없었다. 다시 말해.

"학장님과 플뢰르가 마련한 전장이죠……!"

이제부터는 마기노 디바이스를 소환할 수 있다. 그 사실을 이해하고 본 시선 끝에서 학장과 플뢰르가 이쪽을 돌아보았다.

하려는 것이다. 랭크 제1위로서 마기노 프레임 소환을.

그런데 한 가지 신경 쓰이는 것이 있었다.

"어째서 저렇게 높은 위치로 가는 거죠……?!"

플뢰르의 마기노 디바이스는 지면에 숲 같은 것을 만들어 내고 그곳에서 솟아나기만 하는 종류일 것이다. 환경 작성용으로서 자리 잡고 움직이지 않는 타입일 거라 생각했는데.

"뭔가 다른 사용법이 있는 건가요……?!"

●

플뢰르는 낮은 위치에서 접근하는 두 개의 유체광을 아래쪽에서 보고 소리쳤다.

"가자! 마마! 이 싸움으로 끝이야!"

그래요, 어머니가 그렇게 대답하고 나를 뒤에서 끌어안았다. 이것은 징크스. 뭔가 큰일을 할 때, 이렇게 해주면 반드시 잘 된다.

……응.

마음속으로 그렇게 말하며 고개를 끄덕였고, 마음 바깥에서 허가가 났기에 나는 그 행동을 했다.

"마기노 프레임 소환……!"

●

호리노우치는 마찬가지로 마기노 프레임을 소환하면서 술식진으로 지형을 확인하고 있었다.

이곳은 이바라키의 북쪽 끝, 서쪽에 있는 토치기와 북쪽에 있는 후쿠시마와의 경계가 겹쳐지는 지대다. 서쪽에는 나스 고원이 있고, 동쪽으로는 50킬로미터 정도 내리막길과 평지가 이어지는데.

……저번 헥센나하트 때 도쿄만에서 북쪽으로 흘러간 여파는 이쪽에 집중되었죠.

현의 경계이기도 하기에 부흥을 어떤 현에서 주도할지 다툰 결과 시호인 학원이 자연환경의 부흥사업을 우선 진행하는 것으로 결론이 났다고 들었다. 그 이후로 이 광대한 토지는 힘으로 인해 뚫리고 깎여나간 흔적을 풍화시키면서 초원지대의 형태를 되돌리는 것을 우선하게 되었다는 것도.

하지만 지금, 이곳은 전장이다.

플뢰르의 마기노 디바이스는 이렇게 사람이 없는 환경에서는 아무런 거리낌도 없이 최대의 힘을 발휘할 수 있다.

"카가미, 작전대로 승부를 걸어보죠……!"

"호리노우치 군, 아무래도 상대방이 그렇게 두지 않으려는 모양인데……?!"

네? 나는 그렇게 생각하고 마기노 디바이스를 구축하기 위해 나온 주작과 함께 하늘을 올려다 보았다.

밤 하늘 위에 유체광을 모으며 플뢰르의 마기노 디바이스가 구축되어나갔다.

그것은 몇 가지 묘한 부분이 있었다.

크기가 확대되고 그것을 뒷받침하는 파츠의 사출이 끊임없이 계속된다는 점이다.

……어?!

시선 끝, 순간순간 연속되며 만들어지는 마기노 디바이스가 이상했다. 이쪽보다 훨씬 빨리 만들어지는 것은 설계가 단순하고 학장이 보조로 붙어 있기 때문이겠지만.

"뭐죠?! 저 높이……!"

저녁에 봤을 때와는 달랐다. 전체 높이가 괭이의 날과 뿌리 부분만 하더라도 2킬로미터가 넘었다.

……원래보다 네 배가 넘어?!

그것뿐만이 아니었다.

하늘에서 갑자기 유체광이 거품을 일으켰다.

그것도 플뢰르의 거대한 마기노 디바이스에서.

하지만 빛은 꽃의 안개를 만들어내지 않았다. 우선 좌우로 거센 폭포처럼 흘러넘쳤고, 괭이형 디바이스가 양쪽에 달라붙게끔 어떤 것을 만들어냈다.

그것은 세로로 긴 프레임과 위쪽에 집중된 장탄 시스템 덩어리. 액센트처럼 떡잎 세 개를 겹친 괭이 형태를 지닌 것은.

"자신의 복제……?!"

●

모든 것이 연속되었다.

바람을 가르는 소리만 들리던 가속 영역에 어떤 것이 울렸다.

유체로 인해 거대한 물체가 순간적으로 건조되는 것으로 인해 발생한 지맥 진동이었다.

숫자는 다섯 개. 그 복제물들이 플뢰르의 마기노 디바이스 바로 옆에서 동심원을 그리는 듯이 사출된 것이다.

●

……이건——.

무슨 일이 일어난 것인지는 카가미도 알고 있었다. 하지만.

……이 세계의 시스템을 응용해서 **그걸** 할 수도 있는 건가?!

순간적으로 자신의 복제를 전개하여 합일시킨다. 그 결과로 생겨나는 것은.

『카가미! 호리노우치!』

헌터의 목소리가 영상 하나와 함께 전송되었다.

상공, 감시위성의 라이브 영상에는 그것이 확실하게 보였다.

밤의 고원을 검은색 배경으로 잡고 있는 곳. 그 위에 괭이형 디바이스 여섯 개가 뒷부분을 축으로 삼아 동심원 형태로 합쳐져 있다. 그것은.

……꽃인가?!

위에서 보니 그 완성형태는 여섯 개의 괭이를 원형으로 늘어놓은 커다란 꽃이었다.

『직경 3킬로미터! 기록된 것 중에서는 가장 큰 디바이스야……!』

그녀가 그렇게 말한 것과 동시에 빛이 생겨났다.

공중에 떠 있는 요새라고도 할 수 있을 정도로 거대한 꽃이 전체적으로 꽃의 기류를 방출한 것이다.

제13장

『착각과 거절의 꽃이 피어난다』

자네가 좋아하는 것은.
자네 앞에 있나.

그 공격은 갑작스러웠다.

꽃 형태로 변한 플뢰르의 마기노 디바이스. 합계 여섯 개의 디바이스가 합성되어 만들어진 요새가 전체적으로 천천히 회전한 것과 동시에 일제히 주위 공간으로 꽃을 흩뿌린 것이다.

그것은 단순한 수평 방출이 아니었고, 선을 긋거나 파도치는 움직임, 상승, 하강까지 포함되어 있는 완전한 기류권이었다.

그리고 꽃이 회전하는 동안 원래 괭이였던 날에서 무적의 꽃잎이 전개되었다. 잔뜩 펼쳐진 그 꽃잎 위아래쪽에는 무탑포가 달려 있었고, 그곳에서 대량의 꽃가루 같은 폭쇄 꽃무리가 계속 흘러나왔다.

그저 바람이 울리는 소리만 들릴 뿐이었다.

하지만 거대한 그 꽃에 다른 두 개의 마기노 디바이스가 기류를 피하며 접근했을 때였다.

갑자기 꽃 위쪽에 술식진이 생겨났다.

수평, 그리고 꽃처럼 전개된 여섯 장의 거대한 술식진에 뜬 것은 '포격'이라는 두 글자.

여섯 개의 글자가 나란히 서서 빛난 순간. 어떤 공격이 생겨났다.

여섯 장의 술식진 가운데. 약간 높은 위치에 빛의 꽃이 생겨난 뒤 북쪽 방향에서 남쪽으로. 두 디바이스가 있는 하늘을 휩쓰는 듯이 빛나는 꽃무리로 이루어진 포격이 일직선으로 가로지른 것이다.

빛줄기가 밤을 뚫으며 휩쓸었다.

그러자 마기노 디바이스 두 개는 각자 고속으로 하강하여 빛의 궤도 위에서 피했다.

하지만 빛이 날아간 곳에서는 파괴가 생겨났다.

태평양 위. 제7함대의 머리 위를 지나친 뒤 270킬로미터 위치에서 길고 큰 호를 그렸고, 바다가 세로 방향으로 폭발한 것이다.

●

멀리 동쪽 바다가 남북으로 길게, 길게 빛나고 있는 것을 헌터는 보았다.

본토에 있는 전장 기준으로 등 뒤에 있는 위치인데.

……실탄 계열이나 성형탄 같은 게 아니라 광선 계열로 저기까지 닿는 거냐고……!

위력으로 볼 때 출력에는 아직 여유가 있다. 실제 사정거리는 500킬로미터가 넘을지도 모른다.

내 헤지호그의 사정거리에 비하면 훨씬 짧긴 하지만.

"……그 환경, 절대방어 안에서 이런 걸 날리면 못 해먹겠는데……"

이봐이봐.

"무슨 괴수대결전이냐고."

『아니, 인류는 이런 걸 준비했는데도 저번 헥센나하트 때 검은 마녀를 쓰러뜨리지 못했던 건가요……?』

"학장님의 힘이 저것 그 자체라고 할 수는 없지 않을까? 파워업 버전이잖아? 저거."

그런데 호리노우치 가문 쪽에서 집사장의 목소리가 전송되었다.

『당시에도 비슷한 것이 전개되었다는 기록이 있습니다만, ──그런데 시호인 님, 리스베스 님보다 더 뛰어난 실력을 지니고 계셨던 큰사모님께서는 더 강한 수단을 가지고 계셨던 겁니다.』

우리에게 중요한 건 그 사실이다.

저것에 필적하는 것을 박살 낼 수 있는 것이 무엇일까.

……솔직히 어제 회의했던 게 통할까?

나라며 어떻게 할까, 그런 생각이 들긴 했지만 지금은 현장에 집중하자.

"그냥 물어보는 건데, 저걸 쓰러뜨릴 수 있는 힘이란 어떤 걸까?"

물론 그 기록은 남아 있지 않다. 검은 마녀가 지웠기 때문이다.

그래서 호리노우치와 카가미는 어떻게든 할 수밖에 없다. 어젯밤에 회의했던 작전까지 포함하여 둘이서 저 요새를 공략해야만 한다.

……기록이 남아 있었다면 말이지.

그렇게 생각했을 때였다. 집사장에게서 통신이 왔다.

『큰사모님의 전투기록은 남아 있지 않습니다. 하지만 그때 뭘 하셨는지, 그 명칭만은 전해져 내려오고 있습니다.』

"그게――."

그렇게 물으려 했을 때였다. 하늘에 뚜렷한 폭발의 구름이 생겨났다.

환경의 구축이 시작되었나!

올려다본 밤하늘, 그곳에 보이는 것은 광대한 꽃밭과 벚나무, 그리고 다른 꽃나무들이 만개한 모습이었다.

●

호리노우치는 거대한 꽃의 눈보라가 일으킨 소용돌이에 주룡담까지 통째로 휘말렸다.

……태풍인가요?!

가운데에 거대한 분홍색 꽃이 있고, 그곳에서 사방팔방, 위아래로 유체의 꽃을 흩뿌리고 있었다.

모든 것이 소용돌이를 구축했고, 광대한 회전운동과 바람을 무시하며 뻗어 나간 부분이 내 뒤쪽까지 닿았다는 것을 알 수 있었다.

손 근처에는 좀 전부터 호리노우치 가문을 경유하여 미군이 보낸 정보가 들어오고 있었다. 지금 얼굴 옆에 보이는 것은 플뢰르의 마기노 디바이스가 조립된 과정이었다.

거대한 디바이스 중 하나.

그 형태는 가운데 윗부분에 구동계가 집중되어 있고, 아랫부분에는 유체의 추출계만 있었다.

방어와 포격성능에 특화되었다고 볼 수도 있다. 유럽 U.A.H.의 마기노 디바이스와 설계의 근본적인 사상은 같을 것이다. 하지만.

"저 포격 부분의 확장은 뭐죠⋯⋯!"

이동용으로 존재해야 할 가속기 관련 부분이 거의 보이지 않았다. 부유 시스템을 곳곳에 배치하고 그 균형을 기울여 이동할 생각인 건가? 하지만 그것과는 별개로 포격용으로 사용한 장탄 성형 시스템 부분이 너무 크다.

괭이이자 전개된 떡잎 세 개이기도 한 포격 부분의 뿌리 부분이 전부 다 장탄 성형 시스템이다.

나머지는 가는 자루뿐이니, 실질적으로 마기노 디바이스의 8할은 폭쇄의 꽃을 만들어내기 위한 기구이다.

생각했던 것보다 간단한 설계다. 하지만 이렇게까지 극단적이니 전술 같은 것도 전부 완전히 단순해진다.

"저렇게 ⋯⋯공격에만 특화된 설계를 해도 되는 건가요?!"

●

『……어라? 내가 최근에 그런 사상의 디바이스에게 격침 당한 것 같은데.』

『……우연이군요. 저도 최근에 그런 사상의 디바이스가 남극에서 발사한 사격에 당했는데요.』

『하, 하고 싶으신 말씀이 있다면 확실하게 하시지 그러세요?!』

『하하하, 말하지 않아도 아는 것이 신뢰라는 거라네, 호리노우치 군.』

●

정말……, 그렇게 말하며 살짝 토라진 호리노우치는 주룡담의 전개를 확인.

급하게 위쪽으로 가속하며 첫 번째 공격을 날리려 했다.

옆에는 카가미의 디카이오쉬네도 전개를 마친 상태였다. 그렇기에.

"갑니다!"

"새끼야아아아아아아아아아앗!"

어깨 위에 있는 주작이 그렇게 소리치는데, 방금 그건 '새끼 새'라는 말을 한 걸로 생각하고 무시. 혹시 새끼 새를 낳고 싶은 시기인 건지도 모르겠지만, 저게 암컷이라는 생각은 하고 싶지 않았다.

그저 간다.

탄은 처음부터 회의한 대로 다단 외각탄. 접근해서 쏠 필요가 있긴 하지만 아직 플뢰르의 마기노 디바이스는 꽃을 산포하고 환경을 작성하는 것을 끝내지 못했다.

갈 거라면 지금이다.

"주룽담, ──최대전속으로 가세요!"

옆에 있던 디카이오쉬네 위에서 카가미가 앞으로 살짝 손을 휘둘렀다. 그녀가 앞서 나간다.

이건 평소와 같은 흐름. 랭커전이다. 적을 견학하는 상황이 아니다. 그렇기에.

"갑니다……!"

바람을 가르며 주룽담을 살짝 위아래로 접은 듯한 가속형태로 변경.

간다.

어떤 지점부터 바람 소리를 제쳤고, 그저 대기가 찢어지면서 울리는 소리로 변했다. 주룽담의 끄트머리와 뿔 곳곳에서 하얀 수증기가 길게 늘어지기도 하고 있었다.

……서둘러요……!

저 상대에게는 속도가 중요하다, 헌터와 메리가 그 사실을 가르쳐주었다. 그리고.

……학장님과 플뢰르를 막아야만 해요……!

그렇게 생각하며 본 시선 끝에서 남은 거리가 5킬로미터 이하로 떨어졌다.

상대방은 거대하다. 어떤 구조인지는 모르겠지만 노리기

도 편해졌다. 그렇게 생각하기로 했다.

하지만 모든 것의 가운데에 있는 꽃이 갑자기 기울었다. 위쪽에 술식진 여섯 장을 전개하고.

"호리노우치 군! 앞으로 너무 나갔다!"

카가미의 경고가 들린 순간.

장미꽃을 늘어뜨려 만든 빛줄기가 우리들이 있던 공역을 휩쓸었다.

●

억지스러운 움직임으로 회피가 이루어진 것을 메리는 현장 영상을 통해 보고 있었다.

이미 영상도 광범위하게 구름처럼 휘몰아치는 꽃의 소용돌이로 인해 노이즈만 끼고 있었지만, 유체탐지로 영역을 지정하니 두 사람의 마기노 디바이스를 확인할 수 있었다.

그리고 지금, 공중에 날아든 빛줄기를 카가미가 먼저 피했다.

……포격이에요!

나는 알고 있다. 북극에서 만든 결계 안에서 카가미는 내가 날린 공격을 그렇게 피했던 것이다.

포격의 반동을 그대로 이용하여 뒤쪽으로 한바퀴 회전. 그 회전궤도 위에는 지금, 호리노우치의 주룡담이 있다. 그렇다면 그 뒤로는 간단하다.

"격돌이군요."

그 말대로 몸통박치기가 세로로 긴 주룡담에 비스듬하게 들어갔다.

디카이오쉬네가 주룡담을 밀쳐 넘어뜨리려는 듯이 내려쳤다.

맞았다.

현장에서는 거친 소리가 울렸을 것이다. 하지만 영상 안에서는 휩쓸면서 돌아온 빛 아래로 두 마기노 디바이스가 확실히 떨어졌다.

맞지 않는다.

그저 빛줄기가 가로지른 것으로 인해 충격파가 생겨났고.

"호리노우치 양……!"

진명으로 부르는 것을 피하며 바라본 시선 끝, 두 마기노 디바이스가 공중에서 구르고 있었다.

빛줄기가 가로지른 것으로 인해 충격파가 광대한 면을 가격한 것이다.

전장 500미터의 디바이스가 제어를 잃을 정도로 큰 타격이었다.

푸른색과 붉은색 디바이스는 몇 킬로미터나 날아가 다섯 바퀴 정도 구른 뒤 자세를 바로잡았다.

그리고 위치를 바로잡은 두 디바이스는 어떤 상황에 처한 상태였다.

체일 처음 만들어진 플뢰르의 마기노 디바이스. 꽃을 구축하는 디바이스 무리 중 가장 먼저 생긴 것과 카가미 일행이 마주 보는 구도가 된 것이다.

●

호리노우치는 심장 고동이 커지는 것을 자각했다.

……방금 그게 주포인가요……?!

헌터와 메리, 그리고 지금까지 벌였던 랭커전에서도 초조함을 느낀 적은 있었다.

하지만 저 상대에게서 느껴지는 것은 다르다.

초조한 시간이 끝나지 않는다.

모든 것이 위험하고 어떤 실수라도 패배로 이어질 거라는 감각이 있다. 그리고.

……이쪽에서 날릴 공격이 통할까요?

그렇게 생각했을 때였다. 옆, 디카이오쉬네 위에서 카가미가 조작용 디바이스를 어깨에 걸쳤다.

"그렇군."

그녀가 부정하지 못할 것 같은 말투로 말했다.

"──수단을 고르지 않으면 이런 것도 할 수 있는 거로군."

그게 나쁜 것인가, 글쎄.

검은 마녀를 쓰러뜨린다는 의미로는 잘못이 아닐 것이다. 저런 힘에 이의를 제기하는 것은 약한 자의 변명에 불과하다는 생각도 든다.

……그럼 어째서…….

그런 의문을 품고 나는 문득 카가미의 출신을 떠올렸다.

그녀는 이 세계를 만든 사람 중 한 명이다. 그것은 이야기이자 설정이겠지만, 거기에는 어떤 이상이 있었을 것이다.

그렇다면.

……네.

카가미는 분명 화를 내는 거다. 자기 자신에게.

왜냐하면 자신이 만든 세계의 주민이 이렇게까지 하게 만들었기 때문에.

만약 자신이 여동생인 검은 마녀를 일찌감치 제압했다면 이러한 힘 같은 것은 생겨나지 않았을 것이다.

그리고, 이러한 힘을 만들어낸 것뿐만이 아니라.

"——."

몇 가지, 지금까지 있었던 일이 내 마음속에서 연결된 것 같은 기분이 들었다.

그 때문에 나는 카가미와 다른 출신이면서도 이렇게 말했다.

"카가미."

"뭔가?"

"네, 저, 지금 매우 초조하고, 경계하고 있어요. 이게 뭐죠? 그런 느낌으로."

하지만.

"——두렵지는 않아요. 맞서야 할 상대를 보고."

앞쪽, 상대방에게서 눈을 돌리지 않은 채 말하자 대답이 바로 들리지는 않았다. 그저 두세 번 호흡을 한 뒤 내 파트너는 딱부러지게 말했다.

"감사한다."

그런데 내 귀에는 다른 목소리가 들렸다.

달 아래. 저 꽃 기류의 거대한 소용돌이. 그 중심에 있는 큰 꽃 위에서 한 마녀가 웃고 있었던 것이다.

"아핫."

꽃의 마녀가 밤하늘에 손을 들어 올렸다.

"이제 됐지. 됐어."

온다, 그렇게 생각한 직후. 선언과 함께 그것이 왔다.

"피어나버려."

꽃의 기류가 연쇄폭발하기 시작한 것이다.

●

……으아. 엄청 무시무시하네……!

서쪽 하늘에 빛의 덩어리가 발생했다.

작은 것이 아니었다. 멀리 바다 위에서 보더라도 일본 동쪽, 여러 지방에 걸친 지역의 대기와 하늘이 안쪽에서 생겨난 유체 폭쇄로 인해 빛을 계속 내뿜고 있었던 것이다.

빛은 하나가 아니었다. 수많은 연쇄가 회전하고, 내달리고, 터지면서 수증기폭발과 구름을 만들어냈고, 선회하는 기류로 인해 모든 것이 소용돌이에 휘말려갔다.

거대한 폭쇄의 태풍이다. 충격으로 인해 두들겨 맞은 대기가 호응하는 듯이 방전현상을 일으켰고, 사방으로 번개를 뿌리기 시작했다. 그리고.

『헌터! 육안으로 확대되는 걸 확인할 수 있나?!』

"보여! 보여! 퍼지고 있어, 저거……!"

항공모함의 비행갑판 위다. 갑판 가장자리를 기준 삼아 본토를 바라보니 폭쇄의 비구름이 퍼지고 있다는 것을 잘 알 수 있었다.

의외로 빠르다. 어젯밤에 확대 견적을 확인하긴 했지만, 개요도가 아니라 실제로 보니 이상할 정도였다.

……영화에서 이런 장면이 꽤 있었지.

너무 많이 나왔던 것 같기도 하다. 상어나 악어, 뱀이나 소, 뭐든 상관없다. 이번에는 꽃.

"뭐라고 불러야 할까, 플라워네이도?"

『꽃네이도야! 꽃네이도! 헌터 군!』

함장님, 어디 사람이야? 그런데 우선 노이즈가 잔뜩 낀 통신으로 물어보았다.

『이봐~, 살아 있어?』

『──.』

대답이 없다. 노이즈만 잔뜩 꼈다. 그래서.

『망코──.』

『지, 지금, 회피운동 중이라고요!!』

역시나 망코구나.

●

플뢰르는 두 손을 흔들며 건반을 치는 듯이 개화 지시를 해나갔다.

꽃은 피어난다. 개화 전선은 기분에 따라 상승, 하강하기도 했고, 선회의 속도에 맞추기도 했다.

공중에서 폭발이 춤췄고, 흩어진 빛이 바람에 흩날렸다.

바람도, 대기도, 피어나 흩어지는 모든 것이 힘이다.

"마기노 디바이스 제피르! 꽃이 한없이 피어나게 해줘!"

이미 환경은 주위 50킬로미터 권내까지 지배의 힘을 뻗고 있었다.

어디에나 꽃이 있고, 달빛을 받아 빛나고 있다.

다들 달빛을 무서워하지만, 나는 아니다.

예쁘다.

왜냐하면 마마와 내가 만든 꽃은 밤에만 스스로 빛나니까.

"이 빛은 마마가 곁에 있다는 증거……!"

지금, 꽃의 빛은 어디에나 있다. 중앙에 있는 우리를 축복하는 듯이, 하늘과 땅의 모든 방향을 둘러싸고 하늘 위에 있는 달을 들어 올리고 있다.

저 달빛도 언젠가 우리들의 것으로 만든다.

그렇게 하면 끝. 마마와 계속 함께 지낼 수 없을지도 모른다는 생각도 끝이다.

끝이 보였다.

연쇄적, 다중적인 폭발은 내 웃음소리를 떨리게 만들었다. 폐의 바닥을 두드리는 듯이 울린 소리가 목에서 기뻐하는 소리를 냈다.

"아핫……."

목소리를 낼 때마다 하늘 어딘가가 기폭된다.

이미 대기도 꽃의 향기에 작렬하는 것이다.

웃을 수밖에 없다.

저기, 그렇게 말하며 뒤쪽에 있던 어머니를 돌아보고 두 팔을 벌려서 이곳저곳을 가리켜 보였다.

"이제 겨우, 이제 겨우 이렇게 꽃이 피어났어! 마마! 어때? 대단하지?! 마마가 10년 전에 피운 꽃과 똑같이! 둘이서 더 멋지게 만들자! 그렇게 하면 마마가 이제 지지 않겠지? 사라지지 않겠지?"

그렇다, 소원은 그것. 하지만.

"바보 같은 것……!"

지금, 나 자신에게 이러한 자유와 힘이 있는데도 불구하고 마음대로 되지 않는 것이 있다.

두 개. 그것은 좀 전부터 폭쇄의 기류 안을 흘러가며 도망치고 있는 두 개의 마기노 디바이스였다.

대검 형태의 디바이스 위, 그곳에 서 있던 여자가 소리쳤다.

"그러한 힘을 지니고 있었는데도 잃게 된 것이 있다! 그렇다면 어째서 그 힘에 취하지?!"

무슨 소리를 하는 건지 전혀 알 수가 없다.

……지금 나하고 마마는 잘하고 있는데.

저 사람은 왜 그만하라고 하는 거야?

"아핫."

우리를 막으면 헥센나하트에서 이길 수 없어.

애초에 막을 수 있다면 말이지만, 그렇게 하면 당신들이 헥센나하트에서 이길 수 있을지도 모르지만. 그렇지만.

"그럼 어떻게 하라는 거야?"

물어보고 싶다.

"랭크 1위인 나하고 마마를 2위인 당신들이 이기려면 뭘 해야 하는 건데?!"

●

"막는다!"

카가미가 소리친 것을 호리노우치는 들었다.

"네놈의 어머니의 목숨, 힘에 취하기 위해 써도 되는 것이 아닐 텐데!"

네, 나는 그렇게 말하며 고개를 끄덕였다.

"그 힘, 막겠어요."

그리고 나는 카가미에게 손을 뻗었다.

그녀가 있는 쪽을 보지는 않았다. 거리도 마기노 디바이스 사이만큼 벌어져 있다. 그래서 손이 닿을 리도 없다.

그저 말을 거는 것과 같은 감각으로 오른손을 펴고 세로로 맞대는 듯이 내밀었다.

허공을 사이에 두고, 하지만 문득 오른쪽을 돌아보니.

……역시.

카가미가 마찬가지로 왼손을 이쪽으로 들어 올리고 있었다. 하지만 그녀는 손을 맞대는 것이 아니라 내미는 듯한 모양새였고.

……그런 식이죠.

살짝 웃음이 나와버리는데, 나는 아마 이렇게 어긋나는 부분이 즐거운 것이다. 그리고 나는 내민 손으로 주먹을 쥐고.

"가요."

"가자."

그렇게 말한 것과 동시에 주룡담을 앞으로 날렸다.

돌격을 가한 것이다.

제14장

『소중한 것은』

거짓말이 아니라고.
알려주자.
숫자를 세는 것처럼.
흩어지기 전에.

●

접근은 단순한 궤도로 이루어지지 않았다.

카가미가 호리노우치에게 지시한 것은 기류를 거스르지 않으면서도 고속으로 기동하는 것이었다.

……모순이라고요……!

조용히 서둘러라, 그런 말 같기도 했다. 왜 그렇게 하는지 이유를 말하자면.

"이 공역을 관리하고 있는 것이 그녀의 센스라면 지금 보이는 꽃도, 보이지 않는 대기도, 전부 그녀의 지각하지 못하게 하는 움직임을 취하고 있을 거다."

다시 말해.

"지금 능동적인 움직임을 보이면 꽃이 그 흐름을 느끼고 다가올 테고, 돌아서 파고들기도 하겠지. 계곡에 떨어진 나뭇잎 같은 거지. 우리가 그 계곡의 바위가 되면, 예상치 못한 움직임을 보이며 다가오고, 돌아서 파고들 거야."

그 말을 들으니 짐작되는 것이 있었다.

"어젯밤에 리스베스 아주머님께서 플뢰르와 맞서셨을 때, 꽃으로 변한 재가 공간절단의 뒤로 파고든 적이 있었죠."

"그래. 그녀의 꽃은 단순히 바람 같은 것을 타고 움직이기만 하는 것이 아니야. 환경이 그러한 움직임을 '바람'으로 만든 거다."

그렇다면 어떻게 할까.

"환경의 흐름은 꽃을 따라 함께 흘러가면 보이게 될 거다. 같은 흐름을 탄 것을 따라가거나 파고드는 꽃은 없으니까. 그리고 같은 흐름을 탄다면 그 뒤로는 가볍게 먼저 흘러가기만 하면 되는 거라네. ——궤도는 읽을 수 있겠지?"

그 질문에 대한 대답은 그렇다, 이다.

호리노우치 가문에 우리의 시각 정보와 디바이스의 지각계를 데이터로 보내자 카가미를 따라 반 바퀴 돌았을 때 술식진에 궤도 정보가 포함된 프로그램이 전송되었다.

……할 수 있겠네요……!

기류는 전부 위쪽으로 흐르고 있다. 그것을 타고 있다가는 플뢰르의 집합 디바이스보다 높은 위치로 멀어지게 되지만, 위에서 뛰어들 각오가 있다면 상관없을 것이다.

"그리고 주의해야 할 점은——."

"좀 전에 휩쓸었던 공격도 그렇지만, 플뢰르 군이 우리를 노리고 직접 날리는 꽃, 그리고 기류 안에서 발생하는 유폭이나 충격파 같은 것들이 골치 아프군."

"꽤 많네요~."

그렇게 중얼거릴 정도로는 여유가 회복되었다.

이곳은 상대방의 환경. 이쪽에서도 그 사실을 알고 대책을 세우긴 했다.

나는 기류의 흐름을 타고 그것을 뛰어넘기 위해 가속하면서 손을 썼다.

"카가미, 그쪽에도 힘을 보낼게요……!"

메리는 전장을 비추는 술식진에서 귀에 익은 소리를 들었다.

　천둥번개처럼 연달아 생겨나는 폭발과 충격 소리 중 날카로운 소리가 겹쳐진 것이다.

　"큰 방울……."

　신사에서 소원을 빌 때 울리는 방울이다. 그 소리가 울리는 걸 보니.

　"호리노우치 양이 결계술식을 펼치기 시작한 건가요……!"

●

　플뢰르는 상대방이 이쪽 환경에 흡수되지 않았다는 것을 깨달았다.

　……이 방울 소리……!

　이미 상대방의 마기노 디바이스에서 꽃이 피어날 때가 되었을 텐데.

　그런데 아직 피어나지 않았고, 그 대신 방울 소리가 대기를 울리고 있었다.

　"결계네요, 플뢰르. 신도의 정화술식을 응용한 거예요."

　"치사해! 마마! 내가 열심히 노력하고 있는데……!"

　그리고 적은 꽃의 소용돌이를 고속으로 회전하면서 부포

를 사용하기 시작했다. 이쪽으로 날린 공격이 아니었다. 주위에 있는 꽃과 기류를 뚫으며 고의로 유폭을 일으키고 있는 것이다.

물론 이쪽에서도 항상 꽃의 기류를 생성하고 있긴 하지만, 그녀들 주위에는 궤도를 읽어내고 선행폭격하여 만든 안전지대가 생겨난 상태였다. 그래서 이쪽에서는 내 지시에 따라 능동적으로 꽃을 날려서 적의 위치를 고정시킨다. 그런 다음.

"꽃잎 전개⋯⋯!"

회전하는 3킬로미터의 거대한 꽃 중에서 아래쪽에 있던 꽃잎도 전개되었다.

두 배까지는 아니더라도, 이제부터는 확대보다는 중압화다. 환경을 무시한다면.

"우리 말고 다른 것들이 전부 폭쇄되더라도 무사할 수 있을까?!"

나는 그렇게 말하고 두 팔을 벌리며 뛰어올랐다.

이미 환경은 구축되어 있다. 그러니까.

"개화전선, 만개상승⋯⋯!"

●

⋯⋯전역 폭쇄인가?!

카가미는 아래쪽이 폭파의 색으로 가득 찬 것을 보았다.

플뢰르가 무슨 짓을 하기 시작한 것인지는 보면 알 수 있다.

환경이 꽃으로 가득 찬 것을 확인하고 결손된 부분을 보충할 준비도 되어있다면.

"아래쪽으로부터 위쪽으로, 수평면을 전부 폭쇄시켜 나갈 셈이다!"

●

이미 대기에는 흩날리는 꽃이 잔뜩 떠다니고 있어 피할 수는 없다. 우리의 장비에도 그것들이 닿아있고, 얽혀 있다.

아래쪽에서 환경의 수평면을 폭쇄시키면, 그 뒤로는 유폭 지시에 따라 환경의 정상까지 단숨에 폭발이 가득 차게 된다.

가장 좋은 회피 방법은 이 환경에서 탈출하는 것이다.

하지만 함부로 흐름을 무시하며 움직이면 아래쪽에서 다가올 대규모 유폭보다 먼저 주위의 폭쇄가 기동된다. 이미 우리는 이 환경의 흐름을 타고 적에게 접근하고 있기 때문이다.

만약 도망칠 곳이 있다고 한다면.

"──적 근처예요! 카가미!"

유폭 지시는 자신에게 피해를 입히지 않게끔 설정할 것이다. 그렇다면.

"이제 환경의 궤도를 읽어낸 다음 파고들까!"

소리친 순간. 그것이 왔다.

거대한 꽃의 위쪽에 사출된 술식진 여섯 장에서 휩쓰는 일격이 날아온 것이다.

●

플뢰르는 날아간 빛줄기가 두 마기노 디바이스 바로 위를 뚫은 것을 보았다.

맞출 생각이었다. 하지만 또 위로 빗나간 것은.

……왔구나?!

기류를 타고 약간 위로 돌아가는 궤도에서 이쪽을 향해 억지로 가속한 것이다.

궤도, 환경에 맞추면서도 파고들며 왔다.

막는다고 했으니, 그 목적을 이루러 온 거겠지.

말만 그렇게 했다면 휩쓸었을 것이다. 하지만 이쪽으로 뛰어든다면.

"참견쟁이……!"

그렇게 소리친 직후. 빛줄기가 가로지른 공간 전체에서 충격파가 내달렸다.

번개를 흩뿌리고, 대기가 찢어지는 소리가 울리며 두 마기노 디바이스를 위에서 타격했다.

푸른색, 붉은색 대검과 활이 거세게 떨렸다. 하지만 나는 멈추지 않았다.

양쪽 손가락으로 아래를 향해 원을 그린 다음, 그것을 잇고 나서.

"화관."

그렇게 말한 순간. 큰 꽃 디바이스의 주위에서 원을 그리는 듯이 새로 나타난 폭쇄의 고리가 피어났다.

빛줄기의 충격파로 인해 위쪽에서 두들겨 맞고, 떨어진 참에 아래에서 카운터가 날아간 것이다.

그걸 맞고 자세가 무너지면 아래쪽에서 일제히 날리는 수평면 폭발로 부숴주겠어……!

그리고 붉은색과 푸른색 디바이스 아래, 폭쇄의 고리가 닿았고.

"맞았어……!"

●

"호리노우치 군!"

카가미는 판단했다. 가장 위험한 것은 폭쇄를 디바이스 중앙 아랫부분으로 맞는 것이다.

이럴 경우 위에서 떨어져 내린 중량과 충격이 중앙 아랫부분에 걸리게 되지만, 앞부분과 뒷부분이 그대로 아래쪽으로 가게 된다. 자칫하다가는 디바이스 한가운데가 부러져버리게 될 것이다.

해야할 행동은 온힘을 다한 상승. 아래에서 올려친 카운터 폭쇄에 직격당하지 않게 되고, 그 뒤에 이어질 아래쪽에서 날아오는 일제 폭압에서도 거리를 벌리면 대미지를 경감시킬 수 있다. 그러니까.

"전속 상승……!"

디카이오쉬네도 그렇고 주룡담도 뒤쪽이 무겁다. 그렇기 때문에 뒤쪽이 내려가고 앞쪽이 올라갔을 때, 아래쪽에 화관 폭쇄가 피어났다.

……직격은 회피했다!

그렇게 생각한 순간. 화관의 폭압이 아래쪽에서 왔다.

"……윽."

전장 500미터의 마기노 디바이스의 *끄트머리* 부분이 어퍼컷을 맞은 것처럼 솟구쳤다. 그리고.

……왔나!

아래쪽에서 단숨에 올라오고 있던 수평면 일제 폭파가 바로 아래까지 밀어닥쳤다.

시야가 아래쪽부터 하얗게 변했고.

"──."

아래쪽 전역, 폭압이 일으킨 바람이 우리를 붙잡고 감쌌다.

●

눈앞에서 빛의 폭포가 위쪽으로 솟구친 것을 플뢰르는 보고 있었다.

전면에 걸쳐져 있었다. 전후좌우. 우리가 서 있는 꽃의 형태로 틀을 만든 빛의 폭발이 아래에서 위쪽으로 뿜어져 올라갔다.

예쁘다. 잘 됐다.

"마마! 대단하지?!"

직경 50킬로미터 범위의 폭발 폭포.

나도 이런 것을 본 것은 처음이었지만, 뽐내 보았다.

"이게 끝이 아니거든?"

그 말대로다. 이미 아래쪽에서는 새로운 꽃의 기류가 떠오르고 있었다.

그리고 하늘이 트였다. 하늘 위로 솟구치던 폭쇄의 벽이 정상에 도달하여 사라진 것이다.

하늘. 회전하는 바깥쪽 꽃의 소용돌이 안에 마지막 폭발음이 울리며 큰 소리를 냈다.

울려 퍼진다.

"아핫."

웃음이 나온다. 다행이다. 왜냐하면.

"이겼어, 마마."

이미 아무것도 남지 않았다. 마마와 둘이서 만든 힘으로 1등을 지켜낸 것이다. 이제 끝.

헥센나하트도 두렵지 않다. 그런데.

"마마."

어째서.

"마마, 어째서 웃어주지 않는 거야?"

●

북쪽 하늘에서 큰 진동이 퍼진다. 메리는 그 소리를 술식
과 옥상에서 들었고, 멀리 하늘 위로 빛기둥이 올라가는 것
을 보고 있었다.

……저게 뭐죠…….

내가 있었던 세계에서도 비슷한 술식을 사용했던 기억이
있다.

하지만 그것은 '신'의 부하들을 도시 하나와 통째로 없애
는 술식이었고, 술식을 쓰는 사람이 수천 명은 필요했다. 이
세계가 풍요로운 세계이고, 술식 관련 기술이 발달되어 있
다고는 하지만 개인이 저런 것을 해낼 수 있다니.

"엄청나네요……."

나라면 어떻게 싸웠을까, 그렇게 생각하고 있자니 문득
작은 움직임이 보였다.

"저건――."

리스베스다. 그녀가 길을 달려가고 있었다. 그것도 정원,
사당을 향해서.

●

밤의 바닥을 발소리가 달려간다.

지하 통로. 조용하고 싸늘한 바닥을 급히 가고 있던 것은 리스베스였다.

그녀는 최단거리로 가려다가 커브 벽 안쪽에 어깨를 부딪 혔고.

"큭······."

초조한 마음이 목소리를 새어 나오게 만들었지만, 아랑곳 하지 않았다.

얼굴 옆에 뜬 술식진에는 U.A.H. 쪽 마녀들이 랭커전 상황을 보내주고 있었다.

그리고 금방 종착 지점에 도착했다.

출입금지를 알리는 표시를 무시하고 카드키를.

"대기만 하면······."

그 행동만은 침착하게 마친 뒤, 그녀는 열린 문 너머로 발을 내디뎠다.

●

여러 번 오고 싶지는 않은 곳이다, 리스베스는 그렇게 생각했다.

어젯밤에 왔던 홀, 지금은 그저 어둡기만 하다. 야광초의 빛이 거의 사라진 상태였고, 가운데에 있는 관과 곳곳을 비추는 조명만 남아 있던 것이다.

관 근처에 있던 화룡도 나를 발견하고 다가왔다. 지금 이렇게 어두워진 이유가 무엇인지 알고 있기 때문일 것이다.

……스리지에가, 끝나는 건가.

때때로 연락을 받거나 이야기를 나누었기 때문에 살아 있다, 그렇게 둘러대거나 안심할 수 있었다. 가끔 생각난 듯이 미츠요 이야기를 꺼내곤 했기에 더더욱 '살아남은 사람들끼리'라는 생각이 들었던 것이다.

아니다.

이미 그녀는 죽었고, 이곳에 잠들어 있다.

지금까지 내가 만나고 이야기를 나눴던 것은 아직 잠들지 않은 잔류사념이다.

그것이 없어지면, 이제 아무것도 남지 않는다.

"미츠요는 알고 있었던 거야."

그녀는 엄했지만, 자상했다.

"자신의 혼이 이 세계에 가득 차서 많은 것들을 지킨다, 그걸 알고 있었지."

이 세계. 유체의 기반이 되는 지맥은 많은 사람들과 자연, 나아가서는 별들의 혼을 품고 있는 '힘'의 격류라는 설도 일부의 오래된 마녀들에게 전해져 내려오고 있다.

신도에도 죽은 사람들은 지령이 되어 자손들을 지킨다는 사상이 있다.

그렇게 생각하면 미츠요가 잔류사념을 막고 떠나간 의미를 이해할 수 있다. 그녀는 자신이 후손을 지킬 것이라는 사실을 알고 있었고, 자신의 뒤를 이을 자의 자질을 제대로 보며 이끌었다.

하지만 우리들은?

시호인의 저택에서 아무 일도 없었다는 듯이 딸과 놀고 있던 스리지에의 잔류사념을 발견했을 때, 나는 망설였지만 그것을 인정해버렸다.

얌전히 잠들라고, 자신의 혼이 사라져도 되는 거냐고, 그렇게 꾸짖어야만 했다.

그러지 않았던 이유는 무엇일까.

"스리지에……!"

나는 관 옆에 무릎을 꿇었다.

"들리지……?! 너도, 나도, 뭐하고 있는 거냐……!"

기억하고 있다. 스리지에의 잔류사념과 재회했을 때, 그녀는 이렇게 말했다.

"우리 딸과 이 세계를 지키기 위해 못다 한 일이 있다, 라고."

이 세계라는 말에 응하여 우리는 시호인 학원을 지었고, 그곳에서 다음 세대의 마녀들을 보호하며 육성하기로 했다.

하지만 그녀의 딸은?

"네 지금이 플뢰르를 '지키고 있는 거'냐? ──네 딸은, 플뢰르는 너와 헤어지고 싶지 않기 때문에, 네게 칭찬받기 위해서, 힘을 계속 휘두르고 있잖아……!"

언젠가 어머니가 사라져버릴지도 모른다. 나는 그런 불안함을 떨쳐내기 위해 그녀가 딸에게 이렇게 말한 것을 들었다.

……착한 아이가 되면 계속 함께 있을 거예요, 라고.

스리지에도 알고 있었을 것이다.

착한 아이란, '함께 있다'라는 말의 진짜 의미를 이해하는 아이라는 것을.

"미츠요는 그 의미를 이해하고 있었지."

아무리 떠나서 헤어진다 하더라도, 언젠가는 깨닫게 된다.

어머니에게서 이어받은 힘과 기술, 사고방식 같은 것들이 자기 안에 살아 있다는 것을.

그런 것들을 전부 합쳐서 '가호'라고 부른다.

미츠요의 딸, 미츠루에게는 그 의미가 전달된 것 같았다. 신도라서 그렇기도 하겠지만, 예전에 품고 있었던 어머니를 잃은 것에 대한 원한 같은 것, 어젯밤에 본 그녀에게서는 그런 것이 느껴지지 않았다.

자신과 상관없는 사소한 것으로도 웃을 수 있게 되었다.

이세계에서 왔다고 한 카가미라는 상대와 교류했기 때문일까. 아니면 지금까지 랭커전을 겪어왔기 때문일까.

모르겠다.

하지만 아이는 부모가 없어도 자라는 법이다. 그런 한편, 배운 것과 이어받은 것은 사라지지 않는다. 하지만, 그럼에도 불구하고.

"네 아이는 지금 자기가 **혼자**라는 사실을 눈치채지 못하고 있어……!"

나는 관을 향해 소리쳤다.

"그것이 정말로 네가 원한 네 아이의 지금이냐?!"

●

"마마?"

플뢰르는 어머니가 입술을 살짝 깨문 것을 보았다.

……왜 그래?

"아파? 무슨 기분 나쁜 일 있었어? 말해줘, 마마. 나쁜 일이 있더라도 괜찮아. 왜냐하면 나하고 마마는 이런 걸 해낼 수 있잖아? 그리고——."

그리고.

"내가 잘못한 게 있다면, 더 착한 아이가 될게. 계속, 더 마마가 원하는 대로 될게. 그러니까——."

그렇게 말하던 목소리가 끊어졌다.

갑자기 발치에 있던 마기노 디바이스가 세로로 진동한 것이다. 그리고.

"이건……."

두 번, 세 번, 네 번, 거센 진동이 연달아 일어났다. 그리고 디바이스 위와 우리 주위에 경고를 알리는 술식진이 여러 장 떴다.

그 중 대부분은 커다란 꽃을 구성하고 있는 것들 중 하나의 디바이스 위에 떴다.

그 직후. 붉은색 경고 술식진이 떴고, 그런 술식진에 둘러싸여 있던 괭이 한 자루가.

"……뭐야?!"

금속이 부서져 흩어지는 소리와 불꽃. 그리고 유체광 파편과 함께 괭이형 디바이스 한 자루가 위쪽으로 살짝 튀어올랐다.

타격이다. 단순한 힘의 격돌로 인해 꽃의 일부가 분리되었다. 그리고.

……포격?!

아래쪽에서 위쪽으로. 괭이형 디바이스의 날과 떡잎까지, 빛의 포탄에 관통되어 터졌다.

유체광을 터뜨리며 갈라진 디바이스가 충격파와 위력강화의 가호로 인해 파쇄된 뒤 박살 났다. 유리 수십 장이 깨진 것 같은 소리가 들렸고, 거대한 디바이스가 조각나는 와중에 나는 적의 모습을 확인했다.

푸른 대검과 붉은 활이 우리 측면을 따라 움직이며 남아있었던 것이다.

●

……용케도!

헌터는 다시 만들어진 폭쇄의 기류 너머에서 두 마기노 디바이스를 보았다.

그것은 부서진 커다란 꽃 아래쪽. 꽃잎 그늘에 숨은 듯이 수직 자세로 나란히 있었다.

　어느새, 그런 의문을 품을 필요도 없다.

　"아까 얻어맞고 떨어진 다음에 아래에서 카운터를 맞았을 때, 앞쪽을 위로 올렸었지."

　『반동인가요?』

　집사장의 말을 듣고 나는 고개를 끄덕였다.

　"카운터로 인해 앞쪽이 올라간 기세를 거스르지 않고 힘껏 디바이스를 젖힌 다음 주포 발사. 반동을 경감시키지 않으면 뒤쪽으로 숏 대시를 하는 거지. ──위치를 따지면 딱 저 대형 디바이스의 측면 아래쪽에 달라붙을 거야."

　꽃의 그늘은 안전지대. 그곳에 뛰어들었을 것이다.

　용케도 무사했다, 그렇게 생각했지만 이미 양쪽 디바이스는 유체의 연기를 여러 줄기 뿜어내고 있었다.

　카가미가 있는데도 불구하고 수복하지 못하고 있는 걸 보니 여유가 없는 것이다. 하지만.

　"그 기회를 놓치지 마……!"

●

　호리노우치는 포격했다.

　포탄은 다단 외각탄. 지금 해야 할 것은 회의 때 정한 것이다.

……우선 하나, 파괴했어요……!

하지만 문제는 지금부터다. 지금, 내 주룡담과 디카이오쉬네는 거의 수직 상태. 양쪽다 포신 = 전체라는 형태라서 좌우로 쏘려면 유도탄을 사용하지 않는 이상 디바이스를 기울여야만 한다.

하지만 플뢰르의 디바이스의 측면 세로 길이가 2킬로미터나 된다고는 해도 우리가 한 자루를 부수고 만든 공간은 좁다.

유도탄을 쓸까, 그런 생각도 들었지만 속도가 떨어진다. 그리고 비스듬히 쏜다면 자동적으로 상대방이 경사장갑을 내민 상태가 되기 때문에 꿰뚫지 못하면 의미가 없다. 애초에 도탄된 포탄이 공중으로 튀어 오르면 위에 있는 플뢰르와 학장이 깜짝 놀랄 것이다.

"후후, 그것도 괜찮을지 모르겠네요."

●

『집사장님! 아가씨께서 통신으로 시원스러운 웃음소리를!』

『그거네요. 학장의 딸이라도 별 것 아니라며 여유를 부리는 거네요!』

『지근거리에서 아가씨의 포격을 맞고 버틸 수 있는 디바이스는 없으니까요!』

『당신들, 왜 멋대로 아가씨의 캐릭터를 만들고 평가하는 거죠?!』

●

플뢰르는 술식진으로 디바이스들의 파손 상황을 보았다.

여섯 자루 중 한 자루를 잃었고, 상대방은 그 손실로 인해 생겨난 틈에 파고든 상태다. 그 위치에 있으면 내 디바이스, 제피르가 환경의 꽃을 날릴 수 없긴 하다. 자폭을 막기 위해 본체 내부에 해당되는 공간에는 꽃이 닿지 않게끔 설정했기 때문이다.

상대방도 그것을 알고 있을 것이다. 포격음이 제피르의 내벽을 울리며 날아들었다.

빈 틈새의 오른쪽. 그곳에 나란히 있던 다른 한 대가 조준을 한 모양이었다. 타격음이 들렸고, 전개된 세 개의 떡잎 중 틈새 쪽에 있던 한 장이 부서졌다.

……너무해……!

"어째서 막으려 하는 거야? 나하고 마마를 당해낼 수도 없으면서……!"

따질 생각으로 디바이스 관리용 술식진을 띄우고 락 해제. 그리고 움직이기 시작한 것은 각 디바이스의 위쪽으로 솟아난 탑 같은 부포였다. 길이 200미터. 합계 다섯 개의 부포는 그 표면이 열려 하나당 64발의 빛줄기를 날리는 물건이었다.

접근전, 또는 이번처럼 디바이스가 달라붙었을 때만 쓰는 무장이었다.

위쪽에서 차례대로 해방시키며 디바이스의 지각소자로 틈새에 있는 두 디바이스를 확인.

……뭐야. 꽤 많이 파손되었네.

그렇다면 허둥댈 필요도 없다. 저 두 사람은 우리를 막을 수 없다.

하지만 이 디바이스를 나와 마마 말고 다른 사람이 꺾는 것은 용서할 수 없다. 그러니까.

"때릴 거야!"

대응 위치에 있던 부포들이 합계 152발의 유도 빛줄기를 목표에게 때려 넣었다.

●

호리노우치는 망설이지 않았다.

하늘, 위에서 떨어져 내리는 막대한 빛의 비를 향해 화살 세 개의 방호탄을 세 발 날리고.

"부탁할게요……!"

포격의 반동을 이용하여 디카이오쉬네를 우산으로 삼는 듯이 그 밑으로 돌아들어간 것이다.

다음 순간에 높은 위치에서 세 개의 화살이 전개된 뒤 뚫렸고, 작렬하는 소리가 파고들었다.

그리고 우산으로 삼고 있던 마기노 디바이스를 세 개의 화살 잔해와 빛줄기가 연타했다.

소리가 치솟았고, 진동이 가로지른 뒤 내 손 근처에도 디카이오쉬네의 피탄상황이 전달되었다. 디카이오쉬네가 맞은 공격은 82발. 위쪽 장갑의 7할이 박리, 파손되었고 메인 프레임도 37퍼센트 파손되었으며 그 뒤의 여파도 계속 진행중이었다.

그런데 그렇게 거센 진동 아래에서 주작이 소리쳤다.

『배짜아아아아아아아아아앙!!』

백 장? 아니, 배짱이라고요?! 그런 생각이 들었지만 태클 담당인 카가미가 없다.

그럴 만도 하다. 왜냐하면 그녀는.

"가세요! 카가미!"

부탁할게요, 라는 말은 이미 했다.

"해치우세요!!"

●

그 등장과 행동은 한순간이었다.

부포에 내리는 포격 지시를 좀 전에 했던 것처럼 연타를 날리는 설정으로 자동화시키려고 하려던 플뢰르는 갑자기 눈앞에 뛰어든 사람을 알아볼 수 없었다.

……어?

디바이스 위에 푸른색과 흰색 차림인 사람이 있다.

성기사다. 대검을 들고 이쪽으로 질주해 온 것은.

"어째서……!"

나와 마마의 디바이스로 이길 것이다. 그것이 마마가 기뻐하는 방법. 착한 아이가 될 수 있는 방법.

그런데 어째서.

"어째서 멋대로 뛰어드는 거야!"

●

꽃의 마녀는 물러났다.

뒤쪽으로 백스텝을 하면서 괭이형 디바이스를 겨누었지만, 늦었다.

그렇기 때문에 그녀는 평소 때처럼 몸을 날렸다. 이 움직임이라면 모두가 나를 놓치고 따라올 수 없다. 그러니까.

"아핫."

자신이 안전지대에 들어왔다는 것을 자각하자 웃음소리가 새어 나왔다.

그대로 돌진해 와서 나를 놓친 상대방의 뒤쪽으로 돌아간다. 그곳에서 괭이로 일격을 날려도 되고 꽃을 때려 박아도 된다.

위험하다, 위험해. 하지만.

……마마, 잘 해냈어!

마마도 나를 구하러 와줄 것이다. 하지만 이 정도라면 혼자서도 할 수 있으니까 괜찮아.

"마마."

마마하고는 항상 같이 무언가를 할 거야. 싸우거나, 디바이스를 만들거나, 꽃을 키우거나. 항상 같이. 뭐든지 같이.

일방적으로 구해달라고 하는 것은 나쁜 아이나 하는 짓이다.

착한 아이는 마마가 하는 말을 잘 듣고 심부름도 한다. 손이 많이 가지 않는 착한 아이가 된다. 그러니까 마마와 마찬가지로 같이 무언가를 할 수 있다. 그렇기 때문에.

"나, 나쁜 아이 아니야. 마마."

나는 그렇게 말하며 몸을 회전시켰다. 성기사의 뒤쪽으로 돌아가 일격을 날린다.

그러지 못했다.

……어?

상대방이 눈앞에 있지 않았다. 있어야 할 위치에 없었다. 그것은 마치.

"내——."

"사람은 낙엽이 아니라네, 플뢰르 군. 복잡하고 섬세한 움직임이라고 해도 몇 번 보고 의식하면 흉내 낼 수도 있지."

목소리가 뒤에서 들렸을 때, 등골이 오싹해졌다.

……설마——.

"벚꽃치고는 늦게 피었군. 하지만 지금은 가을이야. 시들더라도 아무도 불평하진 않겠지.”

돌아본 시선 끝, 팔을 크게 들어 올린 뒤 일격을 가하는 성기사가 있었다.

……거짓말!

그것 말고 다른 말이 떠오르지 않았다. 하지만 다른 말이 입에서 나왔다.

“마마……!”

●

“스리지에……!”

지하의 홀에서 리스베스가 소리치고 있었다.

지금, 이곳에 남아 있던 최후의 야광초가 빛을 꽃잎으로 만들어 아래로 떨어뜨린 것이다.

“이봐……!”

유럽에서 온 마녀는 관에 두 손을 짚고 소리쳤다.

“이렇게 끝나는 거야……?!”

●

카가미는 움직임을 멈추고 있었다.

나는 해치울 생각으로 이곳에 왔다. 하지만.

……호리노우치 군의 말이 맞았군.

망설여진다면 내게 맡겨라, 그녀는 그렇게 말했다. 하지만.

"＿＿."

눈앞, 서 있던 것은 플뢰르가 아니었다.

드레스 차림의 학장이었다.

그 몸은 이미 밤과 꽃의 비구름이 비쳐 보일 정도로 희미해져 있었다.

내가 들고 있던 디카이오쉬네는 그녀의 왼쪽 어깨에서 멈춘 상태였다.

맞추지는 않았다. 그곳에서 멈춘 것이다.

어젯밤, 지하에 있던 관과 야광초의 광경을 기억하고 있기에 그 이상 일격을 날릴 수 없게 되었다.

그저 딸을 밀쳐낸 뒤 두 팔을 벌리고 선 그녀를 보고 나는 숨을 들이마신 다음.

"훌륭하다."

부모란 이런 것인가, 그런 흔해 빠진 생각은 하지 않았다.

그녀는 방금 처음으로 딸을 순수하게 지킨 것이다. 지금까지처럼 회피 담당이나 방어 담당을 맡은 것이 아니라 그저 순수하게 지키기 위해 움직였다. 그것은.

"감사한다."

내가 관여한 세계의 주민이 그런 선택을 했다는 것에 감사한다. 그리고.

"＿＿."

학장의 모습이 사라지기 시작했다.

발목, 손끝, 그리고 옆구리 등이 유체광으로 변해 흩어지기 시작했다.

한계가 온 것이다. 어젯밤에 본 결손된 부분부터 흩어져 사라지기 시작했다.

학장이 이쪽을 보았다. 입술이 움직였다. 목소리를 내려고 하는 것 같지만 이미 소리를 낼 수 있는 힘도 지니고 있지 않았다. 단순한 영상처럼 변한 그녀는 그럼에도 불구하고 이렇게 말했다.

"──당신에게도, 맡기겠습니다."

뭘 말이지? 그렇게 물을 이유는 없다. 맡기고 맡게 된 것은 지금까지 수없이 겪어왔기 때문이다.

그렇기 때문에 고개를 끄덕이자, 그녀는 뒤쪽으로 돌아섰다.

"마마!"

무릎이 풀린 채 그저 앞으로 몸을 내밀며 두 손을 뻗고 있던 소녀가 있었다.

●

플뢰르는 어머니를 붙잡아두려 했다.

두 팔로 껴안고 흘러내리는 모든 것을 손바닥으로 누르며 새어나지 않게끔 하려 했다.

그러지 못했다.

팔은 허공을 꿰뚫었고, 손에 닿은 어머니의 파편은 손가락을 관통하여 하늘로 흩어졌다.

"아, 아……!"

흩어진 빛에 손을 뻗어 끌어 모았지만 소용이 없었다. 모든 것이 의도와는 반대로 멀어졌고 어디론가 사라졌다.

안기기만 한 나는 고개를 저었다, 몇 번이나 저으면서.

"마마!"

소리치자 어머니가 웃으며 사라졌다.

웃고 있었다. 하지만 지금은 그 모습이 그 어디에도 없다. 좌우, 앞뒤, 위쪽에도. 술식진으로 확인해봐도 없었기에 나는 주위를 두리번거리면서 둘러보고 아무것도 인정하고 싶지 않아서.

"싫어어……!"

소리 질렀다. 하늘을 향해 소리쳤다.

"어째서……! 약속했잖아……!"

주위에 빛이 잔뜩 생겨났다. 마기노 디바이스의 제어가 억제불능상태에 빠져 출력이 들끓기 시작한 것이다. 하지만 그런 건 어찌되든 상관없다.

"아아아……!"

마마가 없다. 어디에도 없다. 하지만.

"돌아와……!"

오른손을 들어 올린 것만으로도 주포가 술식진으로 전개되었다. 그것도 단숨에 세 개나.

할 수 있다. 이렇게까지 할 수 있다.

하지만 이제는 이것을 보여줄 상대가 없다. 아니, 하지만 날릴 상대는 있다. 그렇다면.

"착한 아이가 될 테니까, 그 모습을 보여줄 테니까, 돌아와, 마마……!!"

●

플뢰르의 마기노 디바이스가 붕괴하기 시작했다. 장갑이, 그야말로 꽃잎 한 장 한 장이 떨어지는 듯이 벗겨져서 빛의 파편으로 변하는 흐름이었다.

하지만 호리노우치는 반쯤 부서진 디카이오쉬네의 아래에서 두 가지 움직임을 보았다.

한 가지는 흩어져가는 장갑도 마찬가지로 꽃으로 변해간다는 것.

다른 한 가지는 주포의 빛줄기가 장미꽃으로 흩어지면서 공중을 후려쳤다는 것이다. 하얀 장미꽃은 세 겹으로 날아가 디바이스 위에서 뛰어내린 성기사를 뒤쫓았고.

"카가미!"

직격당하는 것은 피했지만, 여파가 있었다. 폼의 장갑과 방패로 삼은 대검이 부서진 카가미의 몸이 떨어져 내렸다.

디카이오쉬네는 움직일 수 없다. 그렇기에 나는 주룡담을 박차고.

"카가미⋯⋯!"

가장자리까지 온힘을 다해 달려가며 쫓아갔다. 늦지 않았다. 손을 뻗었다. 하지만 주룡담을 쥐고 있는 쪽 손은 아니었다. 이것은 카가미와 내게 필요한 것이다. 우리 둘 다 이것을 버리는 행동을 용납할 수 없다.

전투는 계속 이어지고 있다. 그렇게 생각하며 빈손에 가까운 오른손을 휘둘렀고.

"⋯⋯윽."

잡았다. 끌어당겼다.

공중에서 떨어지던 그녀에게 맞춰서 주룡담도 받아내는 것처럼 하강했다.

『아래로 내려갑니다――.』

목소리를 듣고 돌아보자 주작이 헛기침을 하고 있었다.

"저기, 방금⋯⋯."

"호리노우치 군! 주인이 의문을 품어서는 안 된다네!"

카가미는 기운이 넘치는 것 같다. 정신을 차리고 보니 나는 한숨만 쉬는 사람을 끌어안고 있었고.

⋯⋯정말.

"망설이게 되면 제게 맡기라고 했을 텐데요."

"아니, 망설이지는 않았어. 그저 어떤 결단을 봤을 뿐이지."

쓴웃음을 지으며 말한 카가미는 숨을 한 번 크게 들이마셨다. 그리고 위쪽을 올려다보고.

"막아야만 하겠지. 하지만――."

벗겨져나간 장갑이 전부 꽃으로 변해간다. 결과적으로 무슨 일이 벌어지는가 하면.

"제어를 잃어가며 전부 부술 생각인가……!"

●

"카가미! 호리노우치!"

헌터는 광학 증폭에 의한 망원술식으로 현장을 확인하고 있었다.

전개되어 있던 모든 꽃의 비구름이 끊겨서 틈새가 만들어진 상태였다.

하지만 그것은 힘이 약해졌기 때문이 아니다. 내부에 있는 꽃을 흩뿌리며 방출하는 기세는 지금까지보다 더욱 강했다. 지금까지는 구름을 띄우고 있었지만, 지금은 거센 바람을 휘몰아치는 형태다.

그곳에 주포 3연사가 몇 번이나 날아가 맞은 구름이 유폭되었다. 가끔 태평양 쪽에도 그것이 날아가 약간 일그러진 호를 그리며 바다를 폭발하게 만들었다.

그리고 함대가 움직이기 시작했다.

『모든 함, 일본 동연안 5킬로미터 위치까지 접근! ──사각 아래로 이동합니다.』

발치가 흔들렸고 가속으로 인해 앞쪽이 올라간 갑판의 경사가 살짝 몸에 닿았다.

……이거 여차하면 같이 죽자는 건데.

해야 할 일은 있다. 나는 지휘소와 통신술식을 연결하고.

"함장! 부함장도! 접근하면 더 정밀한 데이터를 뽑을 수 있지?! 그걸 호리노우치 가문에 보내! 그리고 시호인 학원에 있는 제3위에게도……!"

●

메리는 자신이 해야 할 일을 이해하고 있었다.

……저 비구름의 흐름을 읽어내라, 그런 거죠!

보이지 않는 소멸의 낫을 자유자재로 다루는 내게 힘의 흐름을 읽어내는 것은 쉬운 일이다. 물론 이번처럼 다중화된 힘은 복잡하긴 하지만.

"선생님께서는 그녀의 이동법을 쉽사리 읽어내고 따라하셨죠."

실전 도중에 갑자기 그런 짓을 하니 괴물이다. 나는 그 사람과 비교하면 평범하지만.

"──해냈습니다!"

겹쳐진 것을 읽어내는 것은 특기다. 훈련이 모든 것을 실력으로 만들어준다. 선생님께서는 내 안에 있는 것들 중 그것을 인정해주셨다. 그렇다면.

"정보를 보내겠습니다!"

　　　　　　●

　호리노우치는 코타로를 경유하여 주위의 비구름을 시뮬레이트한 데이터를 받았다. 일단 주작에게 먹이고 나는 포격에 집중했다.

　하지만 붕괴하고 있는 장갑이 오히려 방해가 되었다. 포탄을 때려 넣어도 장갑이 모래처럼 무너져서 충격이 전달되지 않았다. 그리고 부순 장갑판의 칩이 꽃으로 변해 떨어져 내렸고.

　"큭……!!"

　폭발이 폭포처럼 떨어져 내리며 주룡담을 뚫기 시작했다.

　이미 디카이오쉬네는 부서진 채 낙하하기 시작하고 있었다.

　카가미는 내 옆에 있었고.

　"데카오 군. 끌어올릴 수 있겠나?"

　그렇게 묻자 새끼용은 고개를 저을 뿐이었다. 이 정도로 피탄을 막아낸 것만 해도 상당한 빼짱이 필요할 텐데, 그런 태도와는 어울리지 않게 착실한 아이인 것 같다.

　……놓아주길 잘했네요.

　그런데 포격을 날려서 꽃무리에 선행 유폭을 일으켜 안전을 확보하려 해도.

　……이게 언제까지 계속되는 거죠……?!

　그런 의문을 품은 내 귀에 하늘에서 들린 목소리가 있었다.

　플뢰르였다. 부서져가는 마기노 디바이스 위에서 한 소녀가 울고 있었다.

●

"마마! 어디야?! 어디 갔어?! 계속 같이 있기로 했잖아?!
마마! 착한 아이가 될 테니까, 혼날 만한 짓도 이제 안 할 테
니까, 돌아와, 마마!"

나는 나쁜 짓을 하지 않았다. 그런데 어째서 어머니가 사
라진 걸까.

"착한 아이가 아니라서? 그럼 착한 아이가 될 거야! 될게!
될 테니까!"

어머니는 내게 자주 말해주었다. 당신은 착한 아이라고.
그리고, 강해지라고.

하지만 그런 어머니가 사라진 것은.

"당신들이야! 당신들이 있어서 마마가!"

마기노 디바이스의 지각소자가 가르쳐주었다.

내 디바이스, 제피르의 부서진 부분에 숨어 있는 상대가
있다.

"마마를 돌려줘⋯⋯!"

나는 마기노 디바이스를 조작했다. 힘은 있다. 어머니가
그렇게 원해주었다. 그렇기에 그것을 사용해서 거대한 디
바이스를 손으로 집어 움직이는 것처럼.

"아아아아아아아!"

서쪽으로 힘껏 당기면 적은 따라오지 못한다.

직경 3킬로미터의 디바이스를 단숨에 공중에서 옆으로 움직였다.

그러자 보였다. 동쪽 하늘, 회오리치며 흩날리는 꽃의 눈보라 안에 작은 활 형태인 디바이스가 달을 향해 떠 있었다. 그것은 이쪽을 따라잡지 못하고 그저 하늘을 향하고만 있었다.

저것을 부수면 끝난다. 끝나면 마마와 약속했던 헥센나하트다.

마마는 약속을 지켜준다. 그렇다면 이제 간단하다. 위쪽으로 펼친 주포의 술식진으로 주포를 날리고.

"마마, 기다려……! 금방, 그곳으로 갈 테니까! 약속, 지킬 테니까! 그러니까……!"

주포를 힘껏 날렸다.

휩쓸지 않는다. 일직선 공격이었다.

●

호리노우치는 위험을 느끼고 있었다.

……대처가 늦었어요……!

아무리 그래도 직경 3킬로미터에 가까운 마기노 디바이스가 순식간에 이동할 것이라고는 상상하지 못했다.

주룡담은 위쪽을 향한 상태로 상대방에게 노출되어 있다.

이 자세에서는 좌우로 피하는 것이 거의 불가능하다. 상승하려고 해도 포격에 집중하고 있었기에 가속기는 공중 정지 자세를 유지하게끔 설정되어 있었다.

그렇다면 할 수 있는 것은.

"카가미! 세 개의 화살 방어를 다중화시켜서 견딜 거예요! 그래도……."

카가미의 디카이오쉬네는 거의 다 부서진 상태로 지상을 향해 천천히 떨어지고 있었다. 그러니 그쪽으로 피할 거라면 가세요. 그렇게 말하려 했다.

하지만 힘이 그 말을 막았다.

카가미가 내 어깨를 세게 안고 끌어당겼다.

정면. 주룡담의 건너편에서 주포가 삼중으로 발사되었는데도, 빛이 이쪽으로 밀어닥치고 있는데도, 그녀는 눈썹을 치켜세운 채 웃으며 손에 힘을 주고 이렇게 말했다.

"지금이 중요하다."

그리고.

"호리노우치 군. ——저 상대에게 이기고 꾸짖는다면, 자네는 어떤 모습을 상상하지?"

"그건——."

무슨 말을 하는 거냐고 생각한 순간.

장미꽃 주포가 주룡담에 직격했다.

●

"하드 히트야!"

헌터는 전장인 기류 안에서 막대한 유체 폭발이 발생한 것을 확인했다.

그것은 분명히 마기노 디바이스가 붕괴된 파편. 결론만 말하자면.

"졌나……!"

디카이오쉬네는 아래로 가라앉아 보이지 않게 되었다. 원래 거의 다 부서진 상태다. 그리고 포격으로 우세를 점할 수 있는 주룡담도 파괴되었다. 그렇다면.

"젠장……!"

『헌터!』

나는 갑자기 부함장 '송 카페'의 목소리를 듣고 몸을 떨었다.

그리고 갑자기 갑판 위와 각 함선의 곳곳에서 경고를 알리는 술식진이 뜬 것이다.

●

……어?!

헌터가 급하게 돌아본 시선 끝, 모든 함선이 경고 상태로 전진했다. 우리가 나아가고 있는 곳에 위험하다고 추측되는 것이 존재하기 때문이다. 하지만 플뢰르의 디바이스는 폭주 상태에 빠져 위험하긴 하지만 이미 데이터 같은 것은

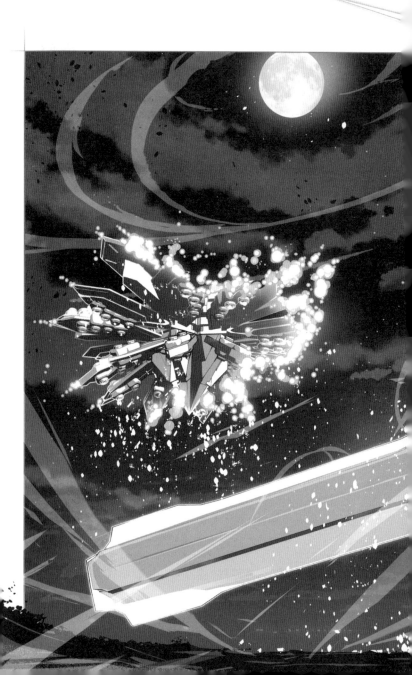

뽑은 상황이다. 그렇다면.

『헌터! 앞을 잘 봐! 이쪽의 관제 시스템에서 경보를 울릴 정도로 큰 놈이 있다!』

"큰 놈⋯⋯?!"

『모르겠어! 식별이고 뭐고 아무것도 없다! 신형이야! 그것도──.』

'송 카페'의 말이 끝나기도 전에 그것이 모습을 드러냈다.

주룡담의 파쇄로 인한 유체 폭발의 연기. 빛나는 적란운 안에서 한 쌍의 날개가 밤하늘로 뻗은 것이다.

구름을 뚫고 하늘에 보인 길이만 해도 전장 5킬로미터가 넘었다.

"⋯⋯어?"

나는 주위에 들리는 파도소리나 함대의 가속음과 바람소리를 무시하고 멍해진 채 숨을 내쉬었다.

⋯⋯저게 뭐야.

갑판 위에 있던 다른 사람들과 함께 말문을 잃고 있자니 그것이 구름을 제치고 앞으로 나섰다.

큰 방울 소리와 종소리. 그렇게 겹쳐져 울리는 소리와 함께 보인 것은 붉은 갑주와 외투.

깊게 눌러쓴 투구에도 날개의 장식이 있었다. 그리고 낯익은 디카이오쉬네를 붉은색으로 물들인 채 거대화시켜서 쥐고 있었던 것은.

"성기사형⋯⋯?"

아니. 날개를 달고 치마와 소매에 구름을 길게 늘어뜨리고 있는 그것은 그런 것이 아니었다.

　높이는 3킬로미터 이상. 신상처럼 생긴 그것의 이름을 호리노우치 가문에서 들어온 통신에서 이렇게 전했다.

　『큰사모님께서 기록에 남기셨습니다. 마기노 프레임을 승화시켜 더욱 상위화된 모습.』

　그것은.

　『지오 프레임, 큰사모님께서는 그런 이름을 붙이셨습니다……!』

●

　코타로는 영상으로 그것을 보고 있었다.

　예전에 나는 저것을 한 번 본 적이 있을 것이다. 그저 잊게 되었을 뿐.

　"아가씨, 감사합니다……."

　내가 처음 모신 주인, 그 사람의 지워진 기억을 이제 덮어쓸 수 있다.

　보아하니 그 신상은 카가미를 닮은 것 같기도 했고, 호리노우치를 닮은 것 같기도 했다.

　비결은 분명 디카이오쉬네일 것이다. 붕괴되어 아래로 떨어진 마기노 다바이스, 하지만 완전히 죽은 것이 아니었다.

그때, 그 거대 디바이스가 붕괴되어 막대한 양의 유체가 방출되었다.

디카이오쉬네는 그것을 축적하여 카가미에게 준 것이다.

그 뒤로는 호리노우치에게 달렸다. 신도, 무녀는 신과 이어져 그것을 정의하는 자다. 그녀가 원한 모습이 카가미의 성기사와 닮은 이유는 얼마 전 할로윈의 영향일까.

"역시 대단하십니다, 아가씨……!"

●

호리노우치는 이것을 알고 있는 것 같다는 느낌이 들었다.

……아뇨, 알고 있는 거예요.

가슴 위. 갑판 비슷하게 생긴 받침대 위에서 나는 카가미와 함께 그것을 움직였다.

"지오 프레임……."

이 디바이스는 카가미와 나의 합작품이다. 새끼용과 주작, 양쪽이 각각 띄운 술식진에는 거대한 신상이 보는 시야가 떠 있었다.

정신을 차리고 보니 우리의 폼도 형태가 바뀌어 있었다. 날개장식을 달고 외투나 소매에 사이드 스커트까지 장비한 것은 신도의 무녀치고는 너무 서양스러울 텐데.

하지만, 나는 그렇게 생각했다.

……이게 제가 상상한 '힘'의 이미지인 거죠.

부정하지 않는다. 그리고 정면. 커다란 꽃이 있었다. 5초 만에 도착한다. 그러니까.

"가요, 카가미……!"

"아, 호리노우치 군. 이것의 이름은 어떻게 할 텐가?"

잘 생각해보니 내 주룡담은 이어받은 것이라 이름을 붙이지는 않았다. 그러니까.

"저는 잘 모르니까요. 카가미에게 맡기──."

"그럼 하이퍼 망코는 어떤가?! 출격이다! 울트라 망코!"

신상이 멈춰 섰다.

"바, 바보! 기분이 상한 것 아닌가요?!"

"아니, 자네의 기분에 맞춰서 움직이고 있는 것뿐인 것 같다만?"

정말, 그렇게 생각하고 숨을 내쉬었다. 그러자 신상이 다시 움직였고.

……아.

기류의 연쇄폭발이 일제히 발생했다. 이쪽을 파괴하기 위해 플뢰르가 모든 꽃에 폭쇄 지시를 내린 것이다.

●

메리는 영상 안에서 대규모 유체 폭발이 일어나 술식진에 화이트 아웃을 발생시킨 것을 보았다.

북쪽, 하늘 높은 곳에서 흰 빛이 내달렸고, 밤하늘 표면에 고속의 아지랑이가 가로질렀다. 북쪽 전장에서 폭발로 인해 밀려난 대기가 환경 수준으로 일그러져 이쪽에도 닿은 것이다.

그리고 나는 육안으로 그것을 보았다.

멀리 북쪽의 땅. 도쿄만 북쪽 해안의 붕괴된 건물들을 훨씬 넘어선 곳에.

"저건……."

폭발의 빛과 연기를 뚫고 여신상이 한 발짝 앞으로 내디뎠던 것이다.

멀쩡했다.

……신도에서 유래된 정화의 힘인가요.

아마도 현장에서는 분명 그 움직임에 맞춰 큰 방울 소리가 울리고 있을 것이다.

그리고 신상이 천천히, 하지만 가볍게 한 발짝 앞으로 내디뎠다.

●

"거짓말……!"

플뢰르는 있을 수 없는 힘이 정면에서 다가오는 것을 보고 있었다.

……거짓말이야!

"마마는 그런 걸 가르쳐주지 않았어! 그런 것을 쓰다니,

마마한테 미안하지도 않아?! 치사하다는 생각 안 해?!"

꽃 무리를 날렸다. 부포 일제사격을 때려 넣었다.

하지만 어떤 것도 방패로 들어 올린 대검조차 상처입히지 못했다.

"마마……! 약속을 지킬게……!"

나는 소리치며 두 손을 앞으로 휘둘렀다.

주포 삼연격을 검처럼 휘둘러 위에서 아래로 내리쳤다.

●

승부는 일격이었다.

받아치려는 듯이 대검을 위로 들어 올린 신상이 카운터로 일격을 날렸다.

고속의 참격은 하늘에서 채찍처럼 날아든 세 겹의 장미창에 맞았고.

"막을 거예요……!"

큰 방울과 종소리가 겹쳐져 들리는 것과 동시에 칼날이 장미꽃 세 줄기를 두 동강 냈다.

장미꽃이 흩날리고 빛이 찢어진 아래쪽. 대검의 칼날은 전장 4킬로미터가 넘었다.

그리고 붉은 대검이 커다란 꽃을 갈랐다.

위쪽에서 바닥까지, 자세를 낮추며 마무리 동작에 들어가자 칼날은 지면에 수평이 될 때까지 떨어져 내렸고.

"——."

신상이 공중에 계속 존재하고 있던 커다란 꽃에서 등을 돌렸다.

그대로 몸을 일으키며 대검을 지면에 꽂은 순간.

계속 붕괴되고 있던 꽃 형태의 디바이스가 좌우로 갈라지며 각각 위아래로 어긋나기 시작했다.

붕괴는 한순간이었다. 모든 것이 폭발하지도 않고 그저 꽃잎으로 변해 공중에 흩날렸다.

파도소리처럼 대기가 뒤흔들렸다.

잎과 줄기 무리가 울렸다. 그런 소리가 하늘에 울려 퍼졌다.

그 직후에 꽃의 모든 부분이 터져 큰 고리가 퍼져나가는 듯이 공중으로 뻗어 나갔다.

그 뒤로는 그저 모든 것이 빛의 파편으로 변해 대기를 장식할 뿐이었다.

파쇄된 것이다.

어느새 하늘이 희미한 빛을 보이고 있었다.

싸움이 끝나고 아침이 밝으려 하고 있었던 것이다.

제15장

『전하고 싶은 것』

지금 생각해보면.
그것은 아침이 밝기 전의.
밤하늘과 마찬가지였다.

동틀 무렵, 호리노우치는 대지에 카가미와 함께 내려와 있었다.

좀 전까지는 전장이었던 곳이다.

끝없이 평지가 이어져 있고, 지구가 둥글다는 것이 느껴지는 지평선 너머에 나스 고원과 산맥이 아직까지는 새벽의 어둠으로 인해 검푸르게 자신의 존재를 나타내고 있었다.

조용하다.

미군의 F-23이 상공에서 커다란 호를 그리며 경비를 맡고 있었다. 충격파의 낮은 소리가 들리는데, 조용하다고 느끼는 걸 보면 전장의 소음이 꽤 컸던 모양이었다.

바다 쪽에서는 헌터 일행도 조사를 하고 있었는지 폭쇄술식 같은 것이 남아 있지는 않다고 했다.

서쪽 하늘에도 유럽 U.A.H.의 마기노 디바이스가 보이긴 했지만, 접근하지는 않았다. 위는 이미 지오 프레임을 해제시켰고, 평소 때 입던 교복 차림이다.

돌아갈 때는 코타로가 수배한 일본 U.A.H. 헬리콥터를 타고 가게 될 것이다.

……정말, 돌아가면 어떻게 커버를 해야 하려나요.

U.A.H.에 설명을 하거나 호리노우치 가문쪽에서 대처할 것도 있다. 그것들을 코타로에게 맡기고 학교 안으로 도망친다 해도 요즘에는 유명인 취급이기에 신문부나 홍보위원들

이 시끄럽게 굴 것이다. 학생회장이라는 신분은 상대방이 다가올 이유가 되기도 한다. 하지만 지금은 그런 것보다도.

"플뢰르."

초면인 것은 아니지만, 이름을 부르는 관계라 해도 되는 걸까.

우리는 그렇게 생각하면서 아직 어둑어둑한 들판에 앉아 울고 있던 소녀에게 말을 걸었다.

이것은 승자의 거만일 것이다, 그런 생각도 들지만.

"아⋯⋯."

울고 있던 소녀가 이쪽을 보자마자 일어섰다.

통한 것이다. 우리가 좀 전까지 싸우던 상대라는 것이.

●

호리노우치는 힘없이 걸어온 플뢰르를 맞이했다.

걸음 숫자는 11. 그렇게 그녀는 이쪽으로 왔다. 하지만 마지막에는 몸통박치기를 날리는 듯이.

"당신들이⋯⋯!"

달라붙어서 때렸다. 몸 전체로 밀어내면서 물러나라는 뜻을 나타내고 있다.

인정하지 못한다, 그렇게 말하고 있는 것이다. 우리도, 좀 전에 벌였던 싸움도, 지금 자신이 겪고 있는 처지, 모든 것이 거짓말이라고, 있을 수 없는 일이라고. 그러기 위해 우리를 밀어내며 이기려 하고 있었다.

……네.

나는 그 마음을 받아들였다. 살짝 물러나서 그녀의 열기를 느끼며 바라보고 있었다.

옆에 있던 카가미가 내 몸을 받쳐주려 했지만 손을 들어 말렸다.

나는 그저 그녀의 목소리를 들었다.

"마마가! 마마가 없어져 버렸어……!"

무슨 말을 할 지는 알고 있다.

"돌려줘! 돌려줘!!"

알고 있다.

"어째서…….'

알고 있는 것이다. 플뢰르도 어머니에 대해 아무것도 모르고 있지는 않았을 것이다. 그저 언젠가 다가올 미래를 인정하고 싶지 않아서 변명 같은 조건을 만들어 의존하고 있었던 것이다.

그리고 나도 알고 있다. 울음을 터뜨리고 내 멱살을 잡으면서, 하지만 얼굴을 가슴에 파묻고 소리 지르는 그녀를 알고 있다.

예전에 나도 그랬다. 그러니까.

"─────."

나는 그녀를 껴안았다. 그러자 자그마한 어깨가 떨렸고.

"그만둬……!"

그만두지 않는다. 날뛰더라도 놓지 않는다.

"그만두라고! 그런 짓을 하면 마마가 없어져버려……!"

그렇다. 이것은 승자의 거만. 패자가 이것을 받아들이면 잃었다는 사실이 확정된다.

과거의 나와 같은 아픔을 겪으라는 말은 하지 않는다. 하지만.

"그만두라고……!"

그렇게 말하고 눈물을 흘리며 올려다본 얼굴을 나는 보고 있었다.

어느새 일그러진 시야로.

●

플뢰르는 상대방을 책망하려 했다. 비겁하다고, 그만두라고, 인정하고 싶지 않다고.

그런데 올려다본 시야에 그것이 보였다.

나를 끌어안은 상대방이 눈물을 흘리고 있었다.

왠지 나를 비웃는 것 같다는 착각이 들었다.

그 감각으로 인해 나는 창피하다는 느낌이 들어서.

"뭐, 뭐야! 동정하면서 눈물 따위를 보여줘봤자……."

"아니에요."

그녀가 말했다.

"아니라고요."

호리노우치는 그제야 이해했다.

예전에 있었던 일. 그리고 얼마 전 카가미와 전투를 벌인 뒤 저녁에 부두에서 무슨 일이 있었는지 떠올리면서.

"동정하는 게 아니에요."

나는 눈물을 흘리면서도 눈썹에 힘을 주고 플뢰르에게 말했다.

"당신의 어머니. 저희의 은인이 돌아가셨죠. 그 사실과 당신이 슬퍼한 것이 슬픈 거예요."

그렇다.

이건 동정이 아니다. 그저 그녀가 슬퍼하게 된 원인인 사람을 나도 소중하게 여기고 있었다.

그렇기 때문에 눈물이 흐르는 것이다.

알았다. 왜 그때 카가미가 눈물을 흘렸는지.

지금 품 안에 있는 소녀도 언젠가 알게 되는 걸까.

그리고.

"이봐, 호리노우치 군, 플뢰르 군."

그 목소리를 듣고 돌아본 내 시야는 어떤 광경을 보았다.

주위의 대지가 떠오르는 아침 해의 빛을 받기 시작한 것이다. 하얗게 보이는 햇빛이 수평으로 닿았다. 하지만 곧바로 각도를 높여 우리가 있는 들판을 밝게 만들어나가기 시작했다. 그런 빛의 흐름으로 인해 보인 것은.

"꽃이······."

플뢰르의 목소리를 듣고 그녀를 놓아주자 자그마한 그녀는 발돋움하며 모든 지역을 둘러보려 했다.

그녀의 키로는 힘들 것이다. 이곳에 있는 것은 지평선 건너편까지 펼쳐진.

"꽃밭인가요······?"

"학장 각하께서 부흥사업으로 가호가 걸려있는 꽃씨를 이쪽에 뿌리셨던 모양이더군. ······결과는 어찌됐든 이곳을 전장으로 삼은 그녀가 분명 자네에게 보여주고 싶었던 거야, 플뢰르 군."

카가미가 플뢰르에게 물었다.

"이곳에 자네의 어머니는 안 계시나?"

그렇게 묻자 플뢰르가 울상을 지으며 돌아섰다. 하지만 그녀는 대답하지 않고 눈물을 닦은 다음 우리에게서 등을 돌린 뒤 몇 발자국 앞으로 달려갔다. 그리고 숨을 헐떡이면서 거친 숨을 내쉬고.

"마마!!"

대지에, 대기에, 플뢰르가 외쳤다.

"나, 나······!"

거기까지였다. 소녀는 두 손으로 얼굴을 가리고 다시 소리 내어 울음을 터뜨렸다.

하지만 그 목소리는 저항하는 것도 아니고, 호소하는 것도 아니고, 그저 답답함을 풀기 위한 것이었고.

……그렇죠.

예전에 나도 저렇게 울었다. 저항해도, 호소해도, 아무것도 바뀌지 않는다면 질릴 때까지 계속 울 수밖에 없는 것이다. 그리고 언젠가 눈물을 흘리는 것조차 질리면 일어서는 것이다.

예전의 나와 지금의 나. 어머니께서 보시면 어떨까, 그렇게 생각했을 때였다.

……어머?

가호가 걸린 꽃이 피어난 초원이기 때문일까. 주위에 유체의 빛을 머금은 바람이 불었다. 그런데 그것은 플뢰르 곁으로 다가가서.

"학장님…….."

한순간, 그곳에 그녀가 있는 것처럼 보였다. 미소를 머금은 그녀는 울고 있던 플뢰르의 어깨를 안아주고 이쪽을 향해 고개를 숙인 다음.

……아.

하늘로. 해가 떠오르기 시작한 아침 하늘로 날아올라 꽃의 대지를 두고 사라져갔다.

그렇게 보인 것은 착각인 걸까.

최종장

『그것은 자그마한 빛』

뭐, 그렇지.
계절은 돌아오는 법이야.

●

저번 랭크전이 끝나고 1주일이 지났다.

리스베스는 일본에 온 의미를 새삼 생각하고 있었다.

유럽 U.A.H.의 대표로 왔지만, 랭커전 다음 날, U.A.H.에서 물러나 시호인 학원의 학장을 이어받은 것이다. U.A.H. 쪽에서 항의가 들어왔지만, 미국 U.A.H. 등의 견제 등에 힘입어 결국 유럽 U.A.H.의 특별 고문을 받아들이는 것으로 해결되었다.

할 일은 산더미처럼 쌓여 있다. 헥센나하트를 준비하는 것도 있지만, 지오 프레임이라는 개념이 각 나라를 뜨겁게 만들고 있다. 특히 카가미 카가미라는 존재의 '검은 마녀의 언니'라는 부분이 좋든 나쁘든 사람들의 관심을 끌었기에 심문 아니면 인터뷰, 그런 분위기를 보면 싸늘한 웃음밖에 나오지 않았다. 각 나라의 초빙 요청이나 매스컴의 취재 등을 거절하다 보니 스리지에와 함께 시호인 학원이라는 곳을 만든 것이 정답이었다는 생각이 뒤늦게나마 들었다.

……예전에 우리도 그랬지.

미츠요는 호리노우치 가문에서 손을 잘 써주었다. 지금은 내가 그렇게 다음 세대를 지켜나가야만 한다고 생각하는데.

"플뢰르, 이쪽이다."

오늘, 중요한 일이 생겼다.

오랜만에 등교한 플뢰르가 지하사당에 가고 싶다고 말한

것이다.

●

말이 없는 플뢰르를 데리고 걸어가다 보니 볼일이 있는 종착 지점에 금방 도착했다. 카드키를 꺼내서.

"이걸 말이야. 이렇게, ……여기에 대면 열리지."

깜짝 놀라려나 싶었는데 여전히 말이 없었다. 뭔가 꾹 참고 있는 것 같기도 했다.

뭐, 됐어. 나는 그렇게 말하며 문을 열고 내부를 보았다.

그곳은 조명 이외의 빛이 없어 어두운 곳이었다. 하지만 가운데에 있는 관의 빛을 받고 있는 것이 있었다.

화룡이었다. 분홍색 화룡은 이쪽을 보고.

『──.』

어라, 그렇게 생각하고 있자니 내 곁을 지나 달려갔다.

화룡은 사역체로서 강력하긴 하지만, 딱히 포획 의무가 있는 것은 아니다. 주인을 잃었으니 공생관계를 얻기 위해 다시 누군가를 찾아내겠지.

……이 애도 마찬가지려나.

옆에 있던 플뢰르를 보고 나는 그렇게 생각했다.

그녀에게는 어떤 중대한 이변이 발생했던 것이다.

……술식을 전혀 쓸 수 없게 되어버릴 줄이야.

유체 등을 조작하는 능력은 사라지지 않았다. 그저 어떻게 하면 되는 건지 모르게 되어버린 것이다.

어머니와의 콤비네이션이 너무 완벽했기 때문이기도 할 것이다. 좋든 나쁘든, 스리지에가 플뢰르의 행동지침이었다고도 할 수 있다.

다시 말해 수단이 사라져버리긴 했지만, 능력 자체는 있는 것이다. 언젠가 기회가 생기면 원래대로 돌아오겠지. 정밀조사에 따르면 제어계는 그렇다 치고, 유체의 추출능력은 나보다도 훨씬 뛰어나다는 것을 알게 되었다. 다시 말해 그 거대 디바이스와 공격은 그녀가 끌어낸 유체가 기초이고, 스리지에는 제어하는 것을 도와주기만 한 것이다.

그리고 내가 시든 풀밭이 되어버린 홀에 발을 내디뎠을 때.

"——."

플뢰르가 달려가서 중앙에 있던 관 쪽으로 다가섰다. 풀을 밟는 발소리가 가볍게 들렸고, 그녀는 그곳에 도착한 뒤 무릎을 꿇었다.

그녀의 어머니가 그곳에 잠들어 있다.

"마마."

귀에 익은 그 목소리가 떨리면서 이렇게 말했다.

"계속, 여기 있었구나."

아, 나는 그렇게 생각했다. 그녀가 부모를 떠나는 순간이라고.

과거형이기 때문이다. 소중한 존재가 이미 어디론가 떠났다는 사실을, 그런 존재였다는 사실을, 움직이지 않는 모습을 보는 것으로써 마음에 새긴다.

"리스베스."

"뭐냐."

"나, 이 학교에 있어도 돼?"

"장래가 유망한 마녀를 바깥으로 내쫓을 생각은 없다."

"나는 나쁜 아이였어."

"그렇지."

나는 고개를 끄덕였다.

"어머니가 한 말을 형편 좋게 생각하고, 응석을 부리고, 혼자서는 아무것도 하지 않고, 의존하기만 하고."

하지만.

"그것이 스리지에에게는 무엇과도 바꿀 수 없는 시간이었다. ──착한 아이가 되는 것을 볼 수 있는 것이 나밖에 없다고 생각하니 스리지에는 참 안 됐군, 그런 말밖에 못 하겠지만."

"그럼."

"학생이 질리면 말해라. 학장을 시켜주지. 일은 간단해. ──거친 들판에 꽃을 심기만 하면 된다."

그래, 그렇게 대답한 자그마한 소녀가 등을 돌린 채 고개를 숙였고 어깨를 떨었다. 그런데 무언가를 눈치챘다.

"왜 그러지?"

"마마가, ……웃고 있어."

그랬던가. 사후경직은 이 보존술식 안에서도 발생하는 거였던가? 하지만 내가 얼마 전 밤에 본 그녀는 웃지 않고 얌전한 표정이었다. 그렇다면.

……너…….

그 전투의 기록에 따르면 스리지에는 최후에 딸을 지키려다가 사라진 모양이었다.

그것은 그녀가 원래 원하던 것. 내가 얼마 전 밤에 그녀에게 물었던 것이었다.

……너, 듣고 있었던 거야?

정신을 차리고 보니 발치에 자그마한 빛이 있었다.

야광초다.

그 화룡이 있었던 곳. 그 사역체는 주인의 혼의 파편이 남아 있다는 증거를 계속 이곳에서 지키고 있었을 것이다.

오래된 친구의 혼은 사라지지 않았다.

"그렇구나."

정신을 차리고 보니 볼에 뜨거운 것이 두 눈에서 흘러내리고 있었다.

"헥센나하트다."

랭크 1위가 된 두 사람은 다른 두 사람까지 같이 이곳으로 오던 도중에 본 학교 식당의 테라스에서 뒷풀이다 뭐다 하면서 요리를 서로 빼앗고 있었다. 그 모습을 보고 저 녀석들도 참, 그렇게 생각한 반면.

……그렇지.

우리도 예전에 그랬다. 스리지에란 벚꽃이라는 뜻이다.

봄에 피어나는 꽃이 지금에야 시들었다.

하지만 가을에 피는 꽃도 피어나기를 기다리고 있다.

꽃이 있는 곳은 떠들썩한 편이 낫다. 시끄러운 것도 꽃다운 것이라 할 수 있다.

"리스베스."

"뭐냐."

내가 묻자 플뢰르가 이렇게 물었다.

"마마하고 그 무녀의 어머니, ……예전에 대표권을 정할 때는 어떤 이유 때문에 싸웠어? 당시에는 랭커전 제도가 없었지?"

아, 나는 그렇게 말하며 고개를 끄덕였다. 10년 전에 발생했던 거대 디바이스와 지오 프레임 소환. 그런 사태에까지 이른 싸움의 이유는 무시무시한 것이었다.

"저녁 8시의 채널 다툼이었지."

플뢰르가 믿기지 않는다는 표정으로 나와 어머니를 번갈아 가며 보았지만 뭐, 자주 있는 일이다.

──약속을 지킬게.

이렇게 『격돌의 헥센나하트 Ⅲ』을 보내드립니다. 역시 마법소녀라면 꽃에서 모티브를 따온 캐릭터가 한 명은 있어야지, 그런 느낌이죠. 지금까지 공수도가나 처형인을 내보낸 사람이 할 말은 아니지만요, 네.

그런데 조사해보니 의외로 모티브가 많은 것 같으면서도 적은 느낌이 듭니다, 마법소녀라는 소재 말이죠. 역시 '소녀'여야만 하기 때문에 왕도라고 할 수 있는 것이나 갖추어야 할 구색 같은 게 있어서 꽤 공부가 많이 됩니다.

그런데 가장 무시무시한 것은 그런 장식에 집착하면 작화가 단숨에 골치 아파진다는 점이죠. 균형을 잡기가 힘들다고 해야 하나.

동시에 병행하고 있는 만화판, 츠루기 씨께서 작화 등을 열심히 맡아주고 계십니다. 아마 이번 권과 동시에 메리 편의 결판이 나는 3권이 나올 텐데요, 망코의 의기양양한 표정 같은 것을 볼 수도 있으니 생각 있으시면 그쪽도 봐주셨으면 합니다.

아무튼 이번에는 나스 쪽에서 떠들썩하게 일을 벌이곤 했는데요, 예전에는 그 근처로 자주 스키를 타러 가곤 했습니다. 일시적으로 눈이 적게 온 해가 계속되어서 가지 않게 되었습니다만, 중간에 식당에서 '이건 분명 양고기를 쓴 「규동」이다'라든가 '왜 찬합에 카레가……'라는 상황이 지금도 벌어지고 있을까요. 정겹네~.

　자, 채팅.

"마법소녀에 대해 말해보도록 해."

『음수가 항상 곁에 있는 것 같다는 의심이 제 마음속에 있습니다.』

"의혹이냐. 그래도 음수라고 부르지 마. 본인은 아마 진지할 거라고."

『그래도 어디까지가 마법소녀인 걸까요. 음수가 있으면 되는 걸까요. 그렇다면 마녀배달부 키키의 어머니도 마법소녀! 좋네요, 제 취향이라고요, 제 취향!』

"시끄러. 아니, 척 봐도 음수가 아닌 것도 있잖아. 감시역이라든가."

『감시역 음수……!』

"음수에서 벗어나라고. 아니, 남자에게도 붙어 있는 경우가 있잖아, 음수. 음흉한 뜻으로 말한 건 아니고. 역시 제목에 따라 갈리는 것 아닐까? 아니, 꽃천사 루루는 아니구나. 자기완결."

『멋대로 이야기를 꺼내놓고 멋대로 끝냈어……!』

　아니, 끝내지 않았거든요. 내던진 거지. 자, 이번 작업 BGM은 슈퍼 행온의「Outride a Crysis」. 새벽 무렵의 이미지가 진한 곡이라 항상 이걸 선택했었습니다.

　그런데 이번에는 '누가 가장 응석을 부리고 있었을까'로 마무리. 다음에는 호라이즌의 걸즈 토크인데요, 스마트폰 쪽에는 옵스태클 리부트도 진행되니 떠들썩해질 것 같습니다.

2016년 6월 매우 더운 아침

카와카미 미노루

역자 후기

안녕하세요. 천선필입니다.

이번 『격돌의 헥센나하트』 3권, 재미있게 읽으셨는지 모르겠습니다.

이 후기에서는 3권의 내용에 대해 꽤 많이 이야기하고자 하므로 혹시나 아직 끝까지 읽지 않으신 분께서는 먼저 본문을 다 읽어주시길 바랍니다.

마법소녀 이야기를 가장한 전함 이야기(?), 전투기 이야기(?)도 슬슬 클라이맥스로 다가가고 있는 것 같습니다. 이번 권에서는 주인공 일행이 1위와 전투를 벌이고 승리함으로써 1권부터 쭉 이어진 랭크전이 마무리되었기에 이제 작품의 제목이기도 한 헥센나하트, 최종 결전만을 남겨두고 있는 상황입니다.

그런데 제가 번역 작업에 들어가기 전에 원서를 처음부터 끝까지 읽고 난 뒤에는 주인공 일행, 다시 말해 카가미와 미츠루보다는 오히려 이번 권의 적으로 등장하는 플뢰르와 스리지에, 그리고 루에거가 더 인상에 남은 듯한 느낌입니다. 주인공 일행이 마지막에 지오 프레임이라는 파격적인 파워업을 했는데도 불구하고 말이죠.

생각해보니 주인공 일행은 1권, 2권과 딱히 다르지 않은 스탠스로 일관하는데 비해 플뢰르와 스리지에 모녀는 주인공 일행과는 다른 스탠스를 보여주면서 작품의 전체적인 세계관, 헥센나하트가 어떤 식으로 사람들에게 비극이 되는지 보여준 것이 저로 하여금 그렇게 느끼게 만들어준 것 아닐까 합니다. 아무래도 어렴풋한 지식으로 아는 것보다는 등장인물의 리액션을 보는 것이 훨씬 더 효과적인 전달방법이니까요.

등장인물들의 디바이스도 그렇지만 플뢰르와 스리지에의 경우 해당 등장인물의 이름도 꽤 직관적인 뜻을 품고 있는 것 같습니다. 플뢰르는 Fleur, 프랑스어로 꽃이라는 뜻이죠. 그리고 어머니인 스리지에는 Cerisier, 플뢰르와 마찬가지로 프랑스어, 벚꽃이라는 뜻입니다. 이 등장인물들이 사용하는 술식, 좋아하는 것, 그리고 목표로 삼고 있는 것이 무엇인지 잘 나타내주는 이름이라는 생각이 듭니다. 표지 뒷면의 단편 소설에 이런 부분이 잘 묘사되어 있으니 혹시 읽지 않으신 분은 꼭 읽어보시길 추천합니다. 특히 본문을 먼저 읽고 표지 뒷면을 읽으면 더욱 여운이 남을 것 같습니다.

감사의 인사를 드리고 후기를 마치려 합니다.
항상 고생이 많으신 담당 편집자분과 소미미디어 관계자 여러분, 부족한 원고로 인해 매번 폐를 끼쳐드리는 것 같

아 죄송합니다. 진심으로 감사드리며 앞으로도 잘 부탁드
립니다.

그리고 독자 여러분, 매번 말씀드리는 것 같지만 이렇게
일을 마치고 후기를 쓸 수 있는 것도 독자 여러분 덕분이라
생각하고 있습니다. 감사합니다.

다음 권으로 이 시리즈는 완결됩니다. 작품의 제목이기도
한 헥센나하트, 최종결전이 어떤 식으로 전개될지 기대해
볼 만할 것 같습니다.

행복한 하루 보내시길 바랍니다.
감사합니다.

천선필

설정 자료집

──일부야!

이미지를 보완하는데 도움이 되면 좋겠습니다!(일러스트·해설··카와카미 미노루)
──이렇게 헥센나하트 개시 전에 제가 만들었던 자료나 디자인 같은 것들을 이것저것 공개합니다!

【플뢰르】

『플뢰르 사복』

플뢰르의 사복은 꽤 아가씨 디자인. 꽃에서 모티브를 따왔기에 프릴을 배치하기도 했습니다. 반소매인 이유는 화단 같은 곳에 자주 있기에 긴 소매 옷을 입으면 꽃을 만질 때 걸리적거리거나 바깥에서 그 광경을 봤을 때 위화감이 들 것 같다는 느낌 때문입니다.
그녀도 그리는 사람에 따라 캐릭터의 이미지가 많이 바뀔 것 같네요~.

【플뢰르 디바이스 : 괭이창 제피르】

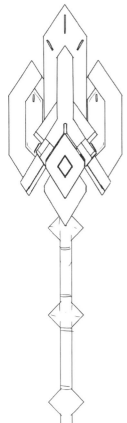

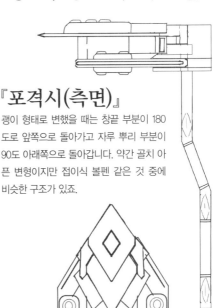

『포격시(측면)』

괭이 형태로 변했을 때는 창끝 부분이 180도로 돌아가고 자루 뿌리 부분이 90도 아래쪽으로 돌아갑니다. 약간 골치 아픈 변형이지만 접이식 볼펜 같은 것 중에 비슷한 구조가 있죠.

『통상시』

괭이형 디바이스입니다만 사실 날 부분을 세워서 창 모양으로 만들 수 있습니다. 어머니가 사용하던 디바이스에 기반한 디자인이고, 그녀는 근접전을 벌일 때 이쪽을 썼습니다. 하지만 플뢰르는 몸집이 작아서 창을 다루기 힘들었기 때문에 괭이형으로 거의 고정되었습니다.

『포격시(윗면)』

포격시의 날을 위쪽에서 본 형태. 떡잎 세 개가 겹쳐져 있습니다. 통상시에 보였던 창끝의 뒷부분에 해당되는 부분인데요, 포격시에는 그 부분이 위쪽을 향하는 거죠. 이 떡잎 세 개는 열려서 포문으로 날리는 공격을 좌우로 퍼뜨립니다.

【리스베스】

U.A.H.의 대표입니다만, 유럽 주체의 U.A.H.는 정치 쪽의 권한이 강해서 그녀가 전체적으로 총괄하고 있는 것은 아닙니다. 그리고 미국과 일본에서 보기에는 '유럽 U.A.H.'입니다만, 상대방이 보기에는 일본과 미국이 멋대로 독자적인 움직임을 취하고 있을 뿐이기에 자신들은 'U.A.H.'라고 하고, 꽤 골치 아프죠.

정체는 전 삼현자. 쿨 계열로 보이기도 합니다만 그냥 말하는 것이 귀찮은 계열. 호리노우치와 플뢰르와는 나름대로 관계를 맺어왔습니다. 그리고 이름인 리스베스는 독일 방면에서 엘리자베스의 발음입니다. 꽤 귀족 계열 아가씨죠. 예전에는 그랬다는 거지만요.

『리스베스 사복』

사복이라기보다는 U.A.H.의 제복. 케이프와 모자를 착용하고 있어서 마녀 느낌과 군인 느낌이 드는 것 같다고나 할까. 옆트임이 깊게 파인 것은 마녀의 빗자루로 대표되는 이동 시스템을 올라타기 때문에, 그런 설정입니다.

『리스베스 마기노 프레임』

흑마녀 사양입니다. 무리하시네……. 독일은 마녀의 나라, 이건 저희 쪽 전통이죠. 의외로 심플한 모양이고 항공기동보다는 전투 중시, 가벼운 구조입니다.

【리스베스 디바이스 : 드라군(용기병)】

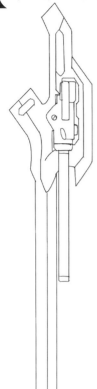

【일반병용 디바이스】

잔뜩 나왔고, 굳이 말하자면 다루기 까다로운 설정인 마기노 디바이스. 리스베스의 디바이스를 양산형으로 만든 것으로 포탑은 위에 달려 있습니다. 리스베스가 시험할 때는 문제가 없었지만 일반 마녀에게는 연계 같은 것을 하기가 힘들었기에 서로 위치 등을 감지하기 위해 레이더 돔을 나중에 달게 되었습니다.

아래쪽이 칼끝입니다. 기본적으로는 한 손으로 들지만 이도류를 쓸 때는 위쪽이나 뒤쪽 손잡이를 순간적으로 바꿔 쥐며 사용합니다. 공간절단이 어느 정도 원거리를 공격할 수 있기 때문에 원래는 칼날만 있는 구조였는데요. 호리노우치의 어머니 일행과 절차탁마하는 과정에 포탑을 붙였습니다. 그래서 포탑부분만 나중에 가져다 붙인 느낌이 듭니다.

Gekitotsu no Hexennacht 3
© MINORU KAWAKAMI 2016
First published in 2016 by KADOKAWA CORPORATION, Tokyo.
Korean translation rights arranged with KADOKAWA CORPORATION, Tokyo,
through Koera Copyright Center Inc.

격돌의 헥센나하트 3

2019년 5월 25일 1판 1쇄 인쇄
2019년 6월 1일 1판 1쇄 발행

저   자 카와카미 미노루
일 러 스 트 사토야스 (TENKY)
협   력 츠루기 야스유키
옮 긴 이 천선필
발 행 인 유재옥
본 부 장 조병권
담당편집자 김민지
편 집 1팀 정영길 김민지 조찬희 이성호
편 집 2팀 김다솜 지미현
편 집 3팀 박상섭 임미나 김효연
미   술 강혜린 박은정
라이츠담당 박선희 오유진
디 지 털 최민성 박지혜
물   류 허석용 최태욱
발 행 처 ㈜소미미디어
등   록 제2015-000008호
제 작 처 코리아피앤피
일본어판 디자인 HIROKAZU WATANABE
한국어판 디자인 디자인플러스
주   소 서울시 마포구 토정로222, 403호(신수동, 한국출판콘텐츠센터)
판   매 ㈜소미미디어
마 케 팅 한민지, 한주원
전   화 편집부 (070)4164-3962, 3963 기획실 (02)567-3388
        판매 및 마케팅 (070)4165-6688, Fax (02)322-7665
ISBN 979-11-6389-548-0 04830
ISBN 979-11-5710-380-5 (세트)